Elena MacKenzie – Highland Secrets 3

In letzter Minute erhält Dakota den Auftrag, als Tourassistentin für *Wild Novel* einzuspringen. Sie hat keine Chance mehr, sich über die in den USA noch völlig unbekannte Band zu informieren. Umso erschrockener ist sie, dass sie ein Bandmitglied wiedererkennt, als sie *Wild Novel* vom Flughafen abholt. Conner Michaels hat ihr vor Jahren auf dem College das Herz gebrochen und dann erkennt dieser Macho sie noch nicht einmal wieder! Stattdessen hat er nichts Anderes zu tun, als sie sofort anzubaggern. Ohne Dakota! Sie beschließt, Conner seine Zeit auf Tour so richtig schön zu versüßen. Bis ein anderer Mann aus ihrer Vergangenheit auftaucht.

Anmerkung des Verlags:

Vielen Dank und herzlichen Glückwunsch an Jessica Bien! Sie hat ihre Kurzgeschichte „Seltsame Wege des Schicksals" bei einem Gewinnspiel der Autorin Elena MacKenzie eingereicht und damit eine Veröffentlichung in der Print-Ausgabe von „Highland Secrets 3" gewonnen. Wir wünschen allen Lesern gute Unterhaltung mit Elena MacKenzies „Highland Secrets 3" und Jessica Biens Kurzgeschichte „Seltsame Wege des Schicksals" als Bonus.

Herzlichst
Ihr Latos-Verlag

Elena MacKenzie

Highland Secrets 3

Roman

Latos-Verlag
Calbe/Saale

Lektorat: Latos-Verlag
Coverfoto: © closeupimages - Fotolia.com
Umschlaggestaltung: Nicole Döhling, Plauen
Satz: Latos-Verlag, Calbe/Saale
Druck und Bindung: PRESSEL Digitaldruck, Remshalden

1. Auflage 03/2015

ISBN: 978-3-943308-55-6

www.latos-verlag.de

Prolog

»Du solltest wirklich nicht mit ihm gehen. Du weißt doch, wie Conner Michaels ist. Er zeigt nur solange Interesse an einer Frau, bis er sie in seinem Bett hatte.«

»So ist er nicht wirklich. Er ist nett und aufmerksam und er mag mich.«

»Sag später nicht, ich hätte dich nicht gewarnt«, sagte Eva ernst, kippte ihren Tequila runter und stellte das Glas auf den Tisch in der Küche des Verbindungshauses, in die sie mich geschleift hatte, als ich ihr eben eröffnet hatte, dass ich mit Conner Michaels schlafen wollte.

»Du machst dir Sorgen, aber das musst du nicht. Ich weiß, worauf ich mich bei ihm einlasse. Und wenn es nur das eine Mal ist, dann ist es eben so. Du sagst doch immer, ich soll mich mal auf ein Abenteuer einlassen.«

»Das stimmt, aber mit Abenteuer meine ich irgendeinen Typen, der dir egal ist, Dakota. Nicht Conner, weil du für ihn etwas empfindest. Du wirst es bereuen, wenn du mit ihm schläfst.«

»Aber er ist Conner Michaels! Und ich will mit ihm schlafen.« Dass ich das nur wollte, weil das die einmalige Gelegenheit war, ihm so nahe zu kommen, wie ich mir schon so lange ersehnte, das verschwieg ich ihr. Ich wusste, dass ich dabei war, einen Fehler zu begehen. Aber ich konnte nicht anders, dazu sehnte ich mich schon zu lange nach diesem Mann.

Schon zu lange hatte ich dabei zusehen müssen, wie er Mädchen um Mädchen in seine Höhle entführte, nur mich nie bemerkte. Und jetzt war es endlich soweit. Heute hatte er mich gesehen, in diesem kurzen Schottenkarorock, der ihn wohl an Zuhause erinnert hatte. Erst hatte er mich quer durch den Raum angesehen, mich angelächelt und war dann ganz langsam auf mich zugekommen und da wusste ich, heute Nacht war endlich ich die Frau, die sich in seine Arme schmiegen durfte. Die ihre Hände in dieses kurze, wilde, blonde Haar wühlen durfte.

Hinter mir räusperte sich jemand und ich sah über die Schulter zurück. Da stand er! Conner Michaels, absolut »fickbares Material« hatte ihn Eva mal genannt. Wobei ich wohl hinzufügen sollte, dass Eva ziemlich viele Typen als »fickbar« betrachtete, denn sie war das weibliche Gegenstück von Conner. Und sie war meine beste Freundin hier auf dem College und kannte mich leider ziemlich gut. Gut genug, um zu wissen, dass ich nicht geschaffen war für flüchtige Begegnungen mit dem anderen Geschlecht. Aber dieses Mal mussten wir eben beide darüber hinwegsehen. Einfach, weil ich auch einmal mehr so sein wollte wie Eva und weniger die immer besonnene, extrem vernünftige Dakota. Was war schon dabei? Ich hatte schon Sex. Bisher zwar nur mit meinen beiden Exfreunden, mit denen ich längere Zeit zusammen war. Aber es gibt immer ein erstes Mal und heute war mein erster One-Night-Stand. Und nur, weil Conner bisher jede Frau nach nur einem Durchlauf wieder aus seiner Höhle geworfen hatte, hieß das doch nicht, dass er das auch mit mir machen würde. Irgendwann musste er doch mal auf eine Frau treffen, von der er mehr als nur einmaligen Sex wollte. Und vielleicht war ich diese Frau?

Er lehnte im Türrahmen, die verwaschenen Designerjeans spannten um seine Oberschenkel. Seine blauen Augen waren auf mich gerichtet und nur auf mich, und dabei lächelte er auf eine verschmitzte Bad Boy-Art. Und dieses Lächeln galt mir. In meinem Magen breitete sich ein nervöses Flattern aus und weiter unten zuckten Blitze durch meinen Körper. Ja, ich wollte mich an ihm verbrennen. Ich wollte wissen, wie es sich anfühlte, ihm zu gehören, wenn auch nur für eine Nacht.

Conner stieß sich lässig ab und kam auf mich zu. Er schlang seine Arme von hinten um meine Taille und ich erschauderte. Mein Unterleib zog sich zusammen und ich vergaß jegliche Bedenken, ob ich mich auf ihn einlassen sollte. Wenn ich überhaupt noch Angst hatte, dann, dass ich nicht erfahren genug war, um mit all meinen Vorgängerinnen mithalten zu können. »Wollen wir gehen?«, hauchte er, seine Lippen heiß an meinem Nacken.

Ich nickte nur, weil meine Kehle plötzlich ganz trocken war. Conner verschränkte seine Finger mit meinen und zupfte zärtlich mit seinen Lippen an der Haut über meinem Puls, dann kitzelte er mich mit seiner Zunge. Hitzewellen schossen durch mich hindurch und ich seufzte.

»Sie ist meine beste Freundin, wenn du ihr wehtust, und das wirst du, dann werde ich dir deine Eier zum Frühstück kochen«, sagte Eva und funkelte Conner an. Mit ihren pinken Haaren, ihren knapp

1,50 Metern und dem feenhaften Aussehen kam ihre Drohung kein bisschen als Drohung rüber, sondern wirkte unglaublich niedlich. Ich schüttelte den Kopf und verdrehte genervt die Augen.

Conner löste sich von mir und lachte rau. »Schicke Haarfarbe. Und wenn das tatsächlich immer passiert wäre, wenn mir das einer gesagt hat, dann würde ich längst an zu hohen Cholesterinwerten leiden.«

Ich verengte die Augen und sah Eva giftig genug an, dass sie meine Warnung verstand.

»Na dann viel Spaß euch beiden.« Conner löste sich von mir und hielt stattdessen nur noch meine Hand fest. Eva ging an mir vorbei und blieb vor Conner stehen. Sie setzte ein falsches Lächeln auf, dann packte sie Conners Schritt. Ich schnappte heftig nach Luft, doch Conner zuckte nicht einmal. »Die anderen machen vielleicht leere Versprechen, aber ich nicht«, sagte sie, zwinkerte ihm zu und verließ dann lachend die Küche.

»Hat dir schon jemand gesagt, dass deine Freundin irre ist.«

»Wenn dir das beim ersten Blick auf ihre Haare noch nicht bewusst geworden ist, dann musst du blind sein.«

»Hey, ich komme aus Glasgow und hab auch einige Zeit in London verbracht, da rennen die alle so rum.«

Ich musterte ihn zweifelnd. »Verrückt wirkst du nicht auf mich.«

Conner stülpte die Lippen vor, beugte sich tiefer und hob mich auf seine Arme. »Verrückt vielleicht nicht, aber scharf darauf, endlich unter dieses heiße Röckchen zu kriechen.«

Ich lachte, hielt mich um seinen Nacken fest, gleichzeitig überwältigte mich Vorfreude und Panik. In ein paar Sekunden schon würde ich alles von diesem Mann spüren. Ich würde endlich meine Finger über seinen Körper gleiten lassen dürfen. Plötzlich wurde die Sehnsucht in mir noch viel größer. Es fühlte sich an, als würde mein Herz überlaufen vor Glück.

Conner trug mich die Treppen nach oben, wo er ein eigenes Zimmer hatte. Als Boxer und Fußballspieler war er beliebt auf dem Uni-Gelände. Und dabei würde er nur ein Auslandssemester hier absolvieren. In seinem Zimmer herrschte das blanke Chaos. Überall lagen Klamotten, Bücher und Pizzaschachteln verstreut. Aber genau damit hatte ich gerechnet. Alles andere hätte nicht zu dem Bild gepasst, das ich mir von ihm gemacht hatte. Er ließ mich auf das Bett fallen und schob sich breit grinsend und mit Gier im Blick über mich. Seine Arme stemmte er neben meinem Kopf in die Matratze, so ragte er über mir auf. In meinem Magen krampfte es. Ich schluckte trocken und blinzelte nervös.

»Mach das nochmal«, sagte er rau.

»Was?«, wisperte ich unsicher und unterdrückte das Zittern, das sich durch meinen Körper arbeiten wollte.

»Leck nochmal über deine heißen Lippen.«

»Du findest meine Lippen heiß?«

»Oh ja, sie sind perfekt: rot, weich und voll.«

Ich leckte mir über die Lippen, ganz langsam und beobachtete Conners Reaktion. Sein Blick verdunkelte sich und er verfolgte genau die Bewegung meiner Zunge. Dann senkte er seinen Mund so unvermittelt auf meinen, dass ich erstarrte. Er legte eine Hand an meine Wange und betrachtete mein Gesicht.

»Du musst das hier nicht tun. Es wäre nur schön, wenn wir es tun könnten. Aber wenn du das nicht willst …«

»Ist schon okay, ich will es«, sagte ich und versuchte mich locker zu machen. »Ich bin nur etwas nervös.«

»Dazu hast du keinen Grund«, hauchte er und legte seinen Mund wieder auf meinen. Diesmal ging er vorsichtiger vor. Geradezu zärtlich strichen seine Lippen über meine. Ich entspannte mich, schlang meine Finger in sein Haar und seufzte an seinem Mund. Er ließ sich Zeit damit, nur an meinen Lippen zu zupfen, bis ich meinen Mund freiwillig öffnete, dann eroberte er meine Mundhöhle mit einem erleichterten Stöhnen. Unsere Zungen umkreisten einander. Ich schmeckte den Whisky, den er auf der Party getrunken hatte. Sein Kuss wurde stürmischer und Hitze flutete durch meine Adern. Er zauberte mit seinem Mund und rief Gefühle in mir hervor, die ich so intensiv noch nie empfunden hatte. Ich drängte mich fester gegen ihn und schickte meine Hände auf Wanderschaft über seinen Rücken, schob sie unter sein Shirt und fühlte die Hitze seiner Haut. Fühlte, wie sich seine Muskeln unter meinen Fingern bewegten, als er sich aufrichtete, und zitternd Atem holte.

»Das war schon ganz gut«, sagte er heiser, dann fing er an, die Knöpfe meiner Bluse zu öffnen, während er mich genau beobachtete. Ich glaube, er versuchte meine Reaktionen abzuschätzen. Wenn ich irgendwie unsicher reagieren würde, würde er aufhören. Deswegen begann ich mich noch sicherer zu fühlen. Weil er einfühlsam war. Vielleicht täuschten sich alle in ihm. Vielleicht war er eigentlich ganz anders, als sein Ruf.

Er streifte die Bluse von meinen Schultern, sah immer noch nicht von meinem Gesicht weg. Ich half ihm, die Bluse loszuwerden und erst, als ich wieder unter ihm lag, wanderte sein Blick tiefer und blieb dann auf dem weißen Spitzen-BH hängen. Meine Brüste waren nicht besonders groß, noch viel kleiner in der Rückenlage, wahrscheinlich hatte er schon bessere Titten gesehen, trotzdem leuchteten seine Augen auf, als er auch noch den Verschluss vorne zwischen meinen Brüsten öffnete und der BH zur Seite fiel. Er legte sanft beide Hände auf mich und begann, meine Brüste zu streicheln. Ich hob ihm fordernd meinen Oberkörper entgegen und keuchte auf, als er mit Daumen und Zeigefingern an meinen harten Spitzen zupfte.

Er beugte sich wieder über mich und küsste mich, während seine Hände weiter meine Brüste massierten. Seine Lippen wanderten über meine Wange, meinen Unterkiefer und legten sich zärtlich auf meine Halsbeuge. Er knabberte und saugte an mir. Mein Unterleib zog sich sehnsüchtig zusammen. Ich hatte nicht erwartet, dass er so zärtlich sein würde. Ich genoss seine Aufmerksamkeiten, während die

Lust in mir weiter anstieg und ich längst keine Zweifel mehr an dem hier hatte, weil es sich richtig anfühlte. Er fühlte sich gut an. Sein Mund umschloss eine meiner Brustwarzen und saugte sie tief in seine feuchte Höhle. Ich keuchte auf, als ein Feuerwerk sich von meinen Brüsten durch meinen Körper arbeitete und zwischen meinen Schenkel pure Lust entfachte.

»Conner«, seufzte ich und rieb mein Becken an seinem Oberschenkel. Ich wand mich unter ihm. Er zupfte an meiner Brustwarze und ich stöhnte gequält auf.

Seine Lippen küssten sich einen Pfad über meinen Bauch. Am Bund meines Rockes machte er halt und sah zu mir auf. »Den lassen wir an.« Er schob den Rock nach oben, entdeckte den weißen Slip und lächelte. »Den nicht.«

Seine Finger schoben sich unter das Bündchen, dann zog er mir das Höschen über die Hüften nach unten. Er warf es achtlos fort, seinen Blick fest auf meine Mitte gerichtet. Eine Sekunde fühlte sich sein gieriger intensiver Blick schockierend unangenehm an. Doch dieses Gefühl wandelte sich in Verlangen, als ich die Lust in seinem Gesicht sah, die ich in ihm auslöste. Ich öffnete meine Schenkel für ihn, damit er besser sehen konnte, was ich ihm anbot. Kalte Luft stieß auf feuchte Hitze und ließ mich zischend einatmen.

»Du bist verdammt hübsch«, sagte er und ließ seine Finger durch den dunklen Pfad gleiten, den ich hatte stehenlassen, weil ich es als unangenehm empfand, ganz nackt zu sein dort unten.

Conner schob einen Finger zwischen meine Schamlippen und teilte sie. Als er über meine Klitoris hinwegglitt, zuckte mein Unterleib nach oben und ich stöhnte laut auf.

»Feucht und empfindlich«, hauchte er. Er nahm beide Hände, zog meine Schamlippen auseinander und senkte seinen Mund auf meine Hitze. Ich schrie auf, als seine Zunge durch meinen Spalt pflügte und begann, meine Perle zu umkreisen. Blitze zuckten durch meinen Körper und ich wand mich unter dem Ansturm der Gefühle, die er in mir hervorrief. Conner schob einen Finger in mich und begann in mich zu stoßen, während er mich leckte. Ich zog mich um seinen Finger zusammen, zuckte mit meinem Becken und rieb mich an seinem Mund, nur noch wenige Zungenschläge von der Erlösung entfernt.

Lachend löste Conner sich von mir und sah zu mir auf. »Wenn du kommst, dann nur, wenn mein Schwanz in dir ist.« Er erhob sich, zerrte sein Shirt über seinen Kopf und entledigte sich seiner Jeans. Er trug keine Unterwäsche. Ich hatte schon davon gehört, dass Schotten unter ihren Kilts nichts trugen, dass sie das auch nicht unter ihren Hosen taten war neu für mich. Seine mächtige Erektion wippte vor seinem Unterleib und ich konnte meine Augen nicht von ihr lösen. Sie war verängstigend groß und dick. Ich biss mir auf die Unterlippe, löste meinen Blick von seinem Penis und betrachtete seinen Oberkörper. Nicht zu breit, aber gut definierte Muskeln. Auf seiner linken Brust trug er das Tattoo einer Rose, die ein Raubvogel in seinen Klauen hielt. So als würde der Vogel ihm diese Rose entreißen wollen. Was er wohl auch tat, denn der Stiel der Rose steckte noch immer in seinem Herzen, das direkt unter diesem tätowierten schwarzen Loch auf seiner Haut schlug.

Ich legte eine Hand auf das Tattoo, Conner wandte den Blick ab und runzelte die Stirn. Er wollte wohl nicht darüber reden, also schwieg ich. Conner legte sich wieder über mich, küsste mich stürmisch, rau und wild. Ganz anders als vorhin noch. Ich zog ihn näher an mich, krallte meine Finger in seine Schultern und rieb mich wimmernd vor Verlangen an seinem harten Schenkel.

»Warte«, sagte er heftig keuchend, als ich eine Hand zwischen uns schob und seine Erektion umschloss. Er griff an mir vorbei und holte ein Kondom vom Nachtschrank, kniete sich zwischen meine Schenkel und streifte es sich über. »Wenn ich komme, dann nur, wenn mein Schwanz in dir ist.«

Ich lachte, legte meine Hände auf seine Brust und ließ sie in seinen Nacken wandern. »Dann wird es Zeit, dass du deinen Schwanz endlich in mich schiebst.« Mit Nachdruck zog ich Conner zu mir herunter. Er küsste mich, knabberte an der empfindlichen Stelle unter meinem Ohr und streichelte meinen Körper. Seine Hand legte sich auf meinen Venushügel. Ein Finger glitt in meine Spalte und umkreiste meine Klitoris. Ich stöhnte, wand mich und flehte Conner drängend an, endlich den Sturm in mir zu besänftigen. Mein Unterleib zog sich immer verlangender zusammen. Süßer Schmerz pulsierte in mir. Ich wimmerte, als er die Erregung in mir mit reibenden Bewegungen weiter antrieb. Dann packte er meine Oberschenkel, drückte sie auseinander und positionierte seine Spitze an meinem Eingang.

»Ja«, stöhnte ich, als er mich fragend ansah.

Ich drängte mich ihm entgegen. Conner schob sich langsam in mich. Dehnte mich Zentimeter für Zentimeter. Meine inneren Muskeln zogen sich um ihn zusammen. Er sah mir tief in die Augen, während er sich tiefer in mich schob. Dann zog er sich langsam zurück und stieß wieder zu. Allmählich beschleunigte er seine Bewegungen. Ich schloss die Augen und genoss die Reibung. Genoss es, wie meine Muskeln ihn enger umschlossen, wie es sich anfühlte, ihn in mir zu haben. Er füllte mich bis zum Zerreißen aus.

»Mehr«, wimmerte ich. Conner packte meine Oberschenkel fester und versenkte sich schneller in mir. Er ragte hoch über mir auf und ich sog den Anblick in mich auf, wie seine Muskeln sich anspannten, sein Bauch hart und angespannt war und wie er nach unten zwischen uns sah und mit angestrengtem Blick uns beiden Lust verschaffte. Ich schrie auf, als er anfing, kräftig in mich zu stoßen und die Erregung sich wie eine Spirale immer weiter nach oben schraubte. Er ließ meine Beine los, schob sich über mich und küsste mich, während er weiter in mich pumpte. Ein Daumen rieb über meine Perle und ich warf lustvoll meinen Kopf hin und her, krallte meine Fäuste in die Laken und schrie.

»Conner!« Ich wand mich unter ihm, fühlte, wie die Lust heiß durch meinen Körper wütete, wie der Sturm zum Orkan wurde, wie mein Körper überall kribbelte, bis ich den Gipfel erreichte, zersplitterte und mit heftigen Wellen kam. Conner stieß sich weiter in mich, sorgte dafür, dass die Wellen mich weitertrugen, mich erneut packten und ich ein weiteres Mal kam. Dann erstarrte er über mir, das Gesicht angespannt, Schweiß auf seiner Haut, und zuckte in mir, als ihn sein eigener Orgasmus überkam.

Er ließ sich neben mich fallen, zog mich an sich und deckte uns beide zu. Das Kondom verknotete er, warf es in den Abfalleimer neben seinem Bett und küsste mich auf die Stirn. Er ließ mich neben sich schlafen, aber als ich am Morgen wach wurde, war er schon fort. Ich sammelte meine Kleidung ein, zog mich an und ging mit einer plötzlichen Enge in der Brust nach unten. Die anderen Verbindungsmitglieder nahmen kaum Notiz von mir. Wahrscheinlich, weil sie es nicht anders kannten. Weil es immer so ablief, dass Conner das Haus verließ, bevor das Mädchen der Nacht aufwachte. Ich schluckte schwer, ging durch den Eingangsbereich und verließ das Haus. Ich sah mich nach Conner um, aber er war nicht da. Das war er auch die nächsten Tage nicht. Und als wir uns dann wieder begegneten, bekam ich nicht einmal ein Lächeln von ihm. Es war, als kannte er mich nicht.

Eva war wütend. Die ersten Tage hatte ich noch darauf gewartet, dass er sich meldete. Hatte tausend Ausreden erfunden, warum er es nicht tat. Hatte still und heimlich geweint. Als ich ihn dann mit einem Mädchen sah, wusste ich, dass auch ich nichts Besonderes für ihn gewesen war. Und das hatte sich angefühlt, als wäre etwas in mir zerrissen. Irgendwann nachdem ich zerrissen war und Eva mich wieder aufgerichtet hatte, hatte ich mich verschlossen. Bis Kevin kam.

1. Kapitel

DAKOTA

Wild Novel sollten jeden Moment durch diese Tür kommen. Ich arbeitete jetzt schon seit drei Jahren als Tourassistentin für Bands, die nicht aus den USA stammten. Mein Aufgabengebiet war recht umfangreich, aber es ließ sich auch mit drei Worten beschreiben: Mädchen für alles. Doch das störte mich kein bisschen. Ich liebte meinen Job. Welche siebenundzwanzigjährige Frau durfte schon so eng mit Stars zusammenarbeiten? Die meisten konnten nichts anderes tun als vor der Bühne zu stehen und ihren Lieblingen zuzubrüllen. Ich durfte sie hautnah erleben. Zumindest näher als ein Groupie. Auch, wenn nicht alle Erlebnisse mit Musikern immer nur schön waren. Die meiste Zeit reiste ich voraus, klärte mit den Hotels ab, was die Bands benötigten, machte Interviews aus oder auch mal Besorgungen. Mit *Wild Novel* hatte ich noch nicht zu tun. Dies war ihre erste Tour durch die USA.

Ich stellte mich aufrecht neben die schwarze Limousine und ging in Gedanken noch einmal alles durch; Ian war der Kopf der Band, Sänger und Leadgitarrist. Ryan der Drummer. Beide waren in einer festen Beziehung. Conner war Gitarrist und Songwriter, stand aber auch für ein paar Lieder als Sänger hinter dem Mikrofon. Kieran war der Bassgitarrist. Der Manager konnte die Band nicht begleiten, bei ihm wurde kürzlich ein Hüftgelenk ersetzt, weswegen mein wichtigster Ansprechpartner Ian war. Ich musste zugeben, ich war noch nie so unvorbereitet wie dieses Mal, denn mir wurde diese Tour erst vor zwei Tagen angeboten, weil die Assistentin, die eigentlich für *Wild Novel* eingeplant war, wohl ein paar Aftershowpartys zu viel hatte und kurzfristig zum Gast in einer Entziehungsklinik wurde. Sehr unprofessionell. Für mich galt: keinen Alkohol während der Arbeitszeit.

Der Chauffeur stand schweigend neben mir und starrte gelassen auf die breiten Ausgänge des John F. Kennedy Airports. Mit Mike hatte ich schon öfters zusammengearbeitet. Er war sehr zuverlässig und hatte schon gut zwanzig Jahre Erfahrung darin, die Reichen und Berühmten durch New York zu fahren. Und in diesen zwanzig Jahren war er schon Zeuge von so mancher unangenehmer Szene in seiner Limousine geworden. Irgendwann sollten wir beide in Erwägung ziehen, ein Buch zu schreiben. Ich nahm mein Taschentuch und wischte mir die Stirn, es war heiß heute. Ich wandte mich der getönten Scheibe der Limo zu und warf einen Blick auf mein Spiegelbild: grauer Bleistiftrock, der bis knapp über die Knie reichte, weiße schlichte Bluse und die dunkelbraunen Haare in einem Dutt zurückgenommen. Das war meine Berufsuniform. Ein professionelles Aussehen war mir wichtig, weswegen ich es hasste, so zu schwitzen. Mein Make-up würde ganz zerlaufen sein, bevor wir überhaupt auch nur angefangen hatten. Ich richtete meine Lesebrille mit dem dunklen Rahmen auf der Nase und wandte mich wieder der Tür zu. Einige Sachen, wie Instrumente und Equipment hatte die Band mit einem Container schicken lassen, den hatte ich gestern schon auf den Weg nach Las Vegas gesandt, wo die Tour starten würde. Da *Wild Novel* in den USA noch recht unbekannt waren, würden sich zumindest die Paparazzi zurückhalten, was meine Arbeit um Einiges leichter machte. Ich hoffte nur, niemand würde mich nach ihrer Musik fragen, denn ich hatte noch keine Zeit, mir eine ihrer CDs anzuhören.

Die ersten Passagiere verließen den Airport. Ich straffte meine Schultern, nickte Mike kurz zu und dieser öffnete die hintere Tür des Wagens. Es dauerte nicht lange, bis ein kräftiger, grimmig dreinblickender Riese sich aus dem Gebäude schob, sich aufmerksam umblickte und dann hinter sich nickte. Dieser Typ schrie geradezu: Bodyguard. Ich drückte mein Klemmbrett an die Brust, räusperte mich noch einmal und setzte ein Lächeln auf, als ein schwarzhaariger Mann mit wahnsinnig blauen Augen und einer rothaarigen Schönheit am Arm in das gleißende Sonnenlicht trat. Er hielt direkt auf mich zu und ich machte einen Schritt nach vorn.

»Mr MacLeod?«

»Ja, das bin ich. Das ist meine Verlobte, Emma.«

Ich gab beiden die Hand, hinter ihnen tauchte ein Mann mit aschblondem kurzem Haar und stahlgrauen Augen auf, die irgendwie schmerzhaft gebrochen aussahen. Auch er gab mir flüchtig die Hand und Ian stellte ihn als Kieran vor.

»Das ist Bobby, unser Bodyguard.«

Der Riese lächelte. »Bob.«

»Conner«, sagte ein strahlender Mann mit hellblondem langen Haar und leuchtend azurblauen Augen, der nicht viel weniger Muskelmasse vorzuweisen hatte als der Bodyguard. Ich musterte den Mann kurz, weil mir sein Gesicht irgendwie bekannt vorkam, ich aber nicht genau wusste, woher. Wahrscheinlich hatte ich ihn schon einmal auf einem Foto in einer Zeitung gesehen.

»Und das sind Ryan und seine Freundin Lucy«, stellte Ian vor. Ich begrüßte auch den schlanken, sportlich gebauten Ryan und die dunkelhaarige Frau an seiner Seite.

Ich sah auf mein Klemmbrett. »Dann wären wir erstmal vollständig?«

»Ja, der Rest der Mannschaft ist schon gestern nach Las Vegas geflogen.«

»Genau«, sagte ich, warf wieder einen Blick auf meine Notizen. »Mein Name ist Dakota Foster, ich bin Ihre Assistentin. Mandy ist leider verhindert. Ihr Anschlussflug nach Las Vegas geht in fünf Stunden.«

»Ja, wir dachten, das wäre eine super Chance uns im Big Apple mal bisschen umzusehen«, warf Conner ein und sein Blick glitt über meinen Körper, als hätte er mit Big Apple vielmehr mich gemeint. Hmm, mich überkam bei dieser Stimme ein heftiges Déjà-vu-Gefühl. Ich musterte Conner noch einmal. Ich hätte mich vielleicht an sein Aussehen erinnern können, wenn ich ihn schon einmal auf einem Foto gesehen hätte. Aber diese Stimme und dieses arrogante, heiße Grinsen, das bewirkte etwas in mir. Leider konnte ich den Finger noch immer nicht drauflegen. Ich schüttelte den Kopf. Ich hasste es, wenn ich wusste, dass es da eine Erinnerung gab, diese aber nicht greifen konnte.

Ich tippte auf meine Notizen. »Wir haben einen Termin hier in New York, bevor wir alle den Privatflieger nach Las Vegas besteigen werden. Jeffrey Blackwood leitet das Security-Team, das für die Sicherheit auf der Tour verantwortlich ist. Auf uns wartet eine Führung im Hauptsitz der Firma und ein paar Erfrischungen. Mr Blackwood würde Sie alle gerne auf diesem Weg näher kennenlernen und vorab einige Dinge besprechen.«

»Und ich hatte auf etwas Sightseeing durch New York gehofft«, warf Conner ein. Er warf mir einen eindeutig anzüglichen Blick zu und ich schnappte nach Luft. Dieser Blick war es, der die Erinnerung ausgrub. Conner Michaels! Der Mann, der mich auf dem College erst verführt und dann weggeworfen hatte. Der Mann, der seine Eier jetzt nur noch besaß, weil ich Eva darum gebeten hatte, sie ihm nicht zum Frühstück zu servieren. Der Mann, wegen dem ich mich nie wieder auf einen One-Night-Stand eingelassen hatte, weil ich Angst vor dem hatte, was so ein kurzes Abenteuer tief in mir auslöste. Und das Abenteuer mit Conner hatte mich innerlich verbrannt, hatte mich geprägt und fast direkt in die Arme von Kevin, meinem Ex-Mann, getrieben. Der es geschafft hatte, mich aufzufangen und mir eine Liebe vorgespielt hatte, die noch schlimmere Konsequenzen für mich gehabt hatte, als diese eine Nacht mit Conner Michaels. Und Conner erkannte mich nicht einmal wieder. Aber ich schluckte meine Erkenntnis herunter, schließlich war ich ein Profi. Trotzdem überraschte es mich, ihn so wiederzusehen. Vielleicht sollte ich ihm zugute halten, dass auch ich einen Augenblick gebraucht hatte, denn er hatte sich seit damals verändert. Die vergangenen sechs Jahre hatten einen rauen, muskulösen Mann aus ihm gemacht. Groß, breitschultrig, wild. Sein Haar war viel länger als damals und fiel ihm offen über die Schultern. Er hatte sich vom Bad Boy zum Krieger entwickelt. Heute war er viel mehr ein wilder Highlander wie aus einem Liebesroman als damals. Und diese Veränderung löste etwas in mir aus, das ich zornig zurückdrängte. Ich würde nicht noch einmal auf Conner Michaels reinfallen. In Gedanken rief ich meinen Körper zur Vernunft und beschloss, Conner Michaels seine Zeit auf Tournee ganz besonders nett zu gestalten. Denn dieser Mann verkörperte alles, was ich hasste. Er war, was ich hasste: der Teufel in Person.

»Sightseeing müssen wir uns für nach der Tour aufheben«, sagte ich mit kühler Stimme und war stolz, dass man mir die Wut tatsächlich nicht anhören konnte. Mit einer kurzen Handbewegung bat ich meine Auftraggeber, in die Limousine zu steigen. Als wir alle einen Platz gefunden hatten, öffnete ich die gekühlte Bar und bot jedem Getränke an.

»Also ich bin gespannt auf diese Security-Firma«, meinte Bob zufrieden und musterte mich neugierig.

»Ich kann Ihnen versprechen, die Blackwoods sind die Besten, die man für Geld haben kann. Ich hatte schon öfters das Vergnügen, mit ihnen zusammenarbeiten zu dürfen.«

»Rein geschäftlich?«, hakte Conner nach. Sein Blick glitt von meinem Gesicht, über meinen Oberkörper und dann zu meinen nackten Knien. Irgendwie überkam mich dabei das Gefühl, dass der Mann mehr von dem, was sich unter meiner Kleidung verbarg, sah als es möglich war. Und was noch schlimmer war, ich verspürte dabei heiße Schauer, die sich durch meinen Körper arbeiteten. Und in meinem Kopf blitzten Bilder von dieser einen Nacht auf, die wie flüssige Lava durch meine Adern flossen und die gerade äußerst nervige Stelle zwischen meinen Schenkeln entflammten. So sehr ich Conner auch schon an der Uni gewollt hatte, ich war schon damals nicht blind gewesen und ein Teil von mir hatte sich danach gesehnt, auch zu einer seiner Eroberungen zu werden. Er hatte mich lange Zeit nicht bemerkt und dafür hatte ich ihn in den kurzen Momenten, in denen ich ihn nicht aus der Ferne angebetet hatte, gehasst. Wie jede Frau auf dem Unigelände hatte ich mir in meinen Träumen vorgestellt, diesen wilden schottischen Bullen mit dem herrlich erotischen, kehligen Akzent zu zähmen. Bis er mich dann auf dieser einen Party endlich bemerkte, um mich sofort danach wieder zu vergessen. Nachdem ich meine Trauer und Enttäuschung mit Evas Hilfe erst einmal überwunden hatte, hatte ich nur noch ein Gefühl für ihn übrig: Hass. Und von diesem Gefühl erlaubte ich mir auch keine Pausen. Zumindest schien er mich jetzt sofort zu bemerken. Es brauchte keinen kurzen Schottenrock. Nur die erwachsenere, an den richtigen Stellen gerundetere Dakota. Komischerweise schürte das meinen Zorn nur noch mehr. Und die

Tatsache, dass er sich nicht an mich zu erinnern schien.

»Ich wüsste nicht, was Sie das angeht, aber natürlich rein geschäftlich. Ich vermische niemals Geschäft und Privates.«

Conner grinste mich schief an und ich wünschte, er würde dabei nicht so sexy aussehen, dass sich etwas tief in mir gefährlich zusammenzog. Dieses markante scharf geschnittene Kinn hatte mich schon damals fasziniert. Ich hatte mir unzählige Male vorgestellt, daran zu knabbern, mit meinen Lippen daran entlangzufahren, seine Bartstoppeln auf meiner Zunge zu spüren. Ich fluchte innerlich, als meine Fantasien wieder von mir Besitz ergriffen. Verwirrt blinzelte ich mich aus meinem Kopfkino heraus und sah Ian an, der etwas gesagt hatte.

»Wie bitte?«

»Ich fände es besser, wenn wir uns duzen würden«, wiederholte er. »Mir ist eine freundschaftliche Atmosphäre sehr wichtig. Und für uns alle wäre es angenehmer und es fühlt sich einfach besser an, wenn wir einen lockeren Umgangston untereinander hegen. Außerdem werden wir sehr viel Zeit auf engem Raum miteinander verbringen.«

»Auf engem Raum?«

»Im Tourbus.«

Ich runzelte die Stirn. »Verstehen Sie mich nicht falsch ...«

»Du«, warf die rothaarige Emma ein, die mir gegenüber saß, ein Bein über Ians Schoß gelegt.

Ich nickte. »Versteht mich nicht falsch, aber die meiste Zeit fahre ich mit meinem Auto voraus.«

»Dieses Mal nicht. Ich mag es so lieber. Alles, was erledigt werden muss, können wir auch gut mit dem Handy erledigen. Bob wird dafür sorgen, dass die Security voraus reisen kann und der Rest unserer Mannschaft ist ein eingespieltes Team.«

Ich sah Ian erstaunt an. Dieser Mann wusste sehr genau, was er wollte und das schien er auch durchzusetzen. Ich hatte kein Problem damit, mich nach den Wünschen meiner Klienten zu richten. Mir war nur die Vorstellung unangenehm, so viel Zeit in Conners Nähe verbringen zu müssen. Aber irgendwie würde ich damit klarkommen müssen.

»Also gut«, sagte ich gelassen, konnte aber nicht vermeiden, dass mein Blick zu Conner huschte, der mich zufrieden ansah. Ich kniff die Augen zusammen und funkelte ihn zornig an, was ihn nur noch breiter grinsen ließ. Irgendwie musste ich mich ablenken, bevor ich etwas tat oder sagte, das ich bereuen würde. Ich durfte nicht vergessen, dass auch Conner einer meiner Arbeitgeber war. Zumindest für die nächsten zwei Wochen. Unser kurzes Aufeinandertreffen musste geheim bleiben. Vielleicht war es sogar besser, dass er mich nicht erkannte.

Ich warf einen Blick zum Seitenfenster hinaus und stieß erleichtert den Atem aus, als wir vor dem beeindruckenden Firmengebäude von *Blackwood Security* hielten. Kaum stand das Auto, wurde auch schon die Tür aufgerissen. Jeff Blackwood hielt mir freundlich lächelnd die Hand entgegen und half mir beim Aussteigen.

Ich wartete neben ihm auf dem Fußweg, bis der Rest unserer Gruppe ausgestiegen war, dann stellte ich alle einander vor. Jeff, ein breitschultriger Mann in schwarzem Anzug, hielt eine kurze Ansprache, dann folgten wir ihm ins Gebäude.

Der Eingangsbereich von *Blackwood Security* war ein weitläufiger Saal, in dessen Mitte sich ein Informations- und Überwachungspunkt befand. Hier liefen alle möglichen Bilder von Überwachungskameras des gesamten Gebäudes zusammen. Die meiste Zeit saßen mindestens drei Männer hinter all den Monitoren und ein vierter überprüfte Besucher, bevor er sie zu den Fahrstühlen vorließ. Da ich schon einige Male in der Firma war, kannten mich die meisten Angestellten schon und winkten mich auch ohne Vorstellung durch. Trotz meiner häufigen Besuche, bekam ich aber das unangenehme Gefühl nicht los, das mir das Wissen um die vielen Kameras im Gebäude vermittelte. Bei jedem Schritt fühlte ich mich wie der unfreiwillige Star einer Realityshow.

Wir stiegen in den Fahrstuhl ein und ich war froh, dass ich ganz vorn an der Tür stehen durfte, ich fühlte mich in engen Räumen immer etwas unwohl. Noch unwohler, wenn ich die engen Räume mit vielen Menschen teilen musste, weswegen ich auch erleichtert ausatmete, als wir in der fünften Etage anhielten und ausstiegen. Aber dann wurde ich so hart am Oberarm gepackt und zurückgehalten, dass ich stolperte. Die fremde Hand an meinem Arm hielt mich aufrecht und ich gelangte schnaubend die Kontrolle über meine Füße zurück. Mit tief gerunzelter Stirn wandte ich mich zu Conner um.

»Was?«

Er sah mich abschätzend an, kam mir dabei mit seinem Gesicht sehr nahe. Er schnupperte sogar an meinem Haar und löste eine Welle der Erregung damit in mir aus. Trotzig entriss ich ihm meinen Arm und trat einen Schritt zurück. Ich wartete ab, bis er mich genügend gemustert hatte und rechnete damit, dass er bemerkt hatte, dass er mich von irgendwoher kannte. Ich war sogar überzeugt, dass er mich gleich fragen würde, woher wir uns kannten.

»Ich weiß nicht, was da läuft, aber ich denke, du hast ein Problem mit mir. Das macht aber nichts, denn ich bin mir sicher, dass ich nicht lange benötige, um dieses Problem aus der Welt zu schaffen. Ganz anders als du, vermische ich nämlich gerne Berufliches und Privates, wenn es sich lohnt. Und ich glaube, bei dir könnte es sich lohnen.«

Ich schnaubte verächtlich. Da hatte ich mich wohl geirrt. Ihn störte nur mein Verhalten ihm gegenüber. Auch wenn es mir schwerfiel, wenn ich verhindern wollte, dass er doch über unser Abenteuer stolperte, musste ich mich zurücknehmen. Aber ich wusste schon jetzt, dass ich das nicht schaffen würde. Ich war nicht mehr das schüchterne Mädchen von damals. Mit meinem Selbstbewusstsein hatte ich absolut keine Probleme mehr. Wenn ich in den nächsten Tagen nicht die Angestellte der Band wäre, dann würde ich Conner mit einem breiten Grinsen aufklären. Aber das ging nicht, wenn ich die Geschäftsbeziehung nicht belasten wollte. Also würde ich runterschlucken müssen, was auch immer Conner für mich bereit hielt. »Dann hoffe ich, du kannst mit Enttäuschungen gut umgehen.«

»Das muss ich nicht. Ich verliere nie.«

Ich schnappte wütend nach Luft, um Conner etwas an den Kopf zu werfen, schluckte dann aber heftig. *Er ist dein Arbeitgeber*, erinnerte ich mich. Egal wie schlimm ich nach meinem Abenteuer mit diesem Mann auch drauf gewesen war, das hatte nichts mit dem hier zu tun. Ich setzte eine möglichst neutrale Miene auf und beschloss, das unkommentiert zu lassen. Im Gegensatz zu Conner wusste ich, was mich mit ihm erwartete, weswegen es mir leicht fallen würde, seiner erotischen Wirkung auf mich zu entkommen. Mehr als Kopfkino würde es nicht geben. Und selbst das sollte ich mir vorsichtshalber verbieten.

»Kommt ihr?«, wollte Jeff wissen, der nicht weit von uns stehengeblieben war. Und wie ich seiner unzufriedenen Miene entnehmen konnte, hatte er genug mitbekommen, um in seinen Beschützermodus zu wechseln. Jeff war ein guter Freund meines Vaters und irgendwie manchmal auch wie ein großer und überfürsorglicher Bruder für mich.

Ich lächelte bei Jeffs furchteinflößendem Blick. »Dieses Mal bestimmt«, sagte ich leise und ließ Conner stehen. Der lachte dunkel in meinem Rücken, dann überholte er mich und ging unbeeindruckt an Jeff vorbei. Dass jemand nicht zitternd vor Jeff zurückschreckte, hatte ich noch nicht erlebt. Umso beeindruckter war ich. Unfreiwillig.

Jeff legte mir eine Hand in den Rücken. »Alles in Ordnung oder muss ich jemanden vorsorglich kastrieren?«

»Nichts, womit ich nicht allein klarkomme«, sagte ich bestimmt. Jeff musste einen klaren Kopf und seine Unvoreingenommenheit für die Band behalten, wenn er seinen Job gut machen sollte. Wir gingen einen Gang entlang zum Versammlungsraum, wo eine Sekretärin schon mit der Band wartete. Als wir vollzählig waren, öffnete sie die Tür. Auf dem langen Tisch in der Mitte standen Häppchen und Getränke bereit.

»Ich dachte, nach dem Flug seid ihr vielleicht hungrig«, meinte Jeff mit einem breiten Lächeln und ging auf seinen Platz an der Stirnseite der Tafel zu. An der Wand hinter ihm drehte sich das Blackwood-Logo auf einem riesigen Bildschirm. »Während wir essen, können wir ein paar Dinge besprechen.« Mit einer Handbewegung bat er alle, sich zu setzen. Conner setzte sich mir gegenüber, aber mit Jeff an meiner Seite fühlte ich mich sicher und ein klein wenig stärker. Deswegen erwiderte ich Conners eindeutiges Lächeln, indem ich die Lippen fest aufeinander presste und ihn anfunkelte. Ich konnte mir vorstellen, dass er gerne herausfinden wollte, warum meine Haltung ihm gegenüber so abweisend war. Innerlich lächelte ich deswegen, weil ich wusste, er würde es nie herausfinden. Nicht, wenn er so war, wie ich ihn einschätzte. Damals war ich eine ganz andere Frau. So anders, dass er und die meisten anderen Männer mich nie beachtet hatten. Mein Selbstbewusstsein war erst mit Hilfe von Jeff und meinem Vater gewachsen, zu dem ich erst seit ein paar Jahren wieder Kontakt hatte. Diese beiden Männer hatten einen anderen Menschen aus mir gemacht. Eigentlich konnte ich ihm nicht mal verübeln, dass er mich nicht wiedererkannt hatte. Ich selbst würde mich auch nicht wiedererkennen. Die Dakota von damals gab es nicht mehr. Und ich wollte sie nie wieder zurück.

CONNER

Mein Blick brannte sich in den unserer Assistentin. Als ich sie vor dem Flughafen hatte stehen sehen, war mir ihr Anblick sofort in die Lenden geschossen. Dieser an ihre Rundungen geschmiegte elegante Rock, die weiße Bluse, das hochgesteckte Haar und die dunkle Brille, die die moosgrünen Augen dahinter noch betonte. Das alles machte aus dieser Frau einen wahr gewordenen Männertraum. Bis ich sie gesehen hatte, wusste ich nicht einmal, dass ich auf diesen Typ Frau stand. Aber mein Schwanz sagte da eindeutig was anderes. Ihr gepflegter Sekretärinnenlook machte mich unglaublich an. Aber ich konnte mir diese Kurven auch gut in einer engen Jeans vorstellen. Und wenn ich diese Fantasie etwas weiterlaufen ließ, dann sah ich mir dabei zu, wie ich ihr diese sexy Brille von der Nase nahm und die Nadeln aus ihrem Haar zog und dann beobachtete, wie sich ihr Haar über ihre Schultern ergoss. Wie lang es wohl war? Würde es ihre nackten Brüste streicheln, wenn sie mich ritt?

Was mich nur noch mehr antörnte, war ihre kratzbürstige Haltung, die sie anscheinend nur mir gegenüber an den Tag legte. Ich wusste nicht, warum sie mich nicht mochte, aber das würde bestimmt nicht lange so bleiben. Mir war ihre Reaktion auf meine Berührung und auf meine Blicke nicht entgangen; das leichte Rosa ihrer Wangen, der Schauder, als meine Finger auf die nackte Haut ihres Oberarmes trafen und die flache Atmung, als ich mich über sie gebeugt hatte. Sie konnte es gerne leugnen, aber da war etwas zwischen uns. Und was immer sie dazu trieb, mich nicht mögen zu wollen, mich anzufunkeln und mich mit mahnenden Blicken zu bedenken, war unwichtig im Vergleich zu dem, was zwischen uns abging, wenn wir uns ansahen. *Sie weiß es nur noch nicht, aber ich werde gewinnen.*

Sollte ich herausfinden, woran es lag, dass sie mich nicht mochte? Oder sollte ich diesen Hass in ihr zum Teil unseres Spiels machen, das dadurch wahrscheinlich nur noch interessanter wurde? Wahrscheinlich wäre ich von der Wahrheit nur enttäuscht und dieser winzige Kick würde verrauchen wie die Flamme einer Kerze, wenn ein Windstoß sie trifft. Ich entschied mich dafür, ihr Geheimnis zum Teil unseres Spiels zu machen. Was auch immer es war, das Erkennen in ihren Augen war mir nicht entgangen. Aber wenn ich mit ihr schon das Vergnügen hatte, dann hätte ich sie ganz sicher nicht vergessen. Eine solche Frau hätte ich nicht vergessen. Und es gab nicht viele Eroberungen, die mehr als nur ein Hauch in meinen Erinnerungen waren.

Jeff Blackwood redete über Sicherheitsvorkehrungen, warnte uns vor Dingen, die wir besser beachten sollten, sprach über den Umgang mit Fans und solchen Kram, doch das alles bekam ich nur nebenbei mit, weil ich meinen Blick nicht von ihr lösen konnte. Auch wenn sie nicht hersah, wusste ich genau, dass ihr meine Provokation nur allzu bewusst war. Ihre Wangen waren wieder gerötet und sie spielte nervös mit ihrem Kuli herum. Dabei ruhte ihr Blick konzentriert auf Blackwood. Sie und dieser Blackwood? Was lief da eigentlich?

Die Szene vor dem Fahrstuhl vorhin hatte mir nicht gefallen. Blackwood hatte gewirkt, als würde er mir jeden Moment eine verpassen und als wollte er sein Revier markieren. Aber so was schreckte mich nicht ab. Ich sag immer, eine Frau, ob verheiratet oder nicht, kann ihre Entscheidungen allein treffen. Sie braucht keinen Mann, um das für sie zu tun. Und kein Mann hat das Recht, sie zurückzuhalten, wenn sie mich will. Und Dakota wollte mich, sie wusste es nur noch nicht.

»Wir werden uns natürlich immer mit Bob absprechen«, sagte Jeff jetzt. Ich nahm mir noch ein Sandwich mit Hühnchenfleisch. Und trank von dem kühlen Wasser. »Bob kennt euch und eure Gewohnheiten besser und wir wollen auf gar keinen Fall zu stark in eure Gewohnheiten eingreifen. Viel mehr ist uns wichtig, dass alle Konzerte und Veranstaltungen so ablaufen, wie ihr sie vorgesehen habt. Zumindest, soweit Bob und auch wir es für sicher halten.«

Bob nickte neben mir. »Das klingt gut.«

Die Sekretärin lief mit einer Kanne Kaffee um den Tisch herum und schenkte uns noch einmal nach. Ich musste zugeben, dieser Jeff schien ein Profi zu sein. Dieser strenge Blick, die Anspannung, die ihn die ganze Zeit umgab, als rechnete er in jeder Sekunde damit, dass ein Sturmtrupp uns überfallen würde. Er roch geradezu nach Ex-Militär. Ich trank meinen Kaffee aus und aß mein Sandwich auf. Mit seinen schwarzen Haaren und den grauen Augen, die scheinbar mehr sahen, als manchem lieb war, erinnerte er mich irgendwie an einen Professor von mir und der war auch ein Militär gewesen. Ein paar Jahre her, aber es fühlte sich noch immer vertraut an, dieses New York. Erst jetzt merkte ich, dass ich es ein bisschen vermisst hatte. Die Frauen in dieser Stadt waren offener für einmalige Gelegenheiten. Es würde interessant werden, zu sehen, wie offen Dakota war.

»Wenn alle fertig sind, würde ich euch gerne auf ein klein wenig Spaß in unserem Keller einladen«, sagte Blackwood jetzt. Bei dem Wort *Keller* sah ich ihn verständnislos an. Bob neben mir grinste breit. Etwas sagte mir, dass er genau wusste, was sich hinter *Spaß im Keller* verbarg. War das ein allgemein gültiger Code für irgendwas im Security-Bereich?

Wir standen auf und gingen wieder auf den Fahrstuhl zu. Diesmal stellte ich mich so, dass ich nahe an Dakotas Rücken war. Vorsichtig beugte ich mich ihrem Körper noch etwas mehr entgegen und atmete ihren blumigen Duft ein. Langsam schob ich mich noch ein Stück näher, so nah, das statische Funken hätten zwischen uns springen können, wenn wir aufgeladen gewesen wären. Ihr Duft hüllte mich ein und schoss mir direkt in die Lenden. Ich spürte die Wärme ihres Körpers und das leise Räuspern, das sie ausstieß, ließ mich grinsen, brachte mich aber nicht dazu, von ihr abzurücken. Ja, dieses Spiel könnte ein sehr anregendes werden.

Wir traten in einen dunklen Gang, der nur von einer Notbeleuchtung erhellt wurde, die über mehreren Türen angebracht war. Jeff öffnete die erste Tür mit einem breiten Grinsen, das mich argwöhnisch werden ließ. Da Bob vor mir stand, konnte ich aber nicht sehen, was sich in diesem Raum befand. Dakotas Lächeln konnte ich aber entnehmen, dass sie es ganz genau wusste.

»Heilige Scheiße«, murmelte Bob, dann betraten wir den Raum und ich dachte die selben Worte wie Bob. Auf Bobs kantiges hartes Gesicht trat ein Strahlen wie bei einem kleinen Jungen, den man gerade in ein Spielzeugparadies gelassen hatte. Und das war das hier wohl auch. Ein Spielzeugparadies für Männer.

»Die Amis und ihre Waffen«, flüsterte Emma Lucy zu. Lucy nickte bedächtig, doch Emma wirkte irgendwie zornig, als sie die Begeisterung in den Gesichtern der Männer sah. Ein wenig verstand ich das sogar. Niemand machte durch, was sie durchgemacht hatte und veränderte sich dadurch nicht. Eine Entführung, eingesperrt unter der Erde, die eigene Mutter fast an den Entführer verlieren, der dich selbst gefoltert hatte, das alles hatte auf sie eingewirkt. Sie hasste alles, was mit Gewalt zu tun hatte, verließ selten Ians Seite und fürchtete sich vor engen Räumen. Wenn sie mit mir in einem Fahrstuhl stand, dann konnte ich immer sehen, wie viel Kraft sie das kostete. Und auch dieser Keller ließ sie angespannt wirken.

Bob schob sich näher an das beachtliche Waffenarsenal ran und strich ehrfürchtig über ein Maschinengewehr. »*AK47, G36C, M4A4*«, zählte er auf und seufzte.

»Außerdem *Desert Eagel*, *Glock* und ein paar *M9* für den täglichen Bedarf«, fügte Jeff breit grinsend an und nahm eine Handfeuerwaffe aus ihrer Halterung an der Wand. Er reichte sie Bob, der laut aufstöhnte, als hätte er gerade den Fick seines Lebens.

Bob drehte sich zu Ian um und hielt die Waffe zärtlich in seinen Händen. »Daddy, so was will ich auch haben.«

»Nur diese eine Waffe?«, fragte Ian lässig und nahm Bob die *Desert Eagel* aus der Hand. Ich musste zugeben, auch in meinen Fingern kribbelte es beim Anblick der Wände in diesem Raum. Die komplette Ausstattung: Schutzwesten, Sturmhelme, Blendgranaten, Rauchgranaten. Blackwood war besser ausgestattet als eine Kaserne.

»Den ganzen Raum«, gab Bob knurrend zurück.

»Ja, die New Yorker Polizei sagt das auch immer, wenn sie hier ist.«

»Die kommen wohl öfters, um eure Sammlung zu kontrollieren?«

Jeff grinste und öffnete eine Stahltür in seinem Rücken. »Die kommen wegen des Spaßes her.«

Bob bekam einen Asthmaanfall, als wir in den nächsten Raum traten: ein Schießstand mit mehreren Abteilen. In jedem Abteil lagen ein paar Schallschutzkopfhörer und Schutzbrillen. Wir setzten jeder einen Kopfhörer und eine Brille auf. Ich muss gestehen, mein Magen kribbelte ein wenig vor Aufregung. Ich bin eben auch nur ein Kerl. Jeff kam mit einer Stahlkiste Magazinen hinter uns her und schob eins der Magazine in die *Eagel*. Dann gab er sie Bob, der sich breit grinsend an den Schießstand stellte und mehrere Schüsse auf eine Zielscheibe abgab. Die ersten beiden Schüsse gingen ins Weiße, aber dann traf er sicher ins Schwarze.

»Nicht schlecht«, meinte Jeff zufrieden, dann gab er mit einem listigen Funkeln mir die Waffe, nachdem er ein neues Magazin eingelegt hatte. Ich zuckte mit den Schultern, setzte die schwere *Eagel* an. Ich hatte schon mit Luftgewehren geschossen, in der Theorie wusste ich also, wie es geht und so schwer konnte es nicht sein, in diesen Kreis zu treffen. Leider waren die Kugeln der Meinung, dass ich nicht so gut zielen kann; drei gingen ins Nirgendwo, vier trafen ins Weiße, eine striff den Rand des Kreises, eine ging gerade so in den Kreis. Und der Rückstoß dieser Waffe war beachtlich durch ihr Gewicht. Ich musste mich anstrengen, sie so zu halten, dass ich sie mir nicht selbst ins Gesicht schlug.

Dakota riss mir mit einem grimmigen Blick die *Eagel* aus der Hand und schüttelte den Kopf. »Wenn du die Saiten deiner Gitarre genauso wenig triffst, dann bin ich mir ziemlich sicher, dass ich weiß, warum niemand in den USA bisher von euch gehört hat.« Sie kniff die Augen zusammen und hob das Kinn. Sie wollte wirklich schießen? Mit dieser Waffe. Diese Waffe war absolut ungeeignet für kleine Frauenhände. Ich lächelte in mich hinein, weil ich wusste, dass sie nicht besser abschneiden würde als ich.

Selbstsicher zog ich eine Augenbraue hoch und verschränkte die Arme vor der Brust.

Sie grinste mich vielsagend an, dann nahm sie ein Magazin von Jeff entgegen, rammte es in die *Eagel* und legte an. Sie warf mir einen Blick über die Schulter zu und murmelte: »*Desert Eagel*, Halbautomatik, Mark XIX, .357 Magnum, Gewicht 2 kg. Keine Waffe für kleine Mädchen.« Sie wandte sich wieder nach Vorne und ballerte alle 9 Schuss in die Mitte des schwarzen Kreises.

»Verdammte Scheiße, ist die Braut heiß«, zischte Bob. Ich schluckte, legte den Kopf schief und schmunzelte beeindruckt. Heiß war genau das, was mir schon die ganze Zeit durch den Kopf ging. Jetzt ging mir das nicht nur durch den Kopf. Die Kleine entfachte in mir einen Vulkanausbruch.

»Das kannst du laut sagen«, warf Ryan hinterher und erntete dafür eine Kopfnuss von Lucy.

Emma stellte sich neben Dakota und legte einen Arm um ihre Schulter. »Ich bleib in deiner Nähe.«

Jeff lachte. »Das ist nicht alles. Das Mädchen hat den schwarzen Gürtel in *Krav Maga*. Und ihr Vater ist mein bester Freund, Swat Team. Fast so schnell dabei, Spinner aus dem Weg zu räumen wie ich.« Jeff sah mich an und wirkte sehr zufrieden mit sich. Ich wusste genau, was er mir sagen wollte. Aber es interessierte mich nicht. Nach dieser Nummer wollte ich die Frau nur noch mehr. Das eben hätte mir vielleicht peinlich sein sollen. Die Art, wie sie mich regelrecht entmannt hatte, aber es hatte mich scharf gemacht. Selbst wenn die halbe Armee der USA hinter mir her wäre, ich würde in dieser Frau sein, noch bevor wir diese Tournee beendet hatten. Ich unterdrückte ein Stöhnen. Wenn mich diese Frau vorher schon angezogen hatte, jetzt bekam ich das Kopfkino nicht mehr zum Schweigen. Verdammt, ich stand auf sexy, knallhart und kratzbürstig. Was für eine heiße Kombination!

2. Kapitel

DAKOTA

Auf der Seite des Privatjets stand in großen Buchstaben *Blackwood Security*. Ich war schon damit geflogen und wusste, dass die Maschine Innen wirklich allen Luxus bot, den man sich nur erträumen konnte. Ich stieg als Letzte in den Jet, dann schloss die Stewardess die Tür hinter mir. Bevor ich es mir bequem machte, ging ich in die enge Bordküche und kochte Kaffee für alle. Nicht nur Fahrstühle waren mir zu eng, auch kleine Privatjets. In einem Flugzeug überkam mich auch immer dieses Gefühl, nicht fliehen zu können. Und dieses Gefühl wollte ich nie wieder haben. Aber manchmal ließ es sich nicht vermeiden. Und es half, wenn ich mir vorbetete, dass ich keine Gefangene war. Ich war freiwillig hier und wurde von niemanden eingesperrt.

Andrew, der Pilot, begrüßte mich, indem er mich in seine Arme zog und mir einen Kuss auf die Wange gab. Aus dem Augenwinkel konnte ich Conner sehen, der irgendwie angespannt aussah, während er Andrew und mich beobachtete. Er saß in der Sitzgruppe direkt gegenüber von uns. Ich tat ganz ungerührt und hauchte Andrew auch einen Kuss auf die Wange. Ich wusste, dass Andrew sich nichts dabei dachte, wenn wir uns berührten, er war glücklich verheiratet mit einem Mann. Ein kleines Detail, das Conner natürlich nicht wusste, weswegen sich seine

Augen zu schmalen Schlitzen verengten, bevor er wegsah. Ich löste mich von Andrew, der in die Pilotenkabine ging. Andrew war nicht nur Pilot, sondern auch Teil von Blackwoods Mannschaft. Uns verband etwas Besonderes. Er war ein wichtiger Teil meines Lebens. Ohne ihn hätte ich nicht mal ein Leben.

Conner unterhielt sich mit Kieran, Emma saß auf dem Schoß von Ian und Lucys Kopf lag auf Ryans Schoß. Sie alle wirkten etwas erschöpft, weswegen ich vermutete, dass sie dankbar sein würden für eine Tasse Kaffee. Schon jetzt zu schlafen wäre sicher nicht hilfreich beim Überwinden des Jetlags.

Ich stellte Tassen und den Kaffee auf einen Servierwagen und bewirtete meine neuen Arbeitgeber. Sie alle waren sehr nett und ich hatte das Gefühl, dass wir ein paar schöne Tage miteinander verbringen würden. Ich setzte mich zu Lucy und Ryan und trank meinen Kaffee. Die Maschine startete langsam. Mein Magen sackte etwas tiefer, das passierte mir jedes Mal in einem Flugzeug. Es dauerte ein paar Minuten, bis ich meine Angst wieder unter Kontrolle hatte. Reden half mir dabei am besten.

»Habt ihr Pläne für Las Vegas?«, fragte ich Lucy und Ryan. Ryan warf mir ein Lächeln zu, schüttelte aber den Kopf.

»Ihr solltet euch unbedingt die *Bellagio Fountains* ansehen, aber macht es, wenn es dunkel ist. Und geht auch gleich in den Botanischen Garten, der ist unglaublich romantisch. Und wenn ihr es noch romantischer wollt, im Hotel *Venetian* gibt es einen künstlich angelegten *Canale Grande*.«

»Venedig«, seufzte Lucy und richtete sich auf, um besser von ihrem Kaffee trinken zu können.

»Welche Show würdest du uns empfehlen?«, wollte Emma wissen, die sich über meine Rückenlehne gebeugt hatte.

»*Le Rêve*, ein Musical, das inmitten einer Wassershow aufgeführt wird. Ich habe noch nie etwas Schöneres gesehen«, schwärmte ich.

»Dann sollten wir unbedingt alle zusammen hingehen«, warf Emma ein.

»Das ist eine gute Idee«, sagte ich. Gemeinsame Unternehmungen brachen das Eis und da wir einige Tage sehr eng zusammenarbeiten würden, sollten wir uns alle besser kennenlernen.

Ian beugte sich jetzt auch über die Lehne und grinste. »Conner wird begeistert sein. Ich habe so das Gefühl, dass er ganz eigene Pläne hat.«

Lucy sah mich grinsend an. Ich senkte verlegen den Blick und sah erst wieder auf, als ich mir sicher war, dass sie nicht mehr daran dachte, welche Pläne Ian gemeint hatte. Ryan holte etwas aus der Tasche seiner Jeans und gab es Lucy, die ihre langen kastanienbraunen Haare in einem Zopf zusammennahm, den sie mit einem quietschgrünen breiten Band fixierte. So lächerlich das vielleicht klingen mag, aber an ihr sah es trotzdem gut aus. Die Mädchen trugen beide kurze Jeans und Tops. Und ich war wirklich froh, dass es im Jet eine Klimaanlage gab. Wenn ich gewusst hätte, dass alle so locker sind, hätte ich auf den Businessaufzug verzichtet. Ich fiel richtig auf in dieser Gruppe.

»Was für Pläne?«, fragte ich, in der Hoffnung, dass Lucys Blick nicht angedeutet hatte, dass Conner Pläne mit mir hatte. »Will er heiraten?«

»Conner und heiraten?«, meinte Ian. Er und Ryan lachten laut auf. »Conner weiß noch nicht mal, wie man das Wort Beziehung buchstabiert.«

Das war nichts Neues für mich, aber irgendwo tief in mir hatte ich doch die Hoffnung gehabt, dass er sich vielleicht geändert hatte. Andererseits hatte sein Verhalten in den letzten Stunden nicht für eine Veränderung gesprochen. Kaum hatte er mich gesehen, hatte er sich auf mich fixiert. Das hatte ich damals schon bei ihm beobachten können, wenn er auf dem Campus ein hübsches Mädchen entdeckt hatte. Wie ein Raubvogel hatte er sich dann auf sie gestürzt, bis er sie erobert hatte. Danach hatte er sie nie wieder angesehen. Das würde mir nicht noch einmal passieren.

»Dann ist er in Las Vegas gut aufgehoben, dort gibt es willige Frauen an jeder Straßenecke«, stieß ich hervor.

»Die gibt es auf den Aftershowpartys auch zur Genüge«, warf Ian ein und sah zu Conner, der sich mit Bob und Kieran unterhielt.

Ja, die Aftershowpartys. Ich wusste, wie die abliefen. Die Männer waren nach den Konzerten aufgeputscht. Das Adrenalin peitschte ihnen durch die Venen und der Alkohol tat sein Übriges. Als Assistentin winkte ich die Frauen durch, die sie sich herausgepickt hatten und am nächsten Morgen sorgte ich dafür, dass die Damen wieder verschwanden. Da bei *Wild Novel* die festen Freundinnen mehrerer Männer mitreisten, hatte ich gehofft, dass es dieses Mal ruhiger lief, aber da hatte ich mich wohl geirrt. Natürlich würde sich der Rest der Männer nicht davon abhalten lassen, seinen Spaß zu haben. Es ärgerte mich nur, dass es mich überhaupt interessierte, was Conner nach den Konzerten mit wem trieb. Wahrscheinlich lag das daran, dass ich schon wusste, was diese Frauen fühlten, wenn er sie danach einfach wegwarf wie Abfall.

Ich stand auf und nahm die leeren Tassen, um sie in die Küche zu bringen. Als ich aus der Küche zurückkam, um auch das Geschirr von Bob, Kieran und Conner zu holen, stolperte ich fast über meine eigenen Füße, als der Jet plötzlich ein paar Meter in die Tiefe sackte. Ich hielt die Luft an, krallte mich in die nächst beste Rückenlehne, die ich zu fassen bekam und konzentrierte mich darauf, meine Atmung unter Kontrolle zu bekommen. Als ich den Blick hob, sah ich, dass Conner mich besorgt musterte. Ich verzog das Gesicht und versuchte meine Angst herunterzuspielen. Leider war es eine unangenehme Angewohnheit, unter Flugangst zu leiden, wenn man beruflich sogar sehr häufig fliegen musste. Deswegen versuchte ich alles, damit niemand mitbekam, wie schnell mich der kleinste Zwischenfall an Bord eines Flugzeugs in Panik versetzte. Die Angst verschlimmerte sich sogar noch, wenn die eigene Mutter mit genau so einem Privatjet in den Atlantik gestürzt war, nur weil sie sich dazu hatte überreden lassen, mit ihrer neuen Liebe ein Wochenende in Frankreich zu verbringen.

»Alles in Ordnung?«, wollte Conner wissen, als ich mich an ihm vorbei lehnte, um die Tasse von Bob entgegenzunehmen.

»Danke, mir geht es gut«, antwortete ich knapp. Ich brachte das Geschirr in die enge Küche und als ich mich umdrehte, stieß ich gegen Conners Brust und schlug mit meiner Stirn gegen sein Kinn. Ich zuckte zurück und stöhnte auf, dabei rieb ich mir über die schmerzende Stelle oberhalb meines Auges. »Wolltest du noch was?«

Conners Blick glitt von meinem Gesicht zum Ausschnitt meiner Bluse und wieder zurück. Dann stützte er seine Hände zu beiden Seiten auf die Arbeitsflächen und sah mich mit düsterem Blick an. »Jemand hat mir mal gesagt, dass Sex in einem Flugzeug am besten sein soll. Ich würde gerne testen, ob das stimmt.«

Ich riss die Augen erschrocken auf. Mit allem hatte ich gerechnet, dass er einen Drink wollte, Erdnüsse, Tomatensaft, aber mit dieser direkten Aufforderung hatte ich nicht gerechnet. Ich schluckte gegen die Trockenheit in meinem Hals an und wich einen unsicheren Schritt vor ihm zurück. Unsicher, weil seine Worte einen mittleren Sturm in mir ausgelöst hatten und mein Herz in einem wilden Stakkato galoppierte. Aber Unsicherheit wollte ich ihm auf keinen Fall entgegenbringen, also straffte ich die Schultern und setzte eine Miene auf, die nicht zu meinen wirren Gefühlen passte.

»Ehrlich gesagt hatte ich schon Sex in einem Flugzeug und ich kann dir versprechen, der wird völlig überbewertet. Aber ich werde natürlich dafür sorgen, dass dich keiner stört, wenn du es dir in dem engen Bad selbst machst.«

Conner zog einen Mundwinkel hoch und lachte leise. »Das ist wirklich entzückend und so unerwartet hilfsbereit von dir.« Er wandte sich ab, dann blieb er stehen und sah über die Schulter zu mir zurück. »Was auch immer es ist, ich finde es heraus.«

»Dann wünsche ich dir viel Glück. Ich schweige auch wie ein Grab«, versprach ich, obwohl ich genau wusste, dass er etwas anderes meinte. Er wollte herausfinden, warum ich ihn abblitzen ließ. In seiner Arroganz - die, das musste ich zugeben, wirklich sexy war - glaubte er, jede Frau mit seiner erotischen, selbstsicheren Art herumzubekommen. Vielleicht würde es mich Mühe kosten, aber in den nächsten Tagen würde ich dafür sorgen, dass er und sein bester Freund nicht zum Zug kommen würden. Es wurde Zeit, dass jemand Conner Michaels eine Lektion erteilte. So konnte er mit Frauen nicht umgehen. Und mir gleich gar nicht.

Da das erste Konzert von *Wild Novel* im *Ceasar's Palace* stattfinden würde, war es naheliegend, die Band und ihre Crew auch in diesem Hotel unterzubringen. Für unseren Aufenthalt in Las Vegas hatte ich im Auftrag von Devlin Jonas, der die Tour der Band arrangiert hatte und mein Boss war, eine ganze Etage gemietet. Devlins Frau war ein großer Fan der Band, hatte man mir mitgeteilt, und deswegen wollte ich alles so perfekt wie nur möglich machen. Leider lief die Zimmeraufteilung dann nicht so perfekt für mich. Obwohl für mich ein Zimmer neben dem von

Ian MacLeod und Emma vorgesehen war, landete ich schlussendlich neben Conner Michaels. Und als ob das nicht schon schlimm genug war, gab es zwischen unseren beiden Suiten auch noch eine Verbindungstür. Genau durch diese trat Conner jetzt freudestrahlend ein.

»So ein Zufall«, sagte er breit grinsend und kam auf mich zu. Gerade hatte ich mich über meinen Koffer gebeugt, um meine Sachen für die nächsten Tage in den Kleiderschrank zu räumen. »Ich war mir sicher, dass dieses Zimmer für Bob vorgesehen war. Du wolltest also unbedingt neben mir einquartiert werden und hast den armen Bob deswegen aus seinem Zimmer gedrängt?« Er setzte sich auf mein Bett und stützte die Ellenbogen auf die Knie.

»Um ehrlich zu sein, wollte ich Bob deine unangenehmen Anmachsprüche nicht antun, also habe ich mich, freundlich wie ich nun mal bin, geopfert.« Ich räumte weiter meinen Koffer aus und beachtete Conner kaum. Dabei wusste ich genau, dass er Bob bestochen hatte, sich mein Zimmer auszusuchen, um mich in dieses zu zwingen.

»Du findest meine Sprüche also unangenehm?«

Plötzlich stand er so nahe hinter mir, dass ich seinen Atem in meinem Nacken spüren konnte. Ich hielt eine Sekunde die Luft an, bis der heiße Schauer in meinem Körper verklungen war. »Unangenehm? Nein, nur nicht besonders kreativ.« Ich schob mich an ihm vorbei und stellte meinen Koffer weg.

»Was hast du über mich gelesen?«, wollte er jetzt wissen und sah mich dabei interessiert an. Er hatte den Kopf schiefgelegt und rieb sich über sein Kinn.

Ich zuckte mit den Schultern. »Um ehrlich zu sein, nichts. Bis vor paar Tagen wusste ich noch nicht einmal, dass es *Wild Novel* gibt. Ich bin für eine Kollegin eingesprungen. Warum?«, fragte ich unschuldig, zog die Nadeln aus meinen Haaren und schüttelte den Kopf, damit meine Wellen sich entknoten konnten. Im Spiegel, vor dem ich stand, konnte ich sehen, dass Conner mich dabei beobachtete und wie sein Gesicht sich kurz anspannte, bevor er blinzelte. Zumindest hatte ich nicht gelogen.

Ich log nicht gerne. Aber tatsächlich hatte ich nichts über ihn gelesen, dafür war ich oft genug Zeuge gewesen, von dem, was er so trieb. Wenn ich ihn jetzt so ansah: breitschultriger als früher, maskuliner, deutlich erotischer und fast schon animalisch wild, dann wünschte ich mir, er hätte sich geändert und es würde eine Chance für uns geben, es über eine Nacht hinaus zu schaffen. Ich hatte noch keine Beziehung seit meiner Scheidung, nicht mal eine flüchtige. Und wenn ich daran dachte, mit einem erfahrenen Mann wie ihm zu schlafen, dann wurden meine Bedenken noch größer als die Angst davor, mich ein weiteres Mal auf ein einmaliges Abenteuer einzulassen. Dank Kevin wusste ich jetzt, dass es egal war, ob man nun nur eine einzige Nacht mit einem Mann hatte oder mehr als ein Jahr. Beide Möglichkeiten bargen ihre Gefahren. Wahrscheinlich würde Conner sich mit mir im Bett langweilen. Aber Conner kam ohnehin nicht infrage. Wenn ich wieder bereit für einen Mann war, dann musste es jemand anders sein. Und bereit schien ich zu sein, sonst würde mein Körper nicht so reagieren, wie er es tat, wenn Conner in meiner Nähe war. Aber bereit sein hieß noch lange nicht, einem Mann wieder vertrauen zu können. Vielleicht wäre ich nie wieder dazu in der Lage, einem Mann zu vertrauen.

»Ich wüsste nur gern, warum du so eine offensichtlich schlechte Meinung über mich hast.«

»Habe ich das?«, fragte ich unschuldig und gähnte müde. »Müsste ich dich nicht kennen, um eine schlechte Meinung von dir zu haben? Vielleicht bin ich ja einfach so?« Ich knöpfte meine Bluse auf, zog sie aus dem Bund des Rockes und ließ sie dann vom Körper gleiten, dabei beobachtete ich genau Conners Reaktion im Spiegel und tat so, als würde es mich kein bisschen interessieren, dass er im Raum war, während ich mich umzog. In Wirklichkeit war das nur eine weitere Provokation, die ihm zeigen sollte, wie egal er mir war. Dass seine Nähe mich völlig kalt ließ. Dass das eigentlich nicht so war, wusste er ja nicht. Ich griff hinter mich und öffnete den Reißverschluss meines Rockes und ließ auch den auf den Boden gleiten. Im Gegensatz zu der Angst, die ich davor hatte, mit einem so erfahrenen Mann zu schlafen oder überhaupt so viel Vertrauen aufzubringen, um vielleicht auch nur ein einziges Mal mit einem Mann zu schlafen, ohne Angst haben zu müssen, hatte ich keine Bedenken, meinen Körper zu zeigen. Zumindest solange mein Höschen blieb, wo es war. Zufrieden sah ich zu, wie Conner der Mund auf- und zuklappte und er nervös schluckte.

»Was machst du da?«, fragte er mit heiserer Stimme, wandte aber den Blick nicht von mir ab.

»Mich umziehen. Emma und Ian kommen gleich, um mich für die Show abzuholen. Und soweit ich weiß, sitzt du in meinem Schlafzimmer, also, was hätte ich schon tun sollen?«

»Das nicht«, sagte er und stand auf. Er blieb mitten im Raum stehen und warf mir einen unentschlossenen Blick zu. »Jede andere Frau würde ich jetzt auf dieses Bett werfen.«

»Ich bin nicht jede andere Frau. Ich bin die Frau mit einem schwarzen Gürtel in *Krav Maga*.«

Er ging zur Tür, die unsere Zimmer verband und sah noch einmal über die Schulter zurück. »Das wird dich beim nächsten Mal auch nicht retten. Meine Widerstandskraft, was diese Kurven betrifft, scheint nicht besonders hoch zu sein.«

Ich nahm ein dunkelblaues Seidenkleid vom Kleiderbügel und ließ den fließenden Stoff über meinen Körper gleiten. Als mein Kopf wieder auftauchte, stand Conner noch immer an der Tür. Sein Blick glitt über mich und blieb an meinen Beinen hängen, die nur bis knapp unterhalb der Oberschenkel verhüllt waren. »Ich wollte schon immer mal in ein Musical«, sagte er, dann verschwand er in sein Zimmer. Ich gebe zu, besonders professionell war das nicht. Aber dieser Mann weckte Dinge in mir, gegen die ich kaum ankam. Und der Gedanke, nur in weißer Spitze und einem sehr knappen Slip vor ihm zu stehen, hatte mich so sehr erregt, dass mein Gehirn kaum noch dazu in der Lage war, professionell zu denken. Woran das lag? An den vielen Tagträumen im und nach dem College, in denen ich den Mut aufgebracht hatte, genau das zu tun, nur um Conner Michaels zu zeigen, dass ich noch existierte. Damals hätte ich es nie gewagt. Heute hatte ich genug Selbstbewusstsein, um keine Sekunde zu zögern, mich nackt vor einem Mann wie Conner zu zeigen.

CONNER

Diese Frau war entweder lebensmüde oder wahnsinnig. Oder sie spielte einfach nur ihr eigenes Spiel mit mir. Und das schien sie gut im Griff zu haben. Vielmehr schien sie mich gut im Griff zu haben. Als Dakota sich ausgezogen hatte, während ich auf ihrem Bett gesessen hatte, war ich nicht sicher, ob ich im Paradies oder in der Hölle angekommen war. Doch nach einem genaueren Blick auf diesen sexy Körper mit der schmalen Taille und den runden Hüften, dem Hintern, dem man ansah, dass sie regelmäßig trainierte, war ich mir sicher, in der Hölle angekommen zu sein. Aber dass sie sich einfach so ausgezogen hatte, während ich im Raum war, zeigte auch, wie wenig sie von mir hielt. Ich war ihr schlichtweg egal. Normalerweise interessierte mich nicht, was eine Frau von mir dachte, solange ich sie in mein Bett bekam. Aber bei Dakota war das anders. Lag das daran, weil sie mir mit allem, was sie in den letzten Stunden gesagt oder getan hatte, zeigte, dass ich sie nicht bekommen würde?

Ich öffnete meinen Schrank und warf einen frustrierten Blick auf meine Kleidung: schwarze T-Shirts, Jeans, Lederhosen, ein Kilt. Nichts davon war für ein Musical geeignet. Aber irgendwie wollte ich neben ihr gut aussehen. Etwas bewegte mich dazu, mich ihr anders zu zeigen. Ich verließ mein Zimmer und klopfte an Bobs Tür.

»Ich brauch ein Jackett.«

Bob zog eine Braue hoch. »Hast du Jackett gesagt? Ich frag nur noch mal, weil ich sichergehen will, dass ich mich nicht verhört habe.«

Ich schob mich an Bob vorbei in sein Zimmer. »Hab ich. Nun mach schon.«

Bob schloss die Tür. »Wie kommst du darauf, dass ich eins habe?«

»Weil du ständig in solchen Teilen rumläufst und du der Einzige bist, der in etwa meine Größe hat.«

»Siehst du meine gerunzelte Stirn?«

»Ja.«

»Dann weißt du auch, dass dir ein paar Zentimeter an den Schultern fehlen.«

Langsam wurde ich ungeduldig. Ich wollte auf keinen Fall, dass Dakota mit den anderen allein ging. Noch hatte ich keine Ahnung, was ich ihr beweisen wollte und wie, aber ich wollte, dass sie mich kennenlernte, bevor sie ein endgültiges Urteil fällte. »Übertreib es nicht, du weißt selbst, dass wir fast die gleiche Größe haben.«

»Das heißt noch lange nicht, dass ich dir meine Klamotten gebe. Wir sind hier nicht in einer Mädchen-WG.«

Ich kniff die Augen zusammen und starrte Bob wütend an. »Ich kauf dir ein Neues.«

Bob grinste. »Ich will eins von *Armani*.« Er wandte sich seinem Schrank zu. »Ich hatte keine Ahnung, dass du so ein Weichei bist. Musical? Ernsthaft?«

»Mich interessiert das Musical einen Dreck«, gab ich zurück und nahm Bob die schwarze Anzugjacke ab.

»Aber die Frau.« Er zwinkerte mir wissend zu. »Die Kleine ist eine Nummer zu groß für dich. Soll es auch noch eine Hose sein?«

Ich schüttelte den Kopf und zog die Jacke über mein graues Shirt. »Meine Jeans reichen. Danke. Und deine Meinung interessiert mich nicht.« Ich ließ Bob stehen und ging rüber zu Ian und Emma, die schon fertig waren.

Emma bekam einen heftigen Lachanfall, als sie mich sah. »Ein Jackett?«

»Mir ist heute nach einem Musical.«

Ian grinste. »Dir ist nach Dakota, aber ich habe so das Gefühl, dass daraus nichts wird.«

»Das sehen wir dann.« Ich musterte Emma, die mich neugierig ansah. Das grüne Kleid mit dem weit schwingenden Rock stand ihr. »Du siehst toll aus.«

»Du auch. Und ich kann nicht fassen, dass ausgerechnet du dich in eine Frau verbissen hast. Ist dir aufgefallen, dass sie ganz anders ist als deine sonstigen Betthäschen?«

Ich zog die Augenbrauen hoch. »Ich hab nicht gesagt, dass ich sie heiraten will.«

»Noch nicht«, warf Ian ein und gab mir ein Glas mit Whisky.

Ich schnupperte an dem würzig rauchigen Getränk und trank es in einem Zug. »Ich heirate nicht. Niemals.« Dass ich Ian überhaupt daran erinnern musste, machte mich schon sauer. Er wusste, wie die Ehe meiner Eltern gelaufen war. Wie meine Kindheit ausgesehen hatte. Ich hatte meine Meinung zur Ehe und die würde ich nie ändern. Die Ehe machte aus einem Paar etwas Falsches. Es brachte sie dazu, zu glauben, dass ihre Unterschriften auf einem Stück Papier ihnen eine Sicherheit gaben, die gar nicht vorhanden war. Dieser Irrglaube ließ zu, dass sie Fehler machten. Fehler wie eine Affäre mit einem anderen Mann, der meine Mutter nicht schlug und sich nicht jeden Abend nach der Arbeit mit seinen Kumpels betrank, um dann nach Hause zu kommen und seine Frau zu verprügeln.

»Sie reizt mich einfach nur mehr, weil sie die Einzige ist, die es mir schwer macht. Das ist alles.«

Ian nahm mir das Glas aus der Hand und stellte es auf dem niedrigen Couchtisch ab, der vor einem protzigen Sofa mit vergoldeten Holzschnitzereien stand. »Lass uns gehen.«

Ryan und Lucy, Ian und Emma und dann noch Dakota und ich. Und dieser Andrew. Nur dass Dakota und ich kein Paar waren. Auch wenn sich dieser Abend wie ein Pärchenabend anfühlte, zwischen mir und Dakota lief nichts. Während des Lichter- und Wasserspektakels des Musicals saß sie auf der anderen Seite von Pärchen Nummer 1. Während der Pause achtete sie darauf, mir nicht zu nahe zu kommen und unterhielt sich mit Andrew von Jeff Blackwoods Männern, der uns kurzerhand begleitet hatte. In meinem Magen braute sich etwas zusammen. Etwas, was mich meine Hände zu Fäusten ballen ließ.

»Du siehst aus als wärst du ziemlich übel drauf«, flüsterte Ryan mir zu, als die Show weiterging.

Ich knurrte zur Antwort nur: »Mir geht es bestens.«

»Den Eindruck habe ich nicht«, gab Ian auf meiner anderen Seite dazu. »Ich versteh es nur nicht ganz. Du kennst die Frau erst ein paar Stunden.«

»Ich verliere nicht gern.« Dabei war es mehr als das. Etwas an ihr faszinierte mich. Vielleicht war es diese Ausstrahlung, die sie umgab. Die Art, wie sie mich nicht beachtete oder mich immer wieder mit mahnenden und enttäuschten Blicken bedachte, wenn sie bemerkte, dass ich sie beobachtete. In meinen Fingern kribbelte es, sie zu berühren, wenn ich sie ansah. Der offene Rücken ihres Kleides lud geradezu dazu ein, sie auf ihre nackte Haut zu legen. Ganz sanft und doch als Zeichen an alle anderen Männer, dass sie mir gehörte. Ich wollte noch nie eine Frau besitzen. Aber bei ihr hatte ich dieses Bedürfnis, allen anderen Männern im Raum zu zeigen, dass sie ein Teil von mir war.

Ich blinzelte, als ich ihre Stimme hörte. Sie flüsterte mit Lucy, dann sah sie an mir vorbei zu Emma, die ganz ruhig und konzentriert die Show verfolgte und dabei Ians Hand hielt. Danach sah sie wieder Lucy an und legte mit einem begeisterten Kichern eine Hand auf ihren Mund und nickte. Ich musterte Emma für einen Augenblick, die noch immer die Show verfolgte. Wirkte ihre Haltung etwas angespannt? Was war da eben passiert? Was planten die Frauen? Ich sah nach vorne, wo die Künstler inmitten von Wasserfontänen sangen und tanzten. Ich konnte mich einfach nicht konzentrieren.

Es war, als brannte meine rechte Seite. Die Seite, die ihr am nächsten war. Sie schwirrte die ganze Zeit schon in meinem Kopf herum, und dass sie sich in der Pause mit dem Kerl von der Security so gut verstanden hatte, machte es nicht leichter. Ich wippte mit einem Bein und hoffte, dass die Show bald zu Ende wäre, damit ich hier raus kam. Hier zu sitzen, sie in meiner Nähe, aber nicht nahe genug, um mit ihr reden zu können, machte mich nervös. Aber über was wollte ich schon mit ihr reden? Sie hatte ihre Meinung über mich. Schon von dem Augenblick an, als wir aus dem Flughafen gekommen waren. Ich bekam das Gefühl nicht los, dass ich wissen sollte, warum sie mich nicht mochte. Aber so sehr ich mich anstrengte, ich konnte mich nicht erinnern, Dakota schon vor heute begegnet zu sein. Es konnte also nur etwas sein, das sie irgendwo über mich gelesen hatte. Aber konnte ein Zeitungsartikel die Meinung eines Menschen über einen anderen so stark beeinflussen?

Ich stützte meine Ellenbogen auf die Knie, um besser zu ihr sehen zu können. Sie lächelte und sah auf die Bühne in der Mitte des runden Raumes. Ihre Hände lagen im Schoß und sie spielte mit ihren Fingern, dann wandte sie den Kopf und sah mich an. Sie hatte wohl bemerkt, dass ich sie beobachtete. Ich lächelte sie an. Sie senkte ihren Blick, dann konzentrierte sie sich mit Anspannung im Gesicht wieder auf die Bühne. Die Hitze, die ihre Wangen überzogen hatte, hatte ich trotzdem bemerkt. Ich grinste zufrieden. Vielleicht hatte ich doch noch nicht verloren.

Das Musical endete, alle klatschten begeistert. Wir verließen die Sitzreihen und draußen vor dem *Palace* spürte ich plötzlich eine Hand auf meiner Schulter. Es war Ian. Er sah mich mit leuchtenden

Augen an. Emma stand neben ihm und hatte das gleiche Leuchten in den Augen.

»Was stimmt nicht mit euch?«, wollte ich verwirrt wissen.

Er übergab mir grinsend eine schwarze Samtschatulle. Ich öffnete sie verwirrt und warf einen kurzen Blick auf zwei Eheringe. Begriffsstutzig sah ich zu Ian, der mich noch immer angrinste. »Was soll das? Soll ich heiraten?«

Emma lachte laut auf. »Du und heiraten!«

Ian verdrehte die Augen und rieb sich über den Ärmel seiner Anzugjacke. »Ich wollte dich fragen, ob du mein Trauzeuge sein willst? Wir kennen uns jetzt schon seit Jahren und du warst immer mein bester Freund.« Er machte eine Pause und warf Dakota einen kurzen Blick zu. »Auch wenn du manchmal echt einen Knall hast, was Frauen betrifft.« Die Frauen begannen zu lachen und ich knurrte Ian warnend an.

»Du willst heiraten? Hier in Las Vegas?«

»Ja, Alter. Und zwar jetzt gleich.«

»*Was*?« Ich fühlte mich wie erschlagen. »Und Emma weiß es?«

»Sie steht neben mir, oder?«

Emma lachte und schüttelte den Kopf. Lucy und Dakota traten näher. Emma legte einen Arm um Lucy. »Meine Brautjungfern habe ich schon.«

Mein Herz schlug mir bis zum Hals. Ich konnte es nicht fassen. Nach Adam nun auch noch Ian. Was war los bei uns? Waren wir wirklich alle schon so alt geworden, dass die Jungs nur noch an Familienplanung dachten? »Ich bin sprachlos«, sagte ich und schluckte. Ich sah zu Dakota, die mich neugierig musterte. Warum wussten alle schon von dem hier nur ich nicht? Das hier war eine verdammte Falle, wenn ich falsch reagiert hatte, hatte ich meine Chancen bei Dakota eben noch schlechter gemacht. Dabei war ich noch nicht einmal gegen Heirat. Nicht gegen diese. Ich hatte eben nur kein gutes Gefühl dabei. Ich fühlte mich etwas überrumpelt. »Verdammt Ian, ich denke, das wird aber auch mal Zeit. Du bist ein echter Glückspilz«, sagte ich und nickte. Wenn es bei jemanden funktionieren konnte, dann bei den Beiden. »Aber sag ja nicht, dass du dieser tollen Frau das Ja-Wort vor einer schlechten Elvis-Kopie geben willst. Sie hat was Besseres als das verdient.«

Ian machte ein Zeichen in Richtung einer Limousine auf deren Dach auf einem Schild Taxi stand. Die schwarze Limousine blieb vor uns stehen und ich schüttelte den Kopf. »Verrückte Stadt.«

Wir stiegen ein und ich war froh, den vielen blinkenden Lichtern für einen Augenblick zu entkommen. In meinen Händen hielt ich die Schachtel mit den Ringen. Ich fühlte mich irgendwie melancholisch, was ich mir nicht erklären konnte. Bisher hatte ich eine feste Beziehung noch nicht einmal annähernd für mich in Betracht gezogen. Und die Paare um mich herum hatten mich auch nicht dazu bewegen können. Aber in den letzten Wochen hatte sich da etwas in meiner Brust ausgebreitet. War es die Sehnsucht nach mehr? Ich stöhnte innerlich und rief mich zur Vernunft. Die Sache mit der festen Beziehung kam nicht infrage. Das hatte ich ein einziges Mal zugelassen. Und dieses eine Mal hatte mich für alle Zeiten geprägt.

»Zum *Bellagio*«, sagte Ian dem Fahrer, der sich gleich darauf wieder in den Verkehr einfädelte.

»Wann habt ihr das alles geplant? Conner wirkt richtig überfahren«, wollte Dakota wissen. Ihre Stimme riss mich aus meinen Gedanken und ich sah auf. Sie saß mir gegenüber und strahlte begeistert. Ein Mann wie Ian würde bei ihrem Anblick wohl an Heirat denken, aber mir ballte sich der Magen zur Faust zusammen. Ich konnte einfach nicht anders, als in der Ehe etwas zu sehen, das nicht gut war für zwei Menschen. Liebe war nicht gut für zwei Menschen.

3. Kapitel

DAKOTA

»Schon vor ein paar Wochen und heute direkt nach unserer Ankunft haben wir den Schriftkram erledigt.«

Ich beobachtete Conner, der die Ringschachtel ansah, als wäre sie etwas Böses. Bei ihm war es wohl der Gedanke einer Ehe selbst, der ihn erstarren ließ. Eine Ehe bedeutete immerhin, sich auf Dauer an eine einzige Frau zu binden. Bei mir war es die Erinnerung an meine eigene gescheiterte Ehe, die mich an Ians und Emmas Plänen zweifeln ließ. Für dieses glücklich aussehende Paar setzte ich ein strahlendes Lächeln auf und täuschte eine Begeisterung vor, die ich nicht empfand. Aber ich wollte ihnen ihren Tag nicht damit verderben, indem ich ihnen erzählte, warum meine eigene Ehe nicht ganz zwei Jahre gehalten hatte.

Ich schluckte das Bedürfnis, sie zu warnen, also herunter und lächelte weiter. Ich konzentrierte mich auf die Tatsache, dass sie mich bei ihrer Hochzeit dabei haben wollten. Als Brautjungfer. Von den Trauungen im *Bellagio* hatte ich schon gehört. Sie sollten traumhaft romantisch sein. Ich betrachtete den dunkelhaarigen Schotten mit den faszinierend blauen Augen genauer. Trotz des Anzugs und der darunter versteckten Tattoos wirkte er noch immer ein wenig rau und wild. Genau wie Conner. Das *Bellagio* war so viel anders als sie. Und doch, als wir jetzt vor dem Hotel hielten und ausstiegen und Ian Emma in ihrem wunderschönen Seidenkleid an sich zog, war das *Bellagio* genau der richtige Ort für dieses Paar, das man nur eine Sekunde ansehen musste, um zu wissen, dass sie für immer zusammengehörten.

Jemand nahm uns am Eingang in Empfang. Ian teilte mit, dass sie heiraten wollten und heute schon angerufen hatten. Der elegant gekleidete Page nickte, führte uns an die Rezeption und von dort begleitete uns ein weiterer Herr in eine Kapelle, in der alles in zarten Pfirsichtönen geschmückt war. Von da an dauerte es nur wenige Minuten, bis Ian und Emma vor dem Altar standen und wir an ihren Seiten. Obwohl ich die beiden kaum kannte, liefen mir Tränen über die Wangen und ich musste mit aller Macht gegen die Schluchzer ankämpfen, die aus meiner Kehle kriechen wollten. Und das ärgerte mich, denn ich war ja längst kein Freund von Hochzeiten mehr. Und doch konnte ich nicht anders, als mich mit ihnen zu freuen und verlegen auf den Boden zu sehen, wenn ich Conners nachdenklichen Blick auf mir spürte.

»Und jetzt feiern wir im *The Bank*. Wir haben VIP-Karten«, kreischte Emma aufgeregt, als wir aus der Kapelle traten.

»VIP-Karten?«, hakte Lucy nach und tupfte sich mit einem Taschentuch die Tränenspuren von den Wangen. Ihre freie Hand lag in Ryans Armbeuge.

»Ja, die gehören zum Hochzeitspaket dazu.«

»Wie das klingt? Hochzeitspaket, so unromantisch«, sagte ich seufzend. Andrew trat hinter mich und legte mir seine Hand in den Rücken. Ich sah zu ihm auf und zuckte mit den Schultern.

»Na dann mal los«, meinte er. »Ich könnte nach so viel Zucker auch etwas Hartes gebrauchen.«

»Ich brauch einen doppelten Whisky«, murmelte Conner und ging auf meiner anderen Seite. Schon den ganzen Abend hatte er kaum mit mir gesprochen, aber ich hatte seine Blicke immer wieder auf mir gespürt. Und jedes Mal, wenn das passiert war, war es als würde ich von unsichtbaren Kräften zu ihm hingezogen und ich musste gegen das Bedürfnis ankämpfen, mir zu wünschen, diese eine Nacht in meinem Kopf auf Repeat laufen zu lassen.

Das *The Bank* in Las Vegas war wie Vegas selbst; schrill, bunt und mit vielen blinkenden und zuckenden Lichtern fantastisch aufregend. Conner neben mir schien da anderer Meinung zu sein, er stieß beim Betreten des Nachtclubs ein frustriertes Stöhnen aus und hielt sich sekundenlang eine Hand vor die Augen. Mitleidig griff ich nach seiner Hand, noch bevor mir bewusst war, was ich da eigentlich tat. Aber als er mich erstaunt ansah und ich meinen Fehler bemerkte, war es auch schon zu spät.

»Ich dachte, ich führe dich mal lieber zu unseren Plätzen. Du scheinst zu alt für eine Örtlichkeit wie diese zu sein.« Ich lächelte ihn unschuldig an und zog ihn hinter mir her zum Aufgang, der zum VIP-Bereich führte. Da ich schon mit anderen Bands hier war, kannte ich den VIP-Bereich. Ryan zeigte dem Herren von der Security unsere Pässe, dann gingen wir die Stufen nach oben, wo einzelne Separees für mehr Privatsphäre sorgten. Egal wie oft ich hierher kam, ich fragte mich immer wieder, wozu man in einen Nachtclub ging, wenn man sich dann im VIP-Bereich vor allen Gästen versteckte und eigentlich nur unbeteiligter Zuschauer war. Die wirkliche Action ging doch da unten ab, wo sich hunderte schwitzender, aber sehr freizügig gekleideter Körper zu lauten Beats bewegten und sich aneinander rieben.

Ich rutschte in unsere Sitzgruppe und fand mich zwischen Andrew und Conner wieder. Dabei fühlte ich mich einen Moment lang sehr unwohl, denn zwischen zwei so kräftig gebauten Männern eingeklemmt zu sein, war irgendwie, als hätte man aus mir die Beilage in einem Sandwich gemacht. Noch dazu strahlten die großen Körper eine sehr starke Hitze ab und so nahe neben Conner zu sitzen, fühlte sich gleich noch viel hitziger an. Meine gesamte rechte Seite schien zu kribbeln und unter Strom zu stehen.

»Jetzt, wo ihr verheiratet seid, was habt ihr geplant? Wollt ihr aus unserem Haus am Morray Place ausziehen und euch was Eigenes suchen?«, wollte Conner wissen.

»Ihr wohnt in einem Haus?«, hakte ich erstaunt nach.

Sein Blick glitt zu mir und er grinste frech. »Bis auf Lucy und Ryan. Die beiden haben ihre eigene Wohnung. Was auch unbedingt so bleiben sollte. Es gibt Lucy nicht ohne Anne. Und Anne ist eine Frau, die man nicht ständig um sich herum haben möchte.«

Ich zog fragend die Augenbrauen hoch.

Lucy sah Conner warnend an. »Rede nicht so von meiner besten Freundin.«

»Sie ist ein bisschen verrückt, aber man gewöhnt sich an sie«, meinte Ryan und zwinkerte Conner zu. In seinem Gesicht konnte ich deutlich ablesen, dass er Conner insgeheim recht gab, aber Lucy zu liebe einlenkte.

»Wenn sie Conner so beeindruckt hat, dann möchte ich die Frau unbedingt mal kennenlernen«, sagte ich grinsend. »Also, bleibt ihr nun bei Conner im Haus und spielt Mami und Papi für ihn?«

»Natürlich, wir können unser Kind doch nicht allein lassen, bevor es volljährig ist«, antwortete Emma.

Ich kicherte und wischte mir eine Träne aus dem Augenwinkel. Conner beugte sich zu mir und flüsterte in mein Ohr: »Wenn du lachst, dann wird mir ganz heiß. Deswegen lach so viel über mich, wie du nur willst, es führt nur dazu, dass ich dich noch mehr in meinem Bett haben will.«

Ich verschluckte mich an meinem eigenen Lachen und zugleich flutete Feuer durch meinen Körper und Blitze zuckten an Stellen, an denen sie nicht zucken sollten. Angestrengt schloss ich die Augen, atmete einmal tief durch, dann wandte ich mich Conner mit festem Blick zu und räusperte mich, damit meine Stimme nicht zu weich klang. »Ich weiß nicht, wie das bei dir ist, aber Sex im Bett ist doch was für Langweiler. Damit kannst du mich nicht beeindrucken.«

Conner zog einen Mundwinkel zu einem schiefen Grinsen hoch. »Wenn du so denkst, hattest du nur noch nicht die richtigen Männer im Bett.«

Ich stieß ein verächtliches Schnauben aus - schade, dass ich ihm nicht sagen konnte, dass ich nur zwei Männer hatte und einer davon er gewesen war - und wandte mich mit unterdrücktem Grinsen im Gesicht Andrew zu. »Dann habe ich wohl Nachholbedarf«, sagte ich laut genug, dass es auch Conner hören konnte. »Andrew, wir beide haben schon lange nicht mehr getanzt. Denkst du nicht auch?«

Andrew lachte überrascht auf, denn eigentlich hatten wir noch nie zusammen getanzt. Aber zu meinem Glück hatte er wohl genug von Conners und meinem Gespräch mitbekommen, um zu verstehen, was ich von ihm wollte. »Ich denke auch, dass es Zeit wird, dass wir unsere Körper mal wieder aneinander reiben«, warf er ein und nahm meine Hand. Ryan stand auf und ließ uns aus der Sitzecke.

Auf der Tanzfläche schlang ich meine Arme um Andrews Hals und er legte seine Hände auf meine Taille. Aus den Boxen kam ein langsamer Song von *Celine Dion*. Ich sah in Andrews graue Augen. Er war gut zehn Jahre älter als ich. Seine Wange durchzog eine breite Narbe, die bis hinunter zu seinem Kinn reichte. Das tat seiner Attraktivität keinen Abbruch.

»Was läuft da zwischen dir und diesem Conner?«

Da wir uns schon einige Zeit kannten und Andrew dabei war, als ich die schlimmste Zeit meines Lebens durchgestanden hatte, gab es eigentlich keine Geheimnisse zwischen uns. Das machte das hier auch so einfach. Ich konnte mit ihm reden, ohne dass ich Angst haben musste. Und ich konnte mit ihm tanzen, ohne dass er glauben würde, es hätte etwas zu bedeuten. Er war nicht wie ein Bruder, aber irgendwie doch wie Familie. Ohne ihn wäre ich gar nicht mehr am Leben. Ich zupfte an seinem braunen Haar und verdrehte die Augen. »Ich weiß es nicht. Er ist ein Arschloch. Und eigentlich sollte ich ihn nicht mögen. Wahrscheinlich tue ich das auch gar nicht. Aber er stellt etwas mit mir an, das ich nicht ignorieren kann.«

»Das ist nicht zu übersehen. Du weißt, dass Jeff ihn zu Fischfutter verarbeitet und ihn im Hudson River versenkt?«

Ich boxte Andrew gegen die Schulter, was ihm nur ein Lachen entlockte. »Jeff sollte wissen, dass ich mittlerweile gut auf mich achten kann. Ich bin ein großes Mädchen.« Ich schielte zu den Tischen des VIP-Bereichs und musste grinsen. »Vielleicht solltest du dir mehr Sorgen um deine Gesundheit machen.«

»Tötet er mich mit Blicken?«

»Ich verstehe nur nicht warum. Nach allem, was ich über ihn weiß, scheint es ihm egal zu sein, mit wem er ins Bett springt, die Hauptsache er darf springen.« Ich zögerte, dann legte ich die Stirn an Andrews Schulter. »Ich bin auch schon mit ihm gesprungen. Wir waren zusammen auf dem College. Und er weiß es nicht einmal mehr. Er erkennt mich nicht einmal!«

Andrew lachte leise. »Und so was verheimlichst du mir. Vielleicht sollte ich ihn so lange foltern, bis es ihm wieder einfällt? Oder du hast es ihm damals zu einfach gemacht. Ich denke, noch einmal würde er dich nicht vergessen. Da ich ja ein Mann bin, möchte ich das mal aus der Warte eines Geschlechtsgenossen erklären. Kerle wie er haben es leicht, jede

Frau zu bekommen. Wehrt sich doch mal eine, ist es wie ein Kick für sie. Ich würde sagen, er hat die Jagd auf dich eröffnet.«

»Dann sollte ich ihm wohl deutlicher machen, dass er keine Chance hat.«

»Ich bezweifle, dass ihn das abhalten wird.« Andrew beugte sich näher zu mir runter und flüsterte in mein Ohr. »Das wird ihn sogar nur noch mehr anspornen. Mich würde es mehr anspornen, wärst du nicht wie eine Schwester für mich.«

»Und du schwul«, sagte ich und zwinkerte ihm zu.

»Womit du auch recht hast.«

Conner verzog grimmig das Gesicht und wandte sich ab. Als das Lied zu Ende ging, schleifte Andrew mich zurück an unseren Tisch. »Ich hab keine Lust auf ein blaues Auge.«

»Ich bezweifel, dass es dazu kommen wird. Ich habe Conner keinen Grund gegeben, zu glauben, er hätte irgendein Anrecht auf mich«, stutzte ich Andrew missmutig zurecht. Wir hatten Emma und Ian wohl übersehen, denn als wir an den Tisch kamen, saßen sie nicht mehr auf ihren Plätzen. Bevor ich mich setzte, ließ ich den Blick über die Tanzfläche schweifen und entdeckte sie eng umschlungen in der Mitte. Emma schaute verliebt zu Ian auf, der seine Hände auf ihrem Hintern liegen hatte. Ich konnte mir ein Lächeln nicht verkneifen. Mit zwei großen Schlucken stürzte ich meinen Martini herunter.

»Tanzen macht durstig«, kommentierte ich Conners Blick.

»Das kann ich nicht beurteilen, ich tanze nicht.«

»Du tanzt nicht? Aber du bist Musiker! Bewegst du dich nicht zu deiner Musik auf der Bühne?«, hakte ich erstaunt nach. Die Zeiten von hüpfenden Boygroups waren vorbei, aber ich kannte keine Band, die starr auf der Bühne stand.

»Wir sind keine Statuen, aber wir tanzen nicht«, grummelte Conner.

Ich stülpte ungläubig die Lippen. »Okay, was ist deine Lieblingsband?«

»*Biffy Clyro.*«

Ich stützte meinen Kopf interessiert auf meine Hände. Ryan nickte bestätigend und Lucy zog grinsend die Stirn in Falten. »Und du warst bestimmt schon auf einem ihrer Konzerte.«

»Glasgow, 1. April 2013.«

»Und während du sie gesehen und sie gehört hast, hat dich das nicht mitgerissen?«

Conner zog eine Braue hoch und sah mich an, als wäre ich nicht ganz dicht. »Ich habe nicht getanzt.«

»Und wenn du auf der Bühne stehst und eins eurer Lieder spielst, um euch herum ein tobendes Publikum, Adrenalin rast durch deine Adern ...«

Conner lächelte leicht, beugte sich über den Tisch näher zu mir. »Ich renne über die Bühne, ich spiele Gitarre, mein Herz rast, aber ich tanze nicht. Aber nach der Show bin ich aufgeputscht und dann brauche ich Sex. Unbedingt.« Während er das sagte, brannte sich sein Blick in meinen und einen Moment fühlte es sich an, als würde ich in die Tiefen dieser blauen Augen gesogen. Mein Herz klopfte gegen meine Brust und ich schnappte nach Luft, als wäre plötzlich sämtlicher Sauerstoff aus dem Raum gesaugt worden.

Ich lehnte mich zurück, um ihm zu entkommen, und seufzte schwer. »Also gut, du tanzt nicht.«

Ryan lachte und musterte mich. »Wirst du den Gedanken in den nächsten zwei Wochen aus dem Kopf bekommen oder jetzt nach jedem Auftritt daran denken, was Conner eben gesagt hat?«

Hitze schoss mir in die Wangen und ich war dankbar, für das bunte flackernde Licht im *The Bank*. Es dürfte unmöglich sein, zu sehen, wie jemand rot anlief. Aber wenn Conners Worte schon nicht genau das bei mir bewirkt hätten, dann würde es jetzt Ryans kleiner Schubs in die entsprechende Richtung tun. Ich nahm das frische Glas Martini, dass mir die Kellnerin hinhielt, die gerade gekommen war. Ihrem breiten Grinsen und dem alles sagenden Blick nach zu urteilen, den sie Conner zuwarf, hatte sie genug gehört, um ebenso feucht im Höschen geworden zu sein wie ich.

Ian schob sich neben mich in die Sitzecke, leerte sein Glas Bier und zog dann Emma auf seinen Schoß. Beide strahlten glücklich und waren so in sich selbst vertieft, dass sie uns kaum bemerkten. Emma legte eine Hand an Ians Wange und küsste ihn. Ich sah höflich weg und trank meinen Martini. Langsam machte sich der Alkohol bemerkbar und eine angenehme Schwere breitete sich in meinen Gliedern aus. Das kommt davon, wenn man eigentlich nie etwas trank und dann an einem Abend gleich zwei Gläser. Noch etwas, das ich Conner zuschreiben konnte, denn wenn er mich nicht so nervös machen würde, hätte ich gar keinen Martini trinken müssen, um mich entspannen zu können heute Abend. Oder besser gesagt, um es überhaupt in seiner Nähe auszuhalten, ohne das Gefühl zu haben, innerlich zu verbrennen.

»Emma?«, säuselte Lucy und blinzelte unschuldig mit den Augen, als diese sich zu ihr umwandte. »Ich will mich ja nicht beklagen, aber wir möchten nicht Zeugen eurer Hochzeitsnacht werden. Und um ehrlich zu sein, euch beiden zuzusehen, das lässt mich wünschen, ich könnte auch ein bisschen rummachen. Wie wäre es, wenn wir zurück ins Hotel gehen?«

»Da kann ich nicht widersprechen«, meinte Ian und knabberte an Emmas Hals. Ich unterdrückte ein genervtes Augenrollen. Diese Glückseligkeit erinnerte mich an Zeiten, da ich noch glücklich verheiratet war und weckte meinen Sarkasmus, der mich anflehte, diesen Menschen hier zu sagen, dass Liebe doch nur eine kurzweilige von Hormonen heraufbeschworene Illusion war. Ich rutschte nervös herum und wollte plötzlich auch nur noch weg von diesen glücklichen Paaren.

»Um ehrlich zu sein, ich bin auch total erledigt«, warf ich ein und stürzte den Rest meines Martinis herunter.

4. Kapitel

DAKOTA

Hinter der Bühne herrschte reges Treiben. Den ganzen Tag hatte die Crew mit dem Aufbau verbracht. Die Band hatte am frühen Nachmittag die Show einmal durchgespielt und letzte Änderungen an den Videosequenzen gemacht. Ich hatte dabei vor der Bühne gestanden und ihnen zugesehen. Das hatte ich schon bei vielen Bands getan, aber *Wild Novel* zu sehen und zu hören, das war wie purer Sex, den man direkt in die Venen injiziert bekam. Ians dunkle Stimme, die düsteren Gitarrenklänge, die nackten tätowierten Oberkörper und die schwarzen Lederhosen. All das versetzte meinen Körper in Vibrationen. Und dann Conner zu sehen, das lange blonde Haar offen über den Schultern und nur die Deckhaare in einen Zopf nach hinten gebunden. Ich war unfähig, ihn nicht zu wollen. In diesem Moment wollte ich ihn so sehr wie atmen. Er stand auf der Bühne und er war so viel mehr als nur ein Rockmusiker. Er war ein Wikingergott, der mir die Hitze in sämtliche Körperregionen trieb. Eine Hitze, die ich bekämpfte, indem ich immer wieder runterbetete, wie schlecht dieser Gott für mich war. Das Gleiche hatte ich auch vergangene Nacht getan, als ich nicht einschlafen konnte, weil der Gedanke mich wachhielt, dass er nebenan lag. Warum ließ ich zu, dass er mich so nervös machte, dass seine Nähe dafür sorgte, dass ich ständig unter Strom stand. Warum erregte es mich sogar, dass er mich ständig ansah, immer versuchte, mit Augen und erotischen Sprüchen meinen Widerstand zu brechen? Warum interessierte er sich überhaupt für mich? Ich sollte mir ständig in Erinnerung rufen, dass ich nur so lange für ihn von Interesse war, wie er mich noch nicht in seinem Bett hatte. So war Conner Michaels nun mal.

Ich betrat mit meinem Klemmbrett den Aufenthaltsraum in dem sich die Band aufhielt. Hier war von dem Trubel draußen nichts zu bemerken. Sie saßen in Sesseln oder auf der Couch und tranken Wasser. Niemand sprach. Sie alle waren auf das erste Konzert in den USA konzentriert. Ich sah auf die Uhr. Devlin und seine Frau würden es nicht mehr pünktlich schaffen. Dabei wollten sie die Band vor ihrem ersten Auftritt unbedingt noch einmal sehen und persönlich willkommen heißen.

»Ihr habt noch zehn Minuten«, sagte ich und nickte Jeff zu, der in einer Ecke lehnte und leise in sein Headset sprach.

»Bei uns ist alles klar«, sagte er. Bob wirkte angespannter als Jeff, nickte aber auch zur Bestätigung.

Mein Blick blieb auf Conner kleben, oder vielmehr auf seiner nackten Brust. Sein ganzer Oberkörper war jetzt übersät mit Tattoos. Damals hatte er nur ein Einziges. Eins, das ihm etwas bedeutete. War es dieses typische Bad Boy-Image, für das Tattoos standen? Dieser Anblick sorgte dafür, dass ich ganz feucht zwischen den Schenkeln wurde. Mich überkam das mächtige Verlangen, meine Zunge über die zahlreichen Symbole und Tribals auf Conners Körper gleiten zu lassen.

Wild Novel spielten mit nacktem Oberkörper. Das hatten mir Lucy und Emma heute Mittag erklärt, als die Band das erste Lied geprobt hatte und ich noch annahm, dass sie nur zur Probe etwas lockerer auftraten. In meinem Magen flatterte es und ich biss mir auf die Unterlippe. Wenn ich mir Conners Oberkörper so ansah, die keltischen Tribals, die sich über seine breite Brust und seine Arme zogen, dann wusste ich, warum 70% der Zuschauer da draußen schreiende, kreischende Frauen waren und warum schon jetzt Höschen die Bühne schmückten. Verdammt, ich wollte am liebsten mein eigenes noch dazu werfen. Ich schüttelte innerlich den Kopf und erinnerte mich heute schon zum hundertsten Mal daran, dass ich Conner ruhig sabbernd anstarren durfte, aber mehr kam auf gar keinen Fall infrage. Ich musste mein Höschen gefälligst lassen, wo es war.

Emma und Lucy hielten beide eine Flasche Bier in ihren Händen und prosteten sich zu. Da sie heute nur T-Shirts und Jeans trugen, hatte auch ich auf Businesskleidung verzichtet. Emma hatte mir ein *Wild Novel*-Shirt verpasst, das unterhalb der Brust mehrere Schnitte hatte und auf dem Rücken sogar geknüpft war. Ich fand es etwas freizügig, aber da die Beiden auch solche Shirts trugen und sie von einer Freundin der Band entworfen wurden, trug ich es nun doch. Zusätzlich zu einem Namensschild auf der Brust, das mich als Assistentin auswies.

An der Tür zur Bühne klopfte es und die Zuschauer klatschten und jubelten, als die Vorband ihren Auftritt beendete.

»Also dann mal los«, meinte Ian und schob Emma von seinem Schoß.

»Hals- und Beinbruch«, wünschte ich und folgte den Männern zum Seitenaufgang der Bühne, um mir von dort das Konzert anzusehen. Ein Konzert, das sie in Kilts gaben. Manchmal taten sie das, hatte Emma mir erklärt. Heute taten sie es, um den Amis zu zeigen, was echte Highlander waren. Emmas Worte. Und wenn das echte Highlander waren, dann lebte ich definitiv im falschen Land. Wie verdammt heiß Männer in Röcken sein konnten, hatte ich bis jetzt nicht gewusst.

Ian zog Emma an sich, küsste sie und ging als erstes auf die Bühne. Dann küsste Ryan Lucy und ich konnte mir ein Grinsen nicht verkneifen. Bis Conner mir einen Arm um die Taille schlang und mich an sich zog. Ich hielt erschrocken die Luft an und drückte meine Hände gegen seine nackte harte Brust. Er grinste nur und senkte seinen Mund zu einem flüchtigen Kuss auf meine Lippen, dann wandte er sich lachend um und ging auf die Bühne, wo Ryan seine Sticks über die Drums tanzen ließ.

»Das nennt man sexuelle Belästigung am Arbeitsplatz«, rief ich Conner hinterher und schickte Blitze gegen seinen Rücken.

Er wandte sich zu mir um und ging rückwärts weiter. »Nenn es wie du willst, ich nenne es Glück wünschen. Du trägst ein Shirt, das nur unsere Frauen tragen. Das macht dich zu einer von uns.«

»Er wird nicht aufgeben«, sagte Lucy und stieß mich mit der Schulter an.

»Deswegen habt ihr mich in dieses Shirt gesteckt. Das war Absicht. Wahrscheinlich wird er nicht aufgeben. Aber noch bin ich nicht bereit, ihn gewinnen zu lassen. Für mich ist das hier ein Job.«

Lucy runzelte die Stirn. Das schien sie immer zu machen, wenn sie etwas nicht gut fand, aber mir war egal, wie sie dachte. Ich hatte meine Meinung und von der würde mich nichts abbringen. »Sieh das nicht als Job an. Was wir hier machen, ist kein Job, das ist Spaß. Wir sind Familie. Die Band, die Crew und alles, was dazu gehört. Deswegen ist es Ian so wichtig, dass du mit uns reist und nicht mit deinem Auto. Du sollst dich integrieren, ein Teil der Band werden. Und so wie ich das sehe, mag Conner dich. Und da werden wir alles geben, damit er auch gewinnt. Er hat es verdient, glaub mir.«

»Für ein paar Tage gehöre ich dazu«, erinnerte ich sie und ignorierte, dass sie mich schon mit Conner zusammen sah. Sie kannte ihn wohl schlecht, sonst wüsste sie, dass er keine Beziehung suchte.

»Oder für immer.«

»Für immer?« Ich sah sie ungläubig an. Ian sang auf der Bühne die ersten Noten.

»Ian sucht eine Assistentin auf Dauer.«

»Aber das kommt für mich nicht infrage. Wozu könntet ihr mich brauchen? Ihr lebt in Edinburgh und ich in New York.«

»Sie wollen ihr nächstes Album in den USA aufnehmen, einige Gigs spielen. Sie wollen hier Fuß fassen. Bisher kennt man die Band nur in Europa. Diese Tour ist nur der Anfang. Zumindest ein paar Monate werden wir hier bleiben.«

Mein Mund klappte auf und ich sah verständnislos zwischen Lucy und Emma hin und her. »Ihr zieht hier her?«

»Nicht für immer, aber für ein paar Monate.«

Ich schüttelte den Kopf. »Das ist egal. Ich kann nicht auf Dauer einen Job bei *Wild Novel* annehmen. Ich betreue noch andere Bands.« Außerdem, auf Dauer würde ich Conner nicht widerstehen können. Das durfte also nicht passieren. Und ohnehin ging das gar nicht, weil mehr Zeit mit *Wild Novel* verbringen und enger mit ihnen zusammenarbeiten, würde bedeuten, mehr und mehr in die Falle zu tappen, die Conner um mich herum aufbaute. Jeder Blick in seine Augen, jede noch so flüchtige Berührung, jedes Wort, das er mir zuflüsterte, zog mich unweigerlich tiefer und irgendwann wäre der Schmerz wieder da, den ich damals empfunden hatte, als er mich einfach so vergessen hatte. »Nein, das geht leider nicht«, sagte ich bestimmt.

Emma zuckte lässig mit den Schultern und lächelte geheimnisvoll. Ich sah zur Bühne, wo die Band gerade *Don`t look back* spielte. Eins der Lieder, die Conner sang, weil seine samtige, weiche Gesangsstimme einfach perfekt zu diesem Lied passte. Ich hörte auf zu atmen und schmolz dahin, während ich ihn beobachtete, wie er hinter dem Mikrofonständer stand, das Mikro mit beiden Händen umklammert hielt und die blaue Stratocaster vor seinem Körper hing und darauf wartete, dass er den wunderschönen Riff spielte, der dieses Lied so unglaublich eingängig machte.

Das Konzert endete mit einem letzten Gesangsauftritt von Ian, der mit seiner dunklen Stimme harte Noten schmetterte und dafür sorgte, dass meine Haare auf den Armen sich aufstellten vor Begeisterung. Als die Männer sich von ihrem Publikum verabschiedet hatten und Conners Blick zum Ausgang der Bühne glitt, machte mein Herz einen heftigen Satz. Diese Augen drückten genau das aus, was er versprochen hatte am Abend davor, als er sagte, dass er nach einem Konzert nur an Sex denken konnte. Und so wie er mich ansah, wusste ich sofort, dass ich das Wild war, das er für seine Jagd auserkoren hatte. Mein Magen krampfte sich nervös zusammen und ich wollte schnellst möglich vor ihm davonlaufen und gleichzeitig schaffte ich es nicht, meine Füße dazu zu bringen, sich zu bewegen. Ich leckte über meine trockenen Lippen und starrte auf Conner. Bemerkte kaum, dass Ryan neben mir Emma an sich zog und sie herumwirbelte.

Conner kam auf mich zu, wurde wenige Schritte vor mir langsamer und sagte dann mit funkelnden Augen: »Soll ich raten, an was du gerade denkst?« Dann ging er an mir vorbei zu den Umkleideräumen. In meinem Rücken konnte ich sein raues Lachen hören.

Ich brauchte einen Moment, bis ich wieder zu Atem kam, mich umwandte und hinter ihm herrief: »Ich habe gerade daran gedacht, dass ich unbedingt noch mein Kleid für morgen bügeln muss.« Kaum ausgesprochen ärgerte ich mich, dass mir nichts Schlagfertigeres eingefallen war. Ich stapfte zum Eingang hinter die Bühne, wo die Fans mit den Pässen schon warten würden, um ihre Idole möglichst hautnah zu erleben. Natürlich waren die meisten Mädchen. Eine junge Frau erkannte ich sogar wieder. Als wir gestern Abend zurück ins Hotel kamen, hatte sie vor dem Eingang gestanden und laut die Namen der Bandmitglieder geschrien. So was erlebte ich immer wieder.

Bob ließ sich die Backstage-Pässe zeigen und brachte die Fans dann mit mir zusammen in den Aufenthaltsraum, wo die Band schon darauf wartete, ein paar Worte mit ihnen zu wechseln, Fotos zu machen und ihnen Poster, CD-Hüllen und Kleidung zu signieren. Ian tat das, was ich schon bei anderen Bands erlebt hatte, und lud die Fans zur Aftershow-Party in die Bar des *Palace* ein, was besonders von den weiblichen Fans mit lautem Gekreische aufgenommen wurde.

In der Bar war schon Einiges los, als wir ankamen: ein paar Journalisten erkannte ich und begrüßte sie freundlich im Namen von *Wild Novel*. Mit einigen machte ich für den nächsten Vormittag kurze Interviewtermine aus. Ein paar Mitglieder anderer Bands waren auch da, Models und natürlich auch Schauspieler. Die meisten davon hatte ich selbst eingeladen. Man konnte nie genug Prominente auf einer solchen Party haben. Je mehr, desto hilfreicher für die Bekanntheit der Band. Da Ian der Kopf der Band war, führte ich ihn herum und stellte ihn vor. Dann kam ein dunkelhaariger Mann auf uns zu, der mich stark an Ian erinnerte. Er grinste breit, zog Ian in die Arme und drückte ihm eine altertümlich anmutende Flasche in die Hand.

»Warum hast du nichts gesagt?«, donnerte der Mann und klopfte Ian auf die Schulter.

»Adam, das ist Dakota. Unsere Assistentin«, sagte er und wies auf mich. »Dakota, mein Cousin Adam MacLeod.« Ian betrachtete die Flasche, dann blickte er nachdenklich zu Adam auf. »Wenn ich gewusst hätte, dass du mir *Highland Park Valhalla Thor* mitbringst, dann hätte ich schon vor Monaten in Edinburgh geheiratet.«

Ich warf einen verwunderten Blick auf die Flasche, auf der Thors Hammer abgebildet war. Ein Bild, das ich auch auf Conners Oberarm entdeckt hatte. »Das ist eine Sonderabfüllung der besten Destillerie Schottlands. Offiziell nicht mehr zu bekommen«, klärte mich Ian auf und Adam schnaubte.

»Die Zweitbeste.«

»Du hast recht«, warf Ian ein. »Aber deswegen werde ich mir den hier trotzdem schmecken lassen. Wo hast du Linda gelassen?«

Adam warf mir einen Blick zu und grinste breit. »Sie hat gewütet wie eine Irre, aber ihre Großmutter hat ihr verboten, in ihrem Zustand zu fliegen. Ich soll dir ausrichten, dass dich eine Heirat in Vegas auch nicht davor schützt, dass sie sich an einer richtigen Hochzeitsfeier für euch austobt. Ihr habt ihr nur unter die Arme gegriffen. Jetzt kann sie sich Zeit lassen, bis das Baby da ist und dann wird sie sich in weiße Spitze und Blumen stürzen und eine riesen Party planen.«

Ich hielt mir eine Hand vor den Mund und lachte. »Schade, dass ich diese Frau nicht kennenlernen durfte. Aber was Adam da gerade schildert, gefällt mir.«

Ian schüttelte den Kopf. »Du kannst froh sein, dass sie nicht hier ist, sonst würdest du keine Chance mehr haben, Conner zu entkommen. Wenn die Frau Blut geleckt hat, dann lässt sie nicht mehr los.«

»Ich glaube, dann müsste ich sie enttäuschen. Vielleicht ist es doch gut, dass sie nicht hier ist. Ich enttäusche schwangere Frauen nicht gerne. Ich werde mich mal um unsere Gäste kümmern«, entschuldigte ich mich bei den Männern und warf ihnen einen letzten bewundernden Blick zu. Die beiden ähnelten sich wirklich enorm. Und diese Augenfarbe, die so gar nicht zum schwarzen Haar passen wollte, und einen so sehr in den Bann zog, dass man kaum wegsehen konnte.

Jemand tippte mir auf die Schulter und ich wandte mich um. »Jamie!«, rief ich erfreut aus, als ich den Sänger von *Soul of Mjölnir* erkannte. Eine britische Band, mit der ich mehrere Monate durch Amerika getourt war. »Schön, dass du gekommen bist.«

»Du weißt doch, du rufst und da bin ich. Außerdem, was hätte ich sonst tun sollen?«

»Ja, du hättest keine Ausrede vorbringen können, die ich akzeptiert hätte. Schließlich schuldest du mir etwas dafür, dass du der ganzen Welt meine Titten präsentiert hast in deiner Show.« Als ich mit der Band unterwegs war, hatte Jamie ständig seine Kamera in der Hand, auch, als wir in Los Angeles in einem Hotelpool Spaß hatten. Zumindest hatte seine Band Spaß, als sie mich in den Pool geworfen hatten und ich beim Wiederauftauchen oben ohne vor ihnen stand.

»Nicht der ganzen Welt, nur Britannien.«

Ich boxte ihm gegen die Schulter. »Schlimm genug.«

Jamie strich sich durch sein schokoladenbraunes Haar, das immer ungekämmt wild aussah und musterte mich aus dunkelblauen Augen. »Wie geht es dir?«, fragte er besorgt.

Ich zuckte mit den Schultern. »Es ist drei Jahre her. Es geht mir gut.«

»Das sagst du immer, aber wie ich höre, bist du noch Single. Das werte ich als schlechtes Zeichen.«

Ich kneife die Augen enger zusammen. »Nur, weil ich mich gegen eine neue Beziehung entschieden habe, heißt das nicht, dass ich noch immer an meiner letzten zu knabbern habe.«

»Daran vielleicht nicht, aber an dem, was passiert ist, als du dich von ihm trennen wolltest.«

Ich schluckte und wich Jamies Blick aus. »Lass uns tanzen gehen.«

Mit einem dunklen Lachen griff Jamie nach meiner Hand und führte mich auf die Tanzfläche. »Du weißt, dass ich eine Freundin habe?«

»Du weißt, dass mich das überhaupt nicht interessiert?«

»Ich wollte es nur gesagt haben.« Jamie zog heftig an meinem Arm und wirbelte mich gegen seine Brust. Ich kicherte laut und legte die Hände um seinen Nacken. Während wir tanzten, fragte ich ihn über seine Freundin aus. Sie hieß Emily, war Schriftstellerin und schrieb Bücher mit eindeutig schmutzigen Szenen.

»Ich glaube dir nicht eine Sekunde, dass du von ihrer schmutzigen Fantasie nicht profitierst«, warf ich grinsend ein, als Jamie mir erzählen wollte, dass er sich wünschte, sie würde weniger schmutzige Bücher schreiben. In seinen Augen funkelte es und er schüttelte grinsend den Kopf.

»Du hast mich erwischt. Ich liebe ihre Fantasie. Und wie läuft es mit *Wild Novel*?«

»Kennst du sie? Ihr seid ja fast Nachbarn.«

»Nachbarn? Okay, nach amerikanischen Maßstäben wohl schon. Ich hab sie bei *T in The Park* spielen sehen. Tolle Band.«

Ich warf einen Blick über Jamies Schulter und entdeckte Conner, der in eine Unterhaltung mit einer Frau vertieft war, die zu den glücklichen Fans mit den Backstage-Pässen gehörte. Die dunkelhaarige, extrem schlanke Frau schmiegte sich an seine Seite und sah mit Schlafzimmerblick zu ihm auf. Ihre Hotpants waren so knapp, dass sie gut als Unterhöschen hätten durchgehen können. Conners Blick traf meinen, gleichzeitig wanderte seine Hand auf ihren Hintern. Ich stöhnte innerlich, aber erst, nachdem ich den Stich im Herzen überwunden und als unwichtig abgetan hatte.

»Und was sagt die Klatschpresse bei euch über die Jungs?«, hakte ich neugierig weiter nach.

»Sie hatten nicht viel Glück mit einem ihrer Drummer. Irre Geschichte.« Jamie verzog das Gesicht. »Er hat versucht, Emma umzubringen, hat sich dann aber selbst getötet und fast Emmas Mutter mitgenommen.«

Ich schluckte und presste die Kiefer aufeinander. »Ich hatte keine Ahnung.« Mit den Augen suchte ich den Raum nach Ian und Emma ab. In diesem Moment wünschte ich ihnen noch mehr alles Glück der Welt. Ich wusste, wie sehr solche Dinge einen verändern konnten.

Jamie zog mich näher an sich und drückte mich fest.

»Schon gut, ich bin wirklich drüber weg«, murmelte ich.

Jemand klopfte mir auf die Schulter. Ich löste mich von Jamie und wandte mich zu Conner um. »Wenn du mit ihm fertig bist, die Kleine drüben an der Bar darf heute bei mir übernachten«, sagte er, warf mir einen abschätzigen Blick zu und funkelte dann Jamie an. »*Soul of Mjölnir*«, sagte er knapp. »Gute Songs.« Er wandte sich ab und ging auf einen der Spieltische zu, die im Raum standen.

»Darauf kannst du dir jetzt was einbilden«, sagte ich schnippisch zu Jamie, der nur mit den Schultern zuckte. »Ich würde sagen, du machst die Aufnahmen für deine Show und ich kümmere mich um Conners Fick der Stunde.«

»Fick der Stunde? Seit wann bist du so ...«

»... deutlich?«

»Ja, so kann man es auch nennen.«

»Seit ich mit diesem Kerl zusammen auf dem College war. Und nein, frag nicht.« Ich wandte mich ab und ging zur Bar, an der Conners Auserwählte wartete. Zeit, mich um die Angelegenheit zu kümmern. Schließlich war ich die Assistentin.

Mit einem breiten Lächeln ging ich selbstbewusst auf die junge Frau zu. Meiner Schätzung nach war sie nicht älter als vierundzwanzig und hatte indianische Vorfahren, wie mir ihre scharfkantigen

Wangenknochen und die samtige Bräune ihrer Haut verrieten. Ich blieb vor ihr stehen und hielt ihr meine Hand hin. »Guten Tag, meine Name ist Dakota. Ich bin die Assistentin von *Wild Novel*. Conner hat mir gesagt, dass ich Sie auf sein Zimmer begleiten soll. Bevor wir gehen, gäbe es da noch ein paar Regeln, die ich Ihnen erklären muss.«

Das Lächeln verschwand aus ihrem Gesicht und sie nickte. Ich hatte auch schon bei anderen Bands die Aufgabe, junge Frauen in ihre Betten zu legen. Doch für Conner würde ich mir besonders viel Mühe geben, deswegen musste ich zuerst etwas gegen die Nervosität der Dame tun. »Wie heißt du denn?«, hakte ich noch immer freundlich lächelnd nach.

»Shona Tenner.« Ihre Stimme klang reichlich zittrig. Die Mädchen waren immer angespannt, wenn sie so kurz davor standen, mit ihren großen Idolen zu vögeln.

»Also gut, Shona. Zuerst müssen wir etwas gegen deine Anspannung tun. Wenn Conner eins nicht leiden kann, dann Frauen, die unter ihm liegen wie ein Brett.« Ich zwinkerte ihr vielsagend zu. »Er hat ganz besondere Bedürfnisse. Und da er dich ausgewählt hat, glaubt er wohl, dass du ihm genau das bieten kannst, was er braucht.« Sie blinzelte erschrocken. Ich legte eine Hand auf ihren Arm, um sie zu beruhigen. Tief in mir drin, wo sie es nicht sehen konnte, kicherte ich wie ein kleines Mädchen, kurz vor einer großen Dummheit. Und wahrscheinlich war mein Plan auch eine große Dummheit. Conner würde mich dafür umbringen, aber ich konnte einfach nicht über meinen Schatten springen, also würde ich das hier durchziehen.

»Er steht doch nicht auf perverses Zeug, oder?«

»Nein, keine Angst.« Ich winkte dem Barkeeper. »Einen Whisky für die hübsche Dame.«

»Whisky?«, wollte sie erstaunt wissen.

»Unbedingt. Du willst doch nicht so zittrig in seinem Zimmer auftauchen.«

Der Barkeeper schob ihr das Glas hin und sie setzte es zögernd an ihre dunkelroten Lippen. Hatte Conner eine Schwäche für Frauen, die ihr Make-up gerne zu dick auftrugen? »Runter damit«, befahl ich.

»Und die Regeln?«

Die hätte ich fast vergessen. Eigentlich gab es keine. Die Regeln hatte ich erfunden, um Shona ein bisschen »lockerer« zu machen. Oder besser brauchbar für meine Pläne. »Regel 1: Immer Kondome, auch, wenn er was anderes sagt. Du hast ja keine Ahnung, wie viele Frauen diese Rockstars schon gevögelt haben. Regel 2: Keine Fotos, keine Presse. Dein Handy schaltest du ab und legst es direkt neben die Eingangstür.« Das war doch eine logische Regel, oder? Zumindest klang sie sehr glaubhaft. »Barkeeper? Noch einen.« Als der Barkeeper mich mit hochgezogener Augenbraue ansah, hob ich eine Hand und zeigte mit Daumen und Zeigefinger erst eine Spanne von zwei Zentimeter, die ich langsam und mit gespitzten Lippen zu vollen 10 Zentimetern ausweitete. Der Barkeeper schüttelte nur den Kopf und schenkte Shona dann großzügig ein. Shona riss erstaunt die Augen auf. Ich klopfte mit der Hand auf ihren Unterarm. »Du bist viel zu angespannt.«

»Ich glaube, du hast recht. Ich will ja nicht als schrecklichste Bettgeschichte in seinem Gedächtnis bleiben.«

»Das will niemand«, bestätigte ich. Und rollte innerlich die Augen, selbst wenn sie mit ihrem Köper Wunder wirken konnte, würde er sich nicht an sie erinnern. Ich wusste das, sie nicht. Aber ich war ja dabei, dafür zu sorgen, dass er sie nie vergaß.

Shona leerte das Glas mit kräftigen Schlucken, röchelte und stöhnte und griff sich an die Kehle. »Verdammt, das Zeug brennt.«

»Schottischer Whisky«, sagte ich nur. »So wie ihr Whisky, so sind die Schotten auch im Bett.« Natürlich hatte ich keine Ahnung, wie die Schotten im Bett waren, nur wie Conner im Bett war. Aber es galt, Shona davon zu überzeugen, möglichst viel Entspannung zu benötigen, bevor sie sich Conners Leidenschaft stellte. Shona schwankte und sah mich mit trübem Blick an. »Noch einen kleinen?« Sie nickte. Mutig war sie, das musste man ihr lassen. Ich bestellte noch einen »kleinen« Whisky und winkte Andrew herbei. Shona trank und hickste. Als Andrew neben uns stehenblieb, fing sie an zu kichern.

»Du bist aber ein hübscher Schotte«, lallte sie und befühlte fahrig Andrews Oberarm.

»Ich bin kein Schotte«, knurrte Andrew und sah mich fragend an.

»Conner möchte, dass wir Shona in sein Bett bringen.«

Andrew sah mich erstaunt an. »In dem Zustand?«

Ich nickte ernst. »Versteh einer die Kiltträger, aber sie mögen es wohl mit Alkoholleichen.«

»Das ist keine gute Idee«, meinte Andrew.

»Oh doch, das ist es«, wimmerte Shona.

»Finde ich auch«, warf ich ein.

Andrew stöhnte. »Also dann.« Er legte sich Shonas Arm um die Schulter und half ihr auf. Ich folgte den beiden zu den Fahrstühlen und summte gut gelaunt einen alten Werbejingle.

»Ich hoffe, Conner zieht einen Kilt an, wenn wir vögeln«, sagte Shona, als wir in den Fahrstuhl stiegen.

»Das tut er bestimmt«, sagte ich und unterdrückte einen Lachanfall.

»Ich hatte keine Ahnung, dass du so durchtrieben bist«, meinte Andrew und drückte Shona mit einer Hand gegen die Rückwand des Fahrstuhls, damit sie nicht zusammensank.

Ich blinzelte unschuldig. »Er wollte, dass ich sie in sein Zimmer bringe.«

»Aber bestimmt nicht so.«

»In welchem Zustand hat er nicht klar definiert.«

Andrew lachte laut auf. Der Fahrstuhl hielt und wir stiegen aus. Die letzten Meter bis zu Conners Zimmer musste Andrew Shona schon tragen, weil sie ihre Füße nicht mehr unter Kontrolle hatte. Mit jedem Schritt fühlte ich mich beschwingter und leichter und konnte das breite Lächeln gar nicht mehr unterdrücken. Andrew ließ Shona bäuchlings auf Conners Bett fallen und ich strich brav wie ich war, ihr Haar aus ihrem Gesicht, damit sie es nicht vollsabberte.

»Sie schläft schon«, sagte Andrew. »Ich hoffe, du weißt, was du da tust.«

»Keine Angst. Conner wird uns dankbar sein.«

Andrew verließ mit einem Lachen das Zimmer und ich ging durch die Tür, die Conners Zimmer von meinem trennte. Vorsorglich schloss ich von meiner Seite aus ab und setzte mich zufrieden an meinen Schreibtisch, um ein paar Anrufe zu tätigen.

CONNER

Gut gelaunt betrat ich mein Zimmer. Heute war ein erfolgreicher Abend gewesen. Erst Dakotas erstaunter Blick, als ich sie vor unserem Auftritt einfach geküsst hatte und dann die spürbare Wut, als ich ihr gesagt hatte, sie solle Shona für diese Nacht auf mein Zimmer bringen. Diese Frau trieb mich in den Wahnsinn. Egal, was ich versuchte, sie ließ mich nicht an sich ran. Erst ließ sie vor meinen Augen ihre Klamotten fallen und dann tanzte sie mit jedem Kerl, der ihr vor die Füße fiel. Wenn sie glaubte, dass mich das eifersüchtig machte, hatte sie sich getäuscht. Oder auch nicht, denn ich war gerade dabei, den Spieß umzudrehen und sie eifersüchtig zu machen. Warum sonst, hatte ich von ihr verlangt, irgendeinen Groupie auf mein Zimmer zu schaffen. Ich rieb mir die Stirn. Andererseits, was interessierte es mich? Ich wollte heute Nacht einfach nur Spaß. Nach einem Konzert musste ich diesen Drang irgendwie ausleben. Alles rauslassen, was das viele Adrenalin in mir ausgelöst hatte. Und da tat es auch ein Groupie. Die taten es immer. Fragte sich nur, warum ich mich bei dem Gedanken dann so unbefriedigt fühlte.

Ich bog vom Wohnbereich in den Schlafbereich ab und erstarrte, als ich Shona schon in meinem Bett vorfand. Nur leider anders, als ich erwartet hatte. War sie eingeschlafen, während sie auf mich gewartet hatte? Lächelnd trat ich näher. Nichts war heißer, als eine Frau aus dem Schlaf zu lecken. Ich beugte mich über sie, um sie zu küssen und hielt den Atem an. Was für eine Fahne! Whisky? Ich wälzte Shona auf den Rücken. Sie stöhnte leise, brabbelte etwas und schlief weiter. Sabber lief aus ihrem Mundwinkel. Die Frau war sturzbetrunken!

Was bedeutete, dass ich nichts ausleben würde. Zumindest nicht mit ihr. Ich warf der Tür zu Dakotas Zimmer einen wütenden Blick zu. Das war ihre Idee. Sie hatte das mit Absicht gemacht. Zornig stapfte ich auf die Tür zu und hämmerte dagegen. »Ich komm jetzt rein«, knurrte ich. Stille. Ich scherte mich nicht darum, rüttelte an der Tür und versuchte, von meiner Seite aufzuschließen, was nicht ging. Die Tür blieb versperrt. Shona hinter mir begann zu schnarchen. Verdammt, ich hatte keine Ahnung, dass Frauen so laut schnarchen konnten. Ich ging zur Bar und schenkte mir einen Bourbon ein, nahm die Flasche mit und setzte mich auf die Couch. Dann musste ich den Druck heute eben ertränken. So laut wie Shona Holz verarbeitete, würde ich eine Menge Alkohol brauchen, um einschlafen zu können. Und da Dakota mir im Tourbus nicht entkommen konnte, würde ich mich morgen um sie kümmern. Ich würde meine Hand auf ihren nackten Hintern klatschen lassen. Und vielleicht würden meine Finger sich dabei verirren und sie ficken, bis sie schreiend um mehr bettelte. Was sie nicht bekommen würde.

Zufrieden trank ich noch ein zweites Glas und stellte mir tausend schöne Qualen für Dakota vor, die sich anscheinend darauf verlegt hatte, mir die Hölle heiß zu machen. Ich warf der kleinen Couch einen misstrauischen Blick zu, dann dem schönen großen Bett, das Shona in Beschlag nahm. Ich würde mich mit der Couch zufriedengeben müssen. Dieser Punkt in unserem Spiel ging eindeutig an Dakota. Aber das war mir der Kuss wert gewesen. Und wenn ich ihre Wut heute noch mehr angestachelt hatte, dann sollte sie diesen kleinen Sieg eben bekommen. Ich bekam dafür ihre Wut und aus Wut entstanden sehr oft Leidenschaft und Lust. Und auf dieses Pferd setzte ich. Dann würde ich eben noch härter kämpfen müssen, um an mein Ziel zu gelangen.

Nachdem ich fast die Hälfte der Flasche Bourbon geleert hatte, war ich soweit, mich hinzulegen. Meine Glieder fühlten sich schwer an und Müdigkeit breitete sich aus. Ich schnappte mir die Zierkissen und warf sie auf den Boden, um mehr Platz für mich zu schaffen. Ich versuchte es auf der Seite, aber die Couch war zu kurz, also drehte ich mich gequält auf den Rücken, was auch nicht bequemer war. Beim Versuch, mich wieder auf die Seite zu drehen, stürzte ich polternd zu Boden, erntete von Shona ein aufgebrachtes Grunzen als Dank und blieb frustriert liegen. Der Boden würde es auch tun.

Vorsichtig drückte ich ein Ohr gegen die Tür und lauschte. Jemand schnarchte ziemlich laut. Etwas polterte, dann war es still. Als Conner gegen die Tür gehämmert hatte, hatte ich schon befürchtet, er würde sie vor Zorn eintreten. Ich an seiner Stelle wäre über den entgangenen Spaß wohl auch sauer gewesen. Nervös biss ich mir auf die Unterlippe, aber jetzt war alles still im Nachbarzimmer. Erleichtert schloss ich die Augen und atmete tief durch. Morgen musste ich versuchen, Conner aus dem Weg zu gehen. Ich war mir sicher, dass er das nicht auf sich sitzen lassen würde. Vielleicht war es wirklich etwas voreilig gewesen, seine Auserwählte außer Gefecht zu setzen. Aber wenn Conner glaubte, er könnte so mit mir umgehen, dann hatte er sich geirrt.

Leise löste ich mich von der Tür, konnte mir ein Grinsen aber nicht verkneifen, als ich mir Conners Gesicht vorstellte, als er Shona auf seinem Bett entdeckt hatte. Ich zog meine Sachen aus und nahm die Kette mit dem vierblättrigen Kleeblatt aus Gold ab, die ich von meinem Vater bekommen hatte. Ich ging zu meinem Koffer und holte die kleine Schmuckschatulle aus dem Schrank, um die Kette reinzulegen, damit ich die feinen Glieder in der Nacht nicht zerriss. In der Schatulle befand sich mein ganzer Schmuck, was nicht viel war: eine Perlenkette von meiner Großmutter, ein paar Ringe und auch unsere Eheringe.

Ich hatte keine Ahnung, warum ich sie mit mir herumschleppte. Meine Ehe mit Kevin war alles andere als gut gewesen. Er hatte sich ziemlich bald als Tyrann herausgestellt. So hochgradig eifersüchtig, dass er mich wochenlang Zuhause eingesperrt hatte. Und ich war so unsicher, dass ich es hatte geschehen lassen, ohne etwas zu sagen. Ich bin sogar so weit gegangen, meinem Vater am Telefon zu erzählen, dass alles in Ordnung wäre, dass ich nur leider keine Zeit hätte, ihn zu besuchen. Dass das funktioniert hatte, war auch Kevins Verdienst gewesen. Er hatte sich von seiner Firma nach Dover versetzen lassen, was zu weit weg war, um einfach mal so nachzusehen, ob die Tochter auch die Wahrheit erzählte. Wahrscheinlich war es auch mein Fehler gewesen, weil ich mich damit arrangiert hatte, dass Kevin mich wie sein Eigentum behandelte. Außerdem war es ein schleichender Prozess gewesen. Anfangs war er nur sauer gewesen, wenn ich allein einkaufen ging, mir einen Job suchen wollte oder auch nur mit einer Nachbarin Kaffee trank. Irgendwann verlangte er, dass ich nirgends mehr allein hinging. Er erfand dafür Geschichten von gefährlichen Vergewaltigern in der Nachbarschaft. Also verließ ich die Wohnung nur noch mit ihm. Er manipulierte mich mehr und mehr und war wirklich gut darin. Und eines Tages dann begann er, mich einzusperren. Telefonieren durfte ich nur noch in seinem Beisein. Es hatte einige Wochen gedauert, während derer ich die Hölle durchgemacht hatte, bis ich den Mut fand, eine Nachbarin um Hilfe zu beten, indem ich Zettel auf ihre Terrasse warf. Die Polizei befreite mich, ich floh zurück nach New York. Und niemand von uns rechnete mit dem Monster, das ich durch meine Flucht entfesselt hatte.

Ich nahm die Ringe aus der Schatulle und betrachtete sie als das, was sie waren: eine Warnung an mich selbst, mich nie wieder von einem Mann unterdrücken zu lassen. Eigentlich brauchte ich diese Ringe schon lange nicht mehr. Kevin saß seine Strafe ab und für den Tag, an dem er wieder rauskam, hatten Jeff Blackwood, Andrew und Dad mir alles beigebracht, was ich jetzt konnte. Ich war nicht mehr die Frau, die sich hatte einsperren lassen. Für diese Frau schämte ich mich heute. Ich sah zur Zwischentür und grinste. Für eine Sache waren die Ringe trotzdem noch gut. Wir waren in Las Vegas, der Stadt, in der Menschen an jeder Straßenecke heiraten konnten. Ein Mann wie Conner schien mir genau der richtige Typ für so eine schnelle Eheschließung zu sein.

Ich atmete ein paar Mal tief durch und biss mir auf die Zunge, um nicht im ungünstigsten Moment lachen zu müssen. Auf Zehenspitzen schlich ich mich zur Zwischentür, lauschte ein letztes Mal, bevor ich sachte den Schlüssel im Schloss umdrehte und durch einen Spalt in Conners Zimmer linste. Alles war ruhig, auf dem Nachtschrank neben dem Bett brannte noch immer die kleine Nachttischlampe, die ich angelassen hatte, damit Conner seine Geliebte auch gut sehen konnte, wenn er das Zimmer betrat.

Shona lag jetzt auf dem Rücken und schnarchte. Ich schlich mich zu ihr, durchsuchte gleichzeitig den Raum nach Conner und hätte fast einen Lachanfall bekommen, als ich ihn auf dem Boden liegen sah. Das würde es nicht unbedingt einfacher machen, aber das hier sollte ich unbedingt erledigen. So vorsichtig es ging, nahm ich Shonas Hand, ihre Wange war feucht von Speichel in dem ein paar Haare klebten. Langsam, ich biss mir heftig auf die Unterlippe, steckte ich Shona meinen Ehering an den Ringfinger, dann legte ich Shonas Hand wieder auf ihrem Bauch ab und freute mich, dass der Ring so gut passte. Shona grunzte, brabbelte leise, drehte sich zur Seite und schlief weiter. Als sie wieder ruhig war, schlich ich mich zu Conner, musste dabei einige Kissen umschiffen, die verstreut lagen, stieß fast eine offene Flasche Bourbon mit meinem Hintern vom Tisch vor der Couch, als ich mich bücken wollte, und schaffte es irgendwie, mich neben ihn zu knien. Ich wartete einen Moment, ob die klappernde Flasche ihn geweckt hatte, aber er hatte wohl genug vom Bourbon gehabt, um mindestens so weggetreten zu sein wie Shona.

Ich rollte mit den Augen. So wie er jetzt dalag, ausgeknockt, noch immer seine Lederhose an, den Oberkörper nackt und die langen blonden Haare im Gesicht, den tätowierten Körper ausgebreitet auf dem Boden, wirkte er wie der wilde, sexy Rockstar, der er wohl auch war. Bei diesem Anblick regte sich eine Erinnerung in mir. Am liebsten würde ich ihm das Haar aus dem Gesicht streichen, um zu sehen, ob er im Schlaf noch immer unschuldig wie eine Michelangelo-Statue aussah. Wahrscheinlich viel unschuldiger als es ihm lieb wäre.

Er lag auf der Seite, seine linke Hand unter seiner Wange, was überhaupt nicht gut war, weil ich an die nun mal ran musste. Irgendwie musste ich ihn dazu bewegen, sich umzudrehen. Am besten auf den Rücken. Ich entschied mich dafür, ihn mit einer Strähne seiner Haare an der Nase zu kitzeln und zu hoffen, dass er nicht wach wurde. Mit spitzen Fingern schnappte ich mir eine Haarsträhne aus seinem Gesicht und stupste damit gegen seine gerade, kräftige Nase. Conner bewegte den Mund hin und her und wackelte wie Jeannie der Flaschengeist mit seiner Nase. Bei dem Gedanken hätte ich fast laut losgelacht, also biss ich mir wieder auf die Unterlippe, wartete einen Augenblick und versuchte es nochmal. Conner drehte das Gesicht zur anderen Seite, weg von seiner Hand. Ich rollte mit den Augen, aber das musste reichen. In Gedanken zählte ich bis zehn, runzelte angestrengt die Stirn und schob den Ring auf seinen Finger, ohne seine Hand auch nur zu berühren. An seinem Knöchel wurde es schwierig, aber der Ring war etwas zu groß, also musste ich keine Kraft aufwenden. Conner stöhnte, bewegte sich wieder und blinzelte. Mein Herz sprang gegen meine Rippen, als er mich ansah, leise meinen Namen murmelte und dann weiterschlief. So schnell ich konnte, schlüpfte ich aus dem Zimmer und hoffte, dass er nicht wach genug gewesen war, um sich morgen noch an meinen nächtlichen Besuch zu erinnern. Aber bevor ich die Tür schloss, sah ich noch einmal zu ihm hin und er lag noch immer dort und bewegte sich nicht. Das war doch ein gutes Zeichen, oder?

5. Kapitel

CONNER

Mit so einem Kater aufzuwachen, war selten eine gute Sache. Noch schlechter war es, wenn einem sämtliche Knochen im Leib wehtaten, weil man auf dem Boden geschlafen hatte. Unter Schmerzen und Knacken von Knochen quälte ich mich auf, stützte mich schwer auf dem Tisch auf und warf dabei die Flasche Bourbon um, deren Inhalt sich über den Glastisch ergoss und dann auf den weinroten Teppichboden tropfte. Hastig griff ich nach der Flasche und stellte sie wieder auf, dabei klirrte etwas gegen das Glas. Ich stutzte, weil es nicht nur klirrte, sondern sich auch komisch am Finger anfühlte.

»Verdammt«, fluchte ich, ging zurück auf die Knie und starrte auf meine Hand. »Was für ein Mist ist das denn?« Ich schluckte, mein Hals fühlte sich nicht nur wegen der Dehydrierung durch den Alkohol trocken an, sondern auch wegen dem hässlichen Teil an meinem Finger. Hinter mir stöhnte jemand leise. Ich drehte mich um. Da lag eine Frau auf meinem Bett. Und an meinem Finger hatte ich einen verfluchten scheiß Ehering.

Die Kopfschmerzen waren wie weggeblasen, ich schaffte es sogar, innerhalb eines Atemzugs aufzustehen und auf das Bett zu zu stolpern, in dem eine dunkelhaarige Frau lag, die mir entfernt bekannt vorkam. Nur woher? Das sollte ich wissen, denn an ihrem Finger steckte das kleinere und zierlichere Gegenstück zu dem Ring an meinem Finger. Ich fuhr mit meinen Händen in meine Haare und zog daran. Ich schloss die Augen und versuchte, mich an etwas von gestern zu erinnern. Aber irgendwie war alles weg. Nicht alles, ich wusste noch, dass diese Frau hier in meinem Bett gelegen hatte, als ich hochgekommen war, weil ich Dakota darum gebeten hatte. Und sie war betrunken gewesen, so wie ich, nach der halben Flasche Bourbon. Und danach? Nichts. Hatte ich mit ihr das Zimmer verlassen? Gut möglich. Würde ich heiraten? Niemals. Besoffen? Gut möglich. Ich hatte schon richtigen Mist gebaut, wenn ich betrunken war. Einmal hatte ich auf die Schuhe eines Hotelmanagers gepinkelt, weil er mir keinen Whisky mehr geben wollte. Aber das war schon Jahre her. Eigentlich war ich schon ewig nicht mehr so voll, dass ich mich an nichts erinnern konnte. Daran war nur diese Dakota schuld. Sie hatte mich dazu gebracht zu trinken. Aber nicht zu heiraten. Und offensichtlich hatte ich das getan.

Ich rieb mir über das Gesicht. Irgendwie musste ich das klären, aber jeden Moment würden wir nach Los Angeles aufbrechen und wir konnten es uns jetzt nicht leisten, uns mit einer Fremden herumzuschlagen, die mit mir verheiratet war. Ich fixierte den Ring an der Hand der Frau, deren Namen ich nicht einmal mehr wusste. Für so was hatten wir jetzt echt keine Zeit. Das musste ich nach der Tour klären. Es würde irgendwo Unterlagen geben und dann würde ich die Scheidung einreichen. Wahrscheinlich würde sie das auch wollen. Oder nicht? Verdammt, ich hatte keine

Ahnung. Was, wenn sie Probleme machte? Noch ein Grund mehr, das nach der Tour zu klären. Diese Sache musste ich erstmal für mich behalten. Ich wollte gar nicht daran denken, wie diese Tour ablaufen würde, wenn die anderen von meinem Fehltritt erfuhren. Ich und verheiratet. Ich schüttelte den Kopf und zog den Ring vom Finger der Frau. So wäre es auch erstmal am besten für sie. Sie würde ich nach der Tour kontaktieren und dann würden wir das alles in Ruhe klären. Das hieß, wenn sie sich nicht erinnerte an die letzte Nacht. Wenn doch, dann musste ich da sofort durch. Aber wie?

Die Zwischentür wurde aufgerissen und Dakota sah mich strahlend an. Ich runzelte misstrauisch die Stirn.

»Guten Morgen! Ich dachte, ich kümmere mich mal darum, dass dein Groupie der Stunde auf die Beine kommt.«

»Du meinst, weil du sie in diesen Zustand versetzt hast?«

Dakota riss die Augen auf. »War deine Nacht nicht angenehm? Ich hab sie nur etwas lockerer gemacht. Das arme Ding war ja ganz nervös gewesen, weil der große Conner sie in sein Bett holen wollte.« Sie kam auf mich zu und beäugte lächelnd die schlafende Frau. »Du hast die gute Shona ja schon wieder angezogen. Wie umsichtig von dir.«

Ich trat einen Schritt zurück und versteckte meine Hände hinter meinem Rücken. Dort zog ich den Ring von meinem Finger und ließ beide in einer Tasche meiner Hose verschwinden. »War ich heute Nacht zufällig irgendwann unterwegs?«, fragte ich vorsichtig. Dakota sah fragend zu mir auf, während sie an Shona rüttelte.

»Unterwegs? Ich weiß nicht, ich hab geschlafen. Und zuvor hatte ich eine Menge Spaß mit Andrew. Der Mann kann vielleicht anpacken, wenn es nötig ist.«

Ich kniff die Augen zusammen. Irgendwie bekam ich das Gefühl nicht los, dass hier was nicht stimmte. »Was anpacken?«

»Frauen, was wohl sonst?«

»Du warst also nicht die ganze Zeit in deinem Zimmer?« Irgendwie musste doch herauszufinden sein, ob ich nochmal unterwegs war. Und über die Art, wie Andrew Frauen anpacken konnte, wollte ich jetzt nicht nachdenken.

Dakota beugte sich über Shona und schüttelte sie. »Nein, du etwa?« Shona regte sich und gähnte. »Na endlich. Haben alle deine Frauen ein Alkoholproblem?«

»Du hast sie doch »lockerer« gemacht.«

Dakota stemmte die Arme in die Seiten und schnappte nach Luft. »Ich habe ihr angeraten, etwas lockerer zu sein, schließlich habe ich nur an deine Entspannung nach dem Konzert gedacht. Du warst es doch, der betont hat, dass er nach einem Konzert Sex haben muss.«

»Da sie noch angezogen ist, bezweifle ich, dass ich noch Sex hatte.« Andererseits muss sie munter genug gewesen sein, um mich zu heiraten.

»Nun, dafür kann ich nichts. Wenn du Probleme hast und sie deswegen vor Langeweile eingeschlafen ist, weil du ... nun ja, du weißt schon. Dafür kann ja wohl ich nichts.«

»Ich habe keine Probleme.«

»Jeder Mann hat nach einer ganzen Flasche Bourbon Probleme«, sagte sie und zeigte auf den Tisch. »Das muss dir nicht peinlich sein.«

»Hallo!«, sagte Shona. Ich beachtete sie gar nicht, sondern trat wütend näher an Dakota heran. »Hatten wir einen Dreier? Also normal mache ich so was nicht. Aber wenn doch, komme ich damit klar. Muss ich wohl, ich erinnere mich sowieso an nichts.«

»Hatten wir nicht«, stieß Dakota aus. Ich grinste, als ich die Entrüstung in ihrem Gesicht sah.

»Wahrscheinlich doch und jetzt bereut sie es, weil sie eifersüchtig ist. Sie will mich nicht noch einmal teilen.« Ich grinste auf Dakota runter, die rot im Gesicht wurde.

»Wenn ich einen Grund zur Eifersucht hätte, dann nur, weil du dieses Ausdauerproblem hast, das leider immer nur für eine Frau reicht. Aber letzte Nacht hat es für gar keine gereicht, weswegen sie und ich allein das Vergnügen hatten.« Dakota schob mich auf Abstand und sah Shona lächelnd an. »Was glaubst du denn, wer dich in dieses Bett gelegt hat?«

»Oh«, machte Shona und wurde auch rot. Sie kroch aus dem Bett und ging an uns vorbei. Auf halbem Weg zur Tür blieb sie stehen. »Ich denke, ich verschwinde jetzt. Die Luft hier drin ist mir irgendwie zu dick. Es tut mir leid, ich hatte keine Ahnung, dass er mit jemanden zusammen ist.«

Ich winkte ab. »Mach dir deswegen keine Gedanken. Dakota ist es gewohnt, dass sie nicht die Einzige in meinem Leben ist.« Shona riss die Augen auf und flüchtete regelrecht aus dem Zimmer.

»Du hättest sie ruhig unter die Dusche gehen lassen können.«

»Dazu war sie zu schnell. Aber duschen ist eine gute Idee, als Assistentin solltest du mir zur Hand gehen.«

Sie schnaubte und wandte sich ihrem Zimmer zu. »Du solltest es mit deiner Hand versuchen. Die macht dir bestimmt weniger Ärger als ein Sack voll Groupies, die alle in dein Bett wollen. Schon mal an Heirat gedacht?«

Ich zuckte zusammen. Bei ihren Worten brannten sich die Ringe regelrecht in meinen Hintern. »Nicht diese Woche.«

DAKOTA

»Das tut mir leid, Devlin. Aber richte doch Jill aus, dass sie ihr Interview in New York bekommt.« Ich saß im Tourbus und telefonierte mit Devlin, der sich für die verpassten Termine in Las Vegas entschuldigte. Jill lag mit Grippe im Bett und deswegen hatten sie es nicht geschafft. Worüber Jill ziemlich wütend war. So wütend, dass sie im Hintergrund schimpfte und jammerte, weil sie *Wild Novel* so gerne gesehen hätte.

Ich warf einen Blick auf die Uhr, wir waren abfahrbereit. Bis auf Conner befanden sich alle im Bus. Die LKWs waren schon unterwegs. Als ich an Conners verstörten Blick heute Morgen dachte, musste ich grinsen. Eigentlich war ich gekommen, um ihm die Wahrheit über die Ringe zu sagen, aber nachdem ich gesehen hatte, dass er Shona den Ring abgenommen hatte, bevor sie ihn zu Gesicht bekommen hatte, da hatte ich meine Pläne verworfen. Solange nur Conner glaubte, er wäre verheiratet, schadete ich mit meinem kleinen Spiel ja niemanden, den ich nicht schaden wollte. Und es würde mir ein Vergnügen sein, zu sehen, wie er sich die nächsten Tage wand.

»Ich kümmere mich darum, dass sie ein Interview mit jedem Bandmitglied bekommt. Natürlich einzeln«, versprach ich Devlin und schüttelte den Kopf, über Jills Besessenheit für die Band. Als Conner endlich kam, verabschiedete ich mich von Devlin, der mein Boss war und mit dem ich jetzt schon drei Jahre zusammenarbeitete. Conner wirkte etwas knurrig, als er sich mir gegenüber in die Sitzgruppe schob. Ich stand auf, ging zum Fahrer und gab ihm Bescheid, dass wir losfahren konnten, sobald er bereit war. Danach setzte ich mich wieder auf meinen Platz und hakte einen Punkt auf der Liste mit meinen heutigen Aufgaben ab.

Kieran setzte sich schmunzelnd zu uns und stellte vor jeden von uns einen Becher Kaffee. »Wie liefen deine Interviews?«, wollte er von Conner wissen. Ich unterdrückte ein Lachen und trank von meinem Kaffee, um mich hinter dem Becher verstecken zu können. Ich hatte Conner heute zu drei Blitzinterviews verdonnert. Angeblich, weil die Journalisten unbedingt mit ihm hatten reden wollen.

»Drei Frauen von Musikzeitschriften, jede hatte fünf Minuten und was wollten sie alle wissen? Ob ich schon mal an Heirat gedacht hätte.«

Jetzt konnte ich das Lachen nicht mehr zurückhalten. Nicht nur, weil Kieran auch laut auflachte, sondern, weil ich den Frauen vorher eingetrichtert hatte, dass sie diese Frage unbedingt stellen sollten. »Tut mir leid«, sagte ich, als Conner mich verbissen ansah. »Aber das ist schon lustig. Ich glaube ja fast, dass sie keine Ahnung hatten, wem sie diese Frage stellen.«

»Was willst du damit sagen?«, knurrte Conner mich an und beugte sich über den Tisch. Ich wich ihm nicht aus und sah ihm fest in die Augen.

»Du bist einfach nicht der Richtige für die Ehe. Aber du hast ja noch ein paar Tage, um mich vom Gegenteil zu überzeugen.« Ich konnte nicht anders, als den Finger in die offene Wunde zu drücken.

»Du wärst überrascht«, sagte er und ich grinste, kämpfte mit dem Lachen und ließ es dann aus mir herausbrechen. Ich wusste natürlich, worauf er anspielte, doch Kieran sah nur verständnislos zwischen uns hin und her.

»Dann überrasch mich«, warf ich ein. »Was hast du denn geantwortet?« Gespannt wartete ich ab.

Conner lehnte sich wieder zurück und verzog das Gesicht zu einer eisernen Maske. »Habe ich. Im letzten Highschool-Jahr. Und dann ist sie an Leukämie gestorben.«

Mein Magen zog sich krampfhaft zusammen und presste alle Luft aus meinen Lungen. Beschämt wich ich seinem Blick aus. Ich hatte mit allem gerechnet, aber nicht damit. »Tut mir leid, das wusste ich nicht.«

»Das wissen die Wenigsten«, warf Kieran ernst ein. Conner sah zum Fenster raus, als der Bus abfuhr.

Verdammt, was hatte ich da nur angestellt? War das vielleicht das Geheimnis, das Conner verbarg? Ich sah Conner nachdenklich an und wusste plötzlich, warum er war, wie er war. Er hatte Angst, sich zu binden. Dieses Gefühl kannte ich. Ich hatte Beziehungen ganz entsagt und das war es, was er scheinbar auch getan hatte. Schuldbewusst starrte ich auf meine Notizen. Vielleicht war mein Scherz doch kein Scherz. Zumindest war er eindeutig keine gute Idee. Ich musste einen Weg finden, ihm die Wahrheit zu sagen.

»Hast du etwas Anderes erwartet?«, fragte er, nachdem Kieran breit grinsend gegangen war.

»Um ehrlich zu sein, ja«, gab ich schnippisch zurück, weil ich mich über sein herablassendes Lächeln ärgerte, das er mir zuwarf.

»Du kennst mich nicht, aber vielleicht solltest du das ändern.« Er lehnte sich wieder über den Tisch, packte blitzartig meine Hand und zog sie näher zu sich. Er hielt mich fest und ließ auch nicht locker als ich versuchte, mich zu befreien.

»Ich glaube nicht, dass das eine gute Idee ist. Mein Dad hat mir den Umgang mit bösen Jungs verboten«, sagte ich mit zittriger Stimme.

Sein Gesicht kam meinem näher. Die langen Haare fielen ihm in die Augen und er leckte sich über die vollen Lippen. Ich wusste, er tat das mit Absicht, um meinen Blick auf seine Lippen zu lenken.

Und er erreichte, was er wollte. Ich starrte auf diese wundervoll geschwungenen Lippen, die ich für einen flüchtigen Augenblick, und vor langer Zeit für eine ganze Nacht, auf meinen gespürt hatte. Ein Kribbeln arbeitete sich durch meinen Unterleib und ich verfluchte das sehnsuchtsvolle Ziehen. »Ich verstehe nicht, was du von mir willst«, flüsterte ich mit trockener Kehle und zog wieder an meiner Hand. »Doch, du verstehst es. Und ich werde es bekommen. Das tue ich immer, weil ich immer die Kontrolle behalte.«

Ich erschauderte bei seinen letzten Worten. Die Kontrolle, diese Worte waren es, die mich aus meiner Starre erlösten. Ich zerrte ruckartig an meiner Hand und befreite mich. Niemand würde je wieder die Kontrolle über mich erlangen. Ich gehörte nur mir selbst. Trotzig stand ich auf. »So weit war ich schon und das passiert mir nicht noch einmal.« Ich nahm meine Tasse und flüchtete in die kleine Küche, die sich direkt gegenüber des Bads und vor den Schlafkabinen befand. Mit geschlossenen Augen lehnte ich mich gegen einen der Schränke und stieß die Luft aus meinen Lungen. Flüchten war nicht so einfach, wenn man sich in einem fahrenden Bus befand. Conner war mir gefolgt und stand plötzlich vor mir, als ich die Augen wieder öffnete. Er zog den Vorhang vor, der diesen Bereich von dem trennte, in dem die anderen saßen. Danach stellte er sich direkt vor mich.

»Du läufst immer wieder weg, bevor ich mit dir fertig bin.« Er war mir jetzt so nah, dass meine Brüste, wenn ich tief einatmete, über seinen Oberkörper strichen, also versuchte ich, so flach wie möglich zu atmen. »Was hast du damit gemeint, dass niemand je wieder die Kontrolle über dich erlangen würde?« Der Bus ruckte und Conner stürzte auf mich zu, stieß gegen mich und blieb einfach so. Stützte nur noch seine Hände gegen die Hängeschränke hinter mir. Sein Blick brannte sich unbarmherzig in meinen. Er wollte eine Antwort. Vielleicht sollte ich sie ihm geben, dann würde ich ihn abschrecken und er würde mich in Ruhe lassen. Das wäre gut, denn ich wusste nicht, wie lange ich ihm noch widerstehen konnte. Seine Nähe erhitzte mich und ließ jede Zelle in meinem Inneren vibrieren. Mit Mühe unterdrückte ich das nervöse Zittern, das sich durch meinen Körper stehlen wollte.

»Ich war schon verheiratet. Mein Ex stand darauf, mich einzusperren und zu kontrollieren.«

Conners Augen weiteten sich und er fluchte leise. »Deswegen die Waffen und der Kampfsport?«

Ich nickte. »Unter anderem.« Für die ganze Wahrheit war ich noch nicht bereit. Die meiste Zeit verdrängte ich die Hölle, die mein Leben mal gewesen war. Und ich verdrängte die schlimmste Nacht meines Lebens, in der ich einem Psychopathen ausgeliefert war, ohne mich wehren zu können. Nach drei Jahren kam ich gut mit den Ereignissen klar. Aber ich sprach nicht gerne darüber. Was eigentlich auch nicht nötig war, weil die Menschen um mich herum Bescheid wussten. Zumindest die, mit denen ich immer wieder zu tun hatte.

Er hob eine Hand und legte sie an meine Wange. Sie fühlte sich heiß an und schickte erregende Wellen durch mich hindurch. Ich biss mir auf die Unterlippe. Ich wollte das nicht fühlen. Mein Herz an einen Mann zu verlieren, barg die Gefahr, die Kontrolle wieder abzugeben. Ich würde erst wieder eine Beziehung führen können, wenn ich dazu in der Lage war, einem Mann zu vertrauen. Conner konnte ich nicht vertrauen, dafür wusste ich zu viel über ihn.

»Dann nehme ich das mit der Kontrolle zurück. Alles andere nicht«, sagte er leise. Er lehnte seine Stirn gegen meine. Er atmete schwer und drängte sich näher an mich heran. »Ich will dich noch immer.«

Ich keuchte erschrocken auf. Conner löste sich von mir, lächelte und ließ mich allein zurück. Ich brauchte eine Weile, bis ich wieder ruhig genug atmete, um zu den anderen zu gehen, ohne Verdacht zu erregen. Erregen. Ja, dieser Mann erregte mich. Sprach mich auf eine düstere Art und Weise an, der ich nicht entkommen konnte. Und das wusste ich. So sehr ich ihn auch wegstieß, wenn ich nicht einen Weg fand, in ihm wieder den Conner zu sehen, den ich so sehr verabscheut hatte, dann hatte ich verloren. Aber jetzt, wo ich wusste, warum er Frauen nur benutzte und sie nicht an sich heranließ, da war es schwer, in ihm etwas Schlechtes zu sehen. Das Einzige, das mich noch abhalten konnte, war der Schmerz, den ich empfunden hatte, als er mich einfach weggeworfen und ausgetauscht hatte.

Los Angeles war erst Station 2 von 5. Dieses Mal achtete ich darauf, dass mein Zimmer nicht wieder eine direkte Verbindung zu Conners hatte. Gerade als ich das Hotelzimmer verlassen wollte, um mit der Band in den Bus zu steigen, klingelte mein Handy.

»Dad? Du rufst mich an?«, fragte ich erstaunt, klemmte mir meine Tasche unter den Arm und legte die Hand auf den Türgriff.

»Sehr witzig«, sagte er finster. Weil er genau wusste, dass ich ihm immer wieder vorhielt, dass er sich zu selten bei mir meldete und viel zu oft zu tief in seiner Arbeit steckte. »Dein Mann ist wieder draußen. Ich hab eben die Mitteilung von Jonathan bekommen, dass er entlassen wurde.« Jonathan war der Direktor des New Yorker Gefängnisses und ein guter Bekannter von meinem Vater.«

»Dass du nicht auf Smalltalk stehst, wusste ich ja, aber eine kleine Vorwarnung wäre nett gewesen«, fuhr ich meinen Vater atemlos an. Mein Herz klopfte mir bis zum Hals. Ich hatte mich seit drei Jahren auf diesen Tag vorbereitet und trotzdem schnürte die Panik mir jetzt die Atemwege zu. »Das ist viel zu früh.«

»Gute Führung«, sagte mein Vater nur knapp und ich nickte mechanisch, obwohl er das nicht sehen konnte.

»Danke, dass du mir Bescheid gegeben hast. Aber ich denke, dass er nichts versuchen wird. Er wird bestimmt nicht wieder in den Knast wollen.«

»Schätzchen, du weißt genauso gut wie ich, dass ihn der Knast nicht interessiert.«

»Er hat keine Ahnung, wo ich bin. Wie soll er mich finden?«

»Ich hab schon mit Jeff telefoniert. Halt trotzdem die Augen offen, Kleines.« Die dunkle Stimme meines Vaters hatte sonst immer eine beruhigende Wirkung auf mich. Dieses Mal schaffte sie das nicht. Aber dies war der Grund für das harte Training, dafür, dass Jeff und Andrew mich ausgebildet hatten. Auf diesen Tag hatten wir gewartet. Und ich würde sie nicht enttäuschen, indem ich mich jetzt in ein Loch verkroch. Ich würde weitermachen wie bisher und auf den Moment warten, in dem Kevin seine Drohung wahr machte.

»Ich muss jetzt zum Konzert«, sagte ich und atmete zittrig ein, bevor ich die Tür öffnete und auflegte. Vor der Tür stand Andrew, die Hände vor der Brust verschränkt, ein breites Lächeln auf den Lippen.

»Ich hab gehört, das Arschloch ist wieder frei? Vielleicht steht er ja jetzt gar nicht mehr auf Frauen, dann müssen wir uns keine Sorgen machen.«

Ich schubste ihn mit der Schulter. »Und wie läuft es bei dir so?«

»Prima, Jeff hat mich befördert. Ich bin jetzt dein persönlicher Bodyguard. Das heißt dann, ich schlafe heute Nacht bei dir.«

»Du schläfst nicht bei mir«, entrüstete ich mich, wusste aber, dass Jeff und auch Andrew keinen Widerspruch gelten lassen werden.

»Du schläfst nicht bei ihr«, knurrte Conner, der nebenan aus dem Zimmer gekommen war und uns mit gerunzelter Stirn musterte.

»Und das hast du zu bestimmen, weil ...?«

Conner kam näher, schob Andrew beiseite und stellte sich so nah vor mich, dass meine Nase fast seine Brust berührte. »Wegen dieses Knisterns zwischen uns und weil wir beide noch nicht fertig miteinander sind«, flüsterte er.

Andrew lachte laut auf. »Stell dich hinten an, Schotte. Da gibt es noch ganz andere, die noch nicht mit ihr fertig sind und deswegen verbringe ich die nächsten Nächte bei ihr.«

»Was will er damit sagen?«, fragte Conner und sein Blick verfinsterte sich so stark, dass ich einen unsicheren Schritt zurück machte, obwohl mein Körper viel lieber so nahe bei ihm geblieben wäre.

»Mein Ex ist wieder frei und die Männer in meinem Leben haben *Defcon rot* eingeläutet. Das heißt so viel wie, rund um die Uhr Alarmbereitschaft.«

»Dann gehst du sofort wieder in dein Zimmer! Ein Konzert ist der falsche Ort für dich, wenn dein Ex wirklich so gefährlich ist.«

»Du hast ihn aufgeklärt«, wollte Andrew wissen und sah mich erstaunt an.

»Nein, nicht wirklich«, sagte ich zu Andrew und sah Conner scharf an. »Und seit wann hast du mir etwas zu sagen. Du hast keinerlei Anrecht auf mich. Ich bin derzeit deine Angestellte, mehr oder weniger. Das ist alles.« Ich stieß ihm mit dem Finger gegen die Brust, dann wandte ich mich ab. Aus dem Augenwinkel konnte ich erkennen, dass Andrew zufrieden grinste. »Du hast keinen Grund zur Freude. Über unsere Schlafsituation ist noch nicht das letzte Wort gefallen. Sag Jeff, er soll mir etwas Nettes für die Handtasche geben.« Damit ging ich mit erhobenem

Kinn und gestrafften Schultern zum Fahrstuhl und drückte den Knopf.

»So nett du in diesem Kilt auch aussiehst, und so gerne ich dich auch weiter darin ansehen möchte, aber du verpasst dein Konzert«, ermahnte ich Conner und trat in den Fahrstuhl.

»Verdammt, die Frau ist heiß«, hörte ich ihn sagen.

»Das ist der Grund, warum du keine Chance hast, Schotte«, meinte Andrew trocken und stellte sich neben mich.

»Ihr seid so süß wie diese kleinen Kätzchen auf den Facebook-Bildern, wusstet ihr das?«, fragte ich, während wir nach unten fuhren. Beide schnaubten und ich grinste zufrieden.

Ich stand hinter der Bühne und knabberte auf meiner Unterlippe. Von hier aus konnte ich die Zuschauer sehen, sie waren eine wogende bunte Leinwand. Zu weit weg, um Gesichter erkennen zu können, trotzdem suchte ich die Menschenmasse nach Kevins blondem Schopf ab. Dabei wusste ich ziemlich sicher, dass er nicht hier war. Wegen ihm hatte ich meinen Namen geändert. Wie sollte er mich finden? Aber die Unruhe, die mich ergriffen hatte, sagte etwas anderes. Ich konnte mir einreden, was ich wollte, ich hatte Angst, denn ich wusste, er würde kommen. Kevin war besessen von dem Gedanken, dass ich ihm gehörte. Nichts würde ihn aufhalten. Außer vielleicht die Männer, die es sich zur Aufgabe gemacht hatten, mich keine Sekunde aus den Augen zu lassen. Conner stand neben mir, Andrew hinter mir. Ich fühlte mich fast ein wenig eingezwängt, aber sie gaben mir auch ein Gefühl von Sicherheit.

Wir warteten darauf, dass die Vorgruppe ihren letzten Song beendete. Ian hielt Emma im Arm und Ryan Lucy. Gleich würden sie sich wieder ihren Glückskuss abholen. Ich schielte vorsichtig zu Conner. Ein Teil von mir wollte diesen Kuss, aber der andere Teil musste daran denken, dass er sich nach unserem letzten eine andere Frau in sein Bett geholt hatte. Eigentlich sollte ich nicht eifersüchtig sein. Warum auch? Wir waren nicht zusammen und das wollte ich auch nicht. Ich beschloss, mich nicht auf diesen Kuss zu freuen.

Das Publikum jubelte, die Vorgruppe beendete ihren Auftritt. Ian zog Emma an sich und küsste sie stürmisch. Ich trat einen Schritt zurück und prallte gegen Andrew, als Conner sich über mich beugte. Kurz bevor er mich küsste, duckte ich mich weg und Conners Lippen trafen auf einen erstaunten Andrew, der sich lächelnd bei ihm bedankte. »Junge, das wolltest du bestimmt nicht, aber danke trotzdem.«

Ich schob mich zwischen beiden heraus und lachte leise. Conner sah mich grimmig an und ging mit großen wütenden Schritten auf die Bühne.

»Das hast du mit Absicht gemacht«, warf Andrew mir vor.

»Ich? Auf keinen Fall!«

6. Kapitel

CONNER

Ich hasste Aftershowpartys. Alles wofür sie gut waren, war Frauen zu finden und die Anspannung abzubauen, die sich während eines Konzertes immer in mir aufbaute. Leider war mir der Spaß an Frauen irgendwie vergangen und ich wusste genau, woran das lag. Sie war schuld. Von dem Augenblick an, als ich sie zum ersten Mal gesehen hatte, hatte ich sie gewollt. Und sie wollte mich auch, nur ließ sie ihre Gefühle nicht zu. Dabei konnte ich das Verlangen in ihren Augen sehen, wenn sie mich ansah. Die Wut, wenn ich mit einer anderen Frau sprach, und die Erregung, wenn ich ihr nahe kam. Aber vielleicht täuschte ich mich auch und sie und dieser Andrew waren viel enger befreundet, als sie beide zugaben. Die Zwei verband etwas, das war nicht zu übersehen. Er war dort, wo sie war. Folgte ihr wie ein Schatten, er behielt dabei jede Bewegung im Raum im Auge. Ich wusste, er wollte sie schützen, aber gehörte dazu auch, sie zu berühren? Seine Hand lag auf ihrem Rücken, dirigierte sie zwischen den tanzenden Körpern hindurch auf die Tanzfläche. Wollte sie schon wieder mit ihm tanzen? In mir stieg der Zorn, je länger ich sie beobachtete. Ich musste mich ablenken.

An der Bar bestellte ich einen Whisky. Neben mir stand eine rothaarige Frau. Sie war gut aussehend, aber kein Vergleich zu dem, was Dakota zu bieten hatte. Dakota strahlte von innen heraus, bewegte sich grazil und anmutig. Wenn sie einen Raum betrat, war es, als würde sich plötzlich jeder im Raum um sie drehen, als wäre sie die Sonne. Sie zog die Blicke auf sich und alle Männer schienen ihre Umlaufbahnen nach ihr auszurichten, solange, bis sie sich mit Gewalt wieder von ihrem Anblick gelöst hatten. So wie ich es jetzt tat. Dakota wollte mich nicht, also musste ich mich von ihr lösen und meine Umlaufbahn anderweitig ausrichten.

»Wenn du deinen Martini getrunken hast, hast du dann heute schon was vor?«, wandte ich mich an die Rothaarige neben mir.

Sie sah mich an, erkannte mich und lächelte. Dann glitt ihr Blick provozierend langsam an meinem Körper herunter. Gleich würde sie sich über die Lippen lecken. Bingo! »Eigentlich habe ich das. Ich werde dir diesen Kilt vom Körper pflücken und dann meine Lippen um deinen Schwanz legen«, säuselte sie. Sie sah zur Seite, ich folgte ihrem Blick. Verdammt, Dakota stand neben mir. Ihre Miene war ungerührt, aber ihr Puls hüpfte aufgeregt an ihrer Kehle.

»Bevor du seinen Schwanz lutschen kannst, musst du noch die Regeln lernen«, sagte Dakota trocken.

Ich schüttelte den Kopf und ging. Ich hatte sowieso keine Lust auf die Frau. Vielleicht sollte ich dort drüben an der anderen Bar noch etwas trinken und danach ins Bett verschwinden. Allein. Schon wieder. Diese Frau trieb mich in den Wahnsinn. Zwei Konzerte und keine Möglichkeit, meine Energien loszuwerden. Dabei hatte sich mein Schwanz sofort aufgerichtet. Nicht wegen dem, was die Rothaarige gesagt hatte, sondern wegen dem, was Dakotas Augen ausgedrückt hatten, als sie mich eben angesehen hatte. Eine tiefe Enttäuschung und Verletztheit. Da lag etwas in ihrem Gesicht, das mich sofort in ihren Bann gezogen und mir gesagt hatte, dass sie nicht wollte, dass eine andere Frau mich berührte. Es hatte sich angefühlt, als wollte sie mich vor dieser Frau als ihr Eigentum markieren. Aber jetzt stand sie da, unterhielt sich mit der Anderen und sie lachten. Über mich? Sie sah kurz her, dann wieder zu ihr, doch bevor sie weitersprach, kniff sie die Lippen fest aufeinander.

Ich trank meinen Whisky und beschloss, noch etwas frische Luft zu schnappen. Ich ging vor das Hotel, stieg in das erst beste Taxi, der Fahrer musterte verwundert meinen Kilt. Ich wollte ihn schon fragen, ob er nicht bemerkt hatte, dass in LA noch viel verrücktere Leute auf den Straßen unterwegs waren, aber ich unterdrückte meine Wut. Sollte er doch denken, was er wollte. »Zum Strand«, sagte ich.

»Welchen?«

»Ist mir egal.« Das Taxi fuhr los und eine komische Schwere legte sich auf meine Brust. Ich hatte gar nicht das Recht, enttäuscht von Dakota zu sein, weil sie mich auf Abstand hielt. Ich war verheiratet. Mit einer Frau, die ich nicht kannte und von der ich mich sofort nach dieser Tournee wieder scheiden lassen würde, aber Dakota hatte besseres als das verdient. Diese Panik in ihrem Gesicht, als sie von ihrem Ex-Mann erfahren hatte, die hatte mich fertig gemacht. Ich hatte keine Ahnung, was genau vorgefallen war, aber was es auch war, sie hatte besseres als mich verdient. Außerdem war ich so nicht. Ich dachte nicht über Frauen nach. Ich ließ Frauen nicht an mich ran, nicht auf diese Art. Das würde ich nie wieder. Mehr als flüchtige Begegnungen durfte ich nicht zulassen. Besser für die Frauen und besser für mich. Tief in mir, wo keiner es sah, war ich zu kaputt für eine Beziehung.

»Warten Sie hier«, sagte ich dem Fahrer, stieg aus, lief über die Promenade und stellte mich in den Sand. Es war Nacht, der Mond glitzerte auf dem Wasser, der Strand war trotz der fortgeschrittenen Zeit nicht ganz leer. Neben mir stand ein Paar und hielt sich an den Händen. Weiter vorne tobte eine Gruppe Jugendlicher herum. Ich zog mein Handy aus meinem Sporran und wählte die Nummer meines Anwalts. In Edinburgh müsste es in den frühen Morgenstunden sein.

»Lester?«

»Chase, hier ist Conner.«

»Conner? Sag mir nicht, du hast wieder Mist gebaut?«

»He, was heißt hier wieder? Das letzte Mal ist Jahre her und ich war etwas hinüber damals«, sagte ich sauer, weil er genau wusste, dass ich nur deswegen betrunken in einem Auto gesessen und eine Straßenlaterne mitgenommen hatte, weil Melissas Tod mich so mitgenommen hatte. Nicht, dass das wirklich als Entschuldigung durchgehen sollte. Mittlerweile waren mehr als acht Jahre vergangen.

»Vergiss es, war nicht so gemeint. Also?«

»Diesmal hast du wohl recht. Ich habe Mist gebaut.«

»Ich hab es geahnt. Dir ist klar, dass du dich nicht in Schottland befindest?«

»Ich denke, das dürfte kein Problem sein. Wie sieht es denn mit der Gültigkeit einer Ehe aus, die ich in Las Vegas geschlossen habe? Gibt es eine Chance, dass die in Schottland nicht rechtsgültig ist?«

Lachen. »Du willst mir doch nicht erklären, dass du geheiratet hast.«

»Genau das.«

»Verdammt, das ist zum Brüllen.«

»Freut mich für dich. Also?«

»Nun ja, lass es mich so ausdrücken: Gratuliere.«

»Fuck! Würdest du dich um die Scheidung kümmern?«

»Sobald die Unterlagen aus Vegas da sind.«

»Danke.« Ich legte auf, wandte mich um und stieg zurück in das Taxi.

Mit der Schlüsselkarte sperrte ich mein Zimmer auf und hielt die Luft an. Auf meinem Bett saß die Rothaarige und lächelte mich an. Sie stand auf, torkelte auf mich zu, blieb einen Meter vor mir stehen und begann zu würgen.

»Fuck! Fuck! Fuck!« Mit einem Satz wich ich der Fontäne aus, die aus dem Mund der Frau kam, rannte auf die Zimmertür zu und brüllte auf den Gang raus. »Ich brauch den Zimmerservice, aber schnell!« Dann rannte ich wieder rein, die Frau legte gerade eine Pause ein, die ich dazu nutzte, sie in das Badezimmer zu bugsieren. Sie kippte der Toilette fast entgegen. Mit der einen Hand klappte ich den

Deckel hoch, mit der anderen hielt ich ihr das Haar zurück. Und los ging es wieder. Ich wandte mich ab, versuchte nicht zu atmen und sang in Gedanken irgendeinen Song. Aber die Geräusche, die die Frau machte, waren so laut, dass ich den Song in meinem Kopf nicht hören konnte.

»Du hast gerufen?«, wollte Dakota grinsend wissen. Sie trug nichts weiter als ein langes Shirt, auf dem überdeutlich *Blackwood* stand. Ich funkelte sie an und erwog auch zu kotzen.

»Sein Shirt?«

Sie blinzelte verwirrt, blickte an sich runter und ignorierte meine Frage. »Deine aktuelle Freundin für eine Nacht kotzt sich die Seele aus dem Leib und du fragst mich nach meinem Shirt?«

»Ich würde sagen, ja.«

»Ich glaub, ich bin fertig«, nuschelte die Rothaarige. Ich sah flüchtig zu ihr runter und stöhnte, als ich die roten Ränder unter ihren Augen sah.

»Das würde ich auch sagen.« Ich ließ ihre Haare los und sah Dakota scharf an. »War das dein Werk?«

Ich ging weiter bedrohlich auf sie zu und sie lief rückwärts aus dem Bad.

»Wenn ich mich recht erinnere, wolltest du sie auf deinem Zimmer haben.«

»Vielleicht wollte ich das, aber nüchtern.«

Dakota sah an mir vorbei wieder in das Bad und dann unsicher in mein Gesicht. »Ich denke, das ist sie jetzt wieder.« Ich drängte sie weiter rückwärts, bis ihre Flucht von einer Wand aufgehalten wurde.

Ian kam in das Zimmer gestürmt. »Was ist passiert?«

»Was soll denn passiert sein?«, fragte ich bedrohlich.

»Du hast gebrüllt«, warf Emma ein.

»Ach das! Die Rothaarige hat hier auf mich gewartet, als ich eben kam. Und dann hat sie mein Zimmer vollgekotzt, weil Dakota es sich nicht nehmen konnte, sie abzufüllen.«

»Das habe ich nicht!«

»Du willst also abstreiten, dass du das warst?« Ich klemmte sie zwischen meinem Körper und der Wand ein und wies auf die Frau, die aus dem Bad stolperte. Ein Page betrat das Zimmer und sah sich ratlos um. Ich nickte zu der betrunkenen, stöhnenden Frau. »Die braucht ein Taxi. Und das Zimmer benötigt eine Reinigung.«

»Brauchen Sie für die Nacht ein frisches Zimmer?«, wollte der Page wissen. Ich legte nachdenklich den Kopf schief, dann sah ich wieder meine Gefangene an.

»Ich werde bei ihr schlafen.«

Sie schnappte nach Luft und machte sich Platz. »Da schläft schon Andrew.«

»Du gibst also zu, dass das sein Shirt ist?«, hakte ich grinsend nach. In meinem Inneren schlang sich eine Faust um meinen Magen.

»Ist es nicht.«

»Sie ist mit diesem Andrew zusammen?«, wollte Emma staunend wissen, währende der Page die Rothaarige aus dem Zimmer schleppte. »Ich hatte ja schon den Verdacht, dass da was läuft.« Emma warf mir einen bedauernden Blick zu, den ich ignorierte. Glaubte sie wirklich, dass mich das störte? Verdammt nochmal ja, es störte mich. Aber nicht offiziell. Offiziell interessierte mich das kein bisschen.

»Bin ich nicht. Er ist ein Freund.«

»Dann sollte dein Freund auf sein eigenes Zimmer gehen. Da du für dieses Chaos verantwortlich bist, werde ich in deinem Zimmer schlafen. Du hast doch ein Doppelbett, oder?«

Sie blinzelte nervös und knabberte an ihrer Unterlippe. Ian grinste neben mir und auch Emma wirkte belustigt.

»Irgendwie hat er recht«, warf Ian ein.

»Höre, was der Boss sagt«, warf ich ein. Sie sah zwischen uns hin und her. Hinter ihr tauchte Andrew auf und auch Jeff erschien. Ich grinste, als die beiden auftauchten. Jeff sah mich mit hochgezogener Augenbraue an. »Ihr habt ja auf euch warten lassen. So wollt ihr sie beschützen?«

»Keine Sorge, wir standen direkt um die Ecke und haben jedes Wort mitbekommen. In deinem Zimmer stinkt es übrigens.«

»Danke, ich weiß. Deswegen schlafe ich bei ihr.«

»Du kannst auch mein Zimmer haben«, warf Andrew ein.

Ich schüttelte den Kopf. »Kein Bedarf, bin versorgt.« Ich sah wieder zu Dakota, die mit ihrem vom Bett zerwühltem Haar wirklich sexy aussah. Am liebsten würde ich meine Finger in diese Mähne schieben, ihr Gesicht an meins ziehen und sie küssen. Und das würde auch passieren. Sobald ich mit ihr allein in ihrem Zimmer war.

»Ich glaube nicht, dass das passieren wird«, sagte Andrew. »Das wäre, als würde ich zulassen, dass du Hand an meine Schwester legst.«

Ich lachte leise. »Sie ist nicht deine Schwester. Und selbst wenn, dann hätte sie das zu entscheiden und nicht du.«

»Also, ihr könnt das ja weiter diskutieren, ich gehe ins Bett«, meinte Emma und ging auf Dakota zu. Sie gab ihr einen Kuss auf die Wange. »Du tust mir kein bisschen leid. Aber wenn ich du wäre, würde ich ihm seinen Willen geben. Ich war in einer ganz ähnlichen Situation und hab mich dann gefesselt in seinem Bett wiedergefunden.« Sie wies hinter sich auf Ian.

»Und wir wissen ja, wie gut das ausgegangen ist«, warf Ian ein und grinste.

»Wer von uns weiß das nicht?«, knurrte Conner.

»Also gut«, sagte Dakota. »Wenn du mir zu nahe kommst, breche ich dir deine Hand.«

»Welche?«, hakte ich grinsend nach.

»Die, mit der du die Saiten greifst.«

DAKOTA

Nachdem ich dafür gesorgt hatte, dass seine neueste Eroberung gut eine halbe Flasche Whisky getrunken hatte, bevor ich sie in Conners Bett gelegt hatte, war es leider nicht vermeidbar, ihn bei mir schlafen zu lassen. Zähneknirschend ging ich in mein Zimmer und setzte mich auf mein Bett. Zumindest hatte Andrew die Betten vorhin auseinandergeschoben, weil er das am vernünftigsten fand. Mich hätte es nicht gestört, direkt neben ihm zu schlafen, weil ich ihm vertraute, was ich von Conner nicht behaupten konnte. Eigentlich wusste ich sogar ziemlich sicher, dass er seine Hände nicht bei sich behalten würde. Und mein Körper begann allein bei der Vorstellung zu zittern vor Erregung. Das war nicht gut.

Conner lachte dunkel, als er in das Zimmer kam und sein Blick auf die getrennten Betten fiel. »Wegen mir hättest du dich nicht so bemühen müssen.«

»Wegen dir habe ich mich nicht bemüht. Andrew hat die Betten auseinandergeschoben.«

»Dann sollte ich sie wohl wieder zusammenschieben, damit du dich morgen früh nicht damit herumärgern musst.« Er schloss die Tür und ging um das zweite Bett herum.

»Tu dir keinen Zwang an«, murmelte ich verärgert. Conner roch frisch geduscht. Herb nach Wald und Kräutern. Sein Haar glänzte vor Feuchtigkeit und er trug nur eine lange Schlafanzughose. Ich grinste bei dem Anblick, aber erst, nachdem ich einen bewundernden ausgiebigen Blick auf seinen nackten Oberkörper geworfen hatte. Eigentlich sollte ich mich an diesen Anblick langsam gewöhnen, aber er verschlug mir immer wieder die Sprache und jagte verlangende Blitze in meinen Unterleib. Jeder Zentimeter meines Körpers begann zu kribbeln. Ich war tatsächlich mit einem halb nackten Conner allein im Zimmer. Und er hatte unsichtbare Fäden um mich geworfen und zog daran. Nur mein eiserner Wille hielt mich davon ab, direkt in seine Arme zu laufen.

»Du trägst lange Hosen im Bett? Sonst zeigst du

deine Beine doch auch gern unter einem Kilt.«

»Ich habe sie aus Rücksicht auf dich angezogen.« Conner runzelte unwillig die Stirn und kroch unter seine Decke.

»Dann schleppst du immer lange Hosen mit dir rum, obwohl du sie eigentlich nicht trägst im Bett?«, drängte ich weiter.

Conner grunzte abfällig. »Ich trage sie mit mir herum, für den Fall, dass wir alle zusammen im Bus schlafen müssen. Ian und Ryan wären mir bestimmt dankbar, wenn ich nicht in Unterwäsche vor ihren Frauen herumrennen würde.«

Ich kniff die Augen zusammen. »So rücksichtsvoll hätte ich dich gar nicht eingeschätzt.«

»Wenn wir das jetzt geklärt haben, warum kommst du nicht ins Bett?« Er wackelte mit den Augenbrauen und ich lachte laut auf.

»Weil ich nicht hier schlafen werde, sondern bei Andrew.«

»Was?« Zorn trat auf Conners Gesicht.

»Du wolltest in meinem Zimmer schlafen, es war nie die Rede davon, dass ich auch hier schlafen soll.«

»Okay, ich hab es verstanden, du kannst mich nicht leiden.«

Ich schüttelte lächelnd den Kopf. »Ich mag dich. Ich finde dich sogar sehr anziehend. Und ja, ich will unbedingt mit dir schlafen, aber das werde ich nicht zulassen. Ich bin nicht die Richtige für einen One-Night-Stand.«

»Vielleicht bist du es doch und du weißt es nur noch nicht? Manche Dinge sollte man ausprobiert haben.«

»Ich werde darüber nachdenken und dich informieren, sollte ich meine Meinung zu diesem Thema ändern. Aber das heißt nicht, dass du mein One-Night-Stand sein wirst.«

Conner nahm sein Handy, tippte lächelnd darauf herum und ich verdrehte die Augen. Dieses Lächeln und das leise Seufzen, das er von sich gab. Wahrscheinlich flirtete er mit einer Frau. Mein Handy piepte. Ich runzelte verwirrt die Stirn, nahm es vom Nachttisch und klickte auf die Meldung, die mir eine neue Nachricht anzeigte.

An die Assistentin:

Liebste Dakota, ein Fan hat mir den New York Cheesecake der Cake Factory empfohlen. Sie meinte, ich solle mir diese Geschmacksrevolution auf keinen Fall entgehen lassen. Da du dich als Tourassistentin um das Wohlbefinden der Band und ihrer einzelnen Mitglieder kümmern sollst, bitte ich dich, morgen früh, bevor wir weiterfahren, unbedingt einen dieser Kuchen zu besorgen. Die Adresse hänge ich dir an diese Nachricht. Mit dankenden Grüßen dein derzeitiger Arbeitgeber Conner

Ich klickte auf den angefügten Link, der mich direkt auf einen Routenplaner weiterleitete. »Aber das ist am anderen Ende der Stadt!«

Conner grinste mich breit an. »Ich weiß. Aber ich muss diesen Kuchen unbedingt probieren. Ich habe meinem Fan versprochen, davon zu berichten, wie ich ihn fand.«

»Das ist ein New York Cheesecake, den gibt es hier an jeder Straßenecke.«

Conner legte sich auf die Seite und stützte seinen Kopf auf eine Hand. »Ich weiß, aber nicht diesen. Und es muss dieser sein.«

Schnaubend stand ich auf. »Du bekommst deinen New York fucking Cheesecake.«

Conner schüttelte den Kopf. »Ihr Amerikaner und eure Gossensprache. Daran müssen wir unbedingt arbeiten. Das Teil heißt New York Cheesecake. Da kommt nirgends *fucking* drin vor.«

»Entschuldige, Conner fucking Michaels.« Ich wandte mich der Tür zu und verließ einen lauthals lachenden Schotten. Verärgert stapfte ich in Andrews Zimmer.

Andrew sah mich fragend an. Er stand vor dem Fenster, sein Handy in der Hand.

»Ich schlafe bei dir. Wenn ich das nicht tue, werde ich vielleicht genötigt sein, einen Mord zu begehen. Und ich bin zu sexy, um in den Knast zu gehen.«

»Was hat er angestellt?«, hakte Andrew nach.

»Er will Cheesecake. Nicht irgendeinen, sondern einen bestimmten.«

»Vielleicht solltest du aufhören, diesen Mann zu provozieren.«

Ich winkte ab. »Hast du mit Frank telefoniert?« Frank war Andrews Mann. Sie hatten sich auf dem College kennengelernt und waren seither ein Paar, mit vielen Höhen und fast ohne Tiefen.

»Nein, das war dein Dad. Er meinte, er würde Kevin rund um die Uhr überwachen lassen. Aber sie wissen, dass er nach dir sucht und er gibt sich nicht einmal Mühe dabei, das zu verstecken.«

Meine Kehle schnürte sich zu. Trotz der Jahre, die vergangen waren, des Trainings, meiner Ausbildung bei Blackwood und meines neuen Gefühls für mein Ich, konnte dieser Mann mich noch immer erstarren lassen. Plötzlich fühlte ich mich klein, verletzlich und hilflos. Und dafür hasste ich mich genauso sehr wie ihn. Das durfte ich nicht zulassen. Ich durfte nicht zulassen, dass er mein Leben wieder kontrollierte. Alles würde genau so weiterlaufen, wie es geplant war. Ich schüttelte die Panik ab und ging auf das freie Bett zu. »Er kann mich mal!«

Andrew sah mich unbewegt an, er kannte mich gut genug, um zu wissen, dass ich nur bluffte. »Mach dir keine Sorgen, wenn er sich blicken lässt, reißt du ihm den Arsch auf.«

Ich legte mich hin, starrte an die Decke und nickte vorsichtig. Wahrscheinlich hatte Andrew recht. Drei Jahre Training. Ich musste keine Angst haben, denn meine knallharten Ausbilder waren Mitglieder einer Spezialeinheit gewesen. Und ein Arschloch wie Kevin konnte da nicht mithalten. Sollte er doch kommen.

7. Kapitel

DAKOTA

Ich wedelte mit der Hand nach einem Taxi. Das war schon das Vierte und auch dieses fuhr einfach an mir vorbei. »Fuck!«, fluchte ich laut und biss mir auf die Unterlippe. Ich war niemand, der häufig fluchte, doch dieser Conner Michaels brachte mich immer öfters dazu. Und dann beklagte er sich auch noch, wenn ich wegen ihm Worte in den Mund nahm, die ich schon allein aufgrund meiner Arbeit und der damit verbundenen Auftritte in der Öffentlichkeit mied. Winkend hüpfte ich vom Fußweg auf die Straße, als das nächste Taxi kam. Es war ziemlich früh am Morgen. Genau genommen um 7 Uhr und man sollte meinen, dass um diese Uhrzeit an einem Samstag nicht so viel los wäre. Nicht jeder stand so früh an einem Wochenende auf. Nur ich, weil ich in Los Angeles New York Cheesecake holen musste, den es eigentlich überall gab. Aber ich musste einen holen, den ein weiblicher Fan empfohlen hatte. Ich fuhr mir durch die nassen Haare. Ja, nass! Denn es regnete! Im Sommer! In LA! Während ich am Straßenrand stand und auf ein Taxi hoffte. Ich war mir sicher, dass dieser verdammte Conner Michaels damit zu tun hatte. Wie sonst konnte es ausgerechnet jetzt regnen. In LA!

Endlich hielt ein Taxi vor mir. Ich stieg ein, nannte dem Fahrer die Adresse und lehnte mich erleichtert aber keineswegs weniger wütend zurück.

»Das wird etwas dauern bei dem Verkehr«, sagte der Fahrer. Ich nickte nur ergeben. Was hätte ich auch tun sollen.

Etwas war eine Stunde. Als wir vor dem Café hielten, bat ich den Fahrer, zu warten, damit ich nicht wieder sämtlichen Taxis von LA zuwinken musste. Ich war ja nicht die Queen von England. An die Stunde Fahrt konnte ich noch dreißig Minuten in der Schlange im Café anrechnen, denn irgendwie schien die ganze Stadt diesen Kuchen haben zu wollen. Ungeduldig warf ich immer wieder einen Blick auf die Uhr, während mein Magen knurrte, weil es nach leckerem Essen roch und ich aus Mangel an Zeit das Frühstück hatte ausfallen lassen. Ich hatte nur noch eine knappe Stunde, bis wir abfahren wollten nach Denver. Mit dem in einem weißen Karton mit aufgemalten rosa Schleifchen verpackten Kuchen stieg ich wieder in das Taxi. Ich hielt den Karton auf meinem Schoß fest und ignorierte den leckeren süßen Duft und meinen von Minute zu Minute heftiger knurrenden Magen. Warum hatte ich mir auch nicht selbst etwas gekauft? Weil ich so wütend auf Conner gewesen war, dass ich gar nicht auf den Gedanken gekommen war, mehr als nur diesen Cheesecake zu kaufen. Ich klappte den Deckel hoch und warf einen Blick auf den Kuchen. In meinem Mund lief mir das Wasser zusammen. Nur einmal kosten. Vielleicht vom Rand? Meine zitternden Finger näherten sich der köstlichen cremigen Quarkmasse.

»Nein«, sagte ich entschlossen zu mir selbst. Diese Genugtuung würde ich ihm nicht geben. Aber wissen würde ich schon gerne, warum scheinbar jeder diesen Kuchen wollte. Ich knirschte mit den Zähnen und klappte den Karton wieder zu. Ich war stärker als diese süße Verführung. Ich würde weder vor diesem Kuchen noch vor Conner kapitulieren. »Ich werde dich besiegen«, murmelte ich.

»Haben Sie was gesagt, Lady?«, wollte der Fahrer wissen und warf mir im Rückspiegel einen kurzen Blick zu.

»Habe ich nicht, nein.«

Der ältere Herr lächelte. »Sie führen Selbstgespräche, oder?«

Ich verzog das Gesicht. »Manchmal. In letzter Zeit häufiger. In letzter Zeit mache ich einige Dinge häufiger, die ich sonst nur selten tue.«

»Warum?«

»Einer meiner neuen Chefs ist ein Problemfall«, sagte ich ausweichend.

»Hat er Sie wegen des Kuchens geschickt?«

»Oh ja, hat er.«

»Sie müssen ihm nur von Anfang an zeigen, dass Sie so nicht mit sich umspringen lassen.«

Ich lächelte und verdrehte die Augen, als mir einfiel, wie ich mit Conner umgesprungen war. »Ich denke, ich hab es wohl verdient. Ich bin nicht ganz unschuldig.«

»Zumindest sind Sie mutig genug, es einzugestehen. Das ist ein guter Schritt in die richtige Richtung.« Das Taxi hielt direkt neben dem Tourbus, vor dem sich eine Traube mit Fans und Fotografen gebildet hatte. »Ich wünsch Ihnen viel Glück.«

»Danke.« Ich bezahlte das Taxi und stieg aus.

Ich war etwas spät dran, also drängelte ich mich durch die Menschenmassen. Den Kuchen über meinen Kopf erhoben, versuchte ich den Cheesecake heile bis zur offen stehenden Tür des Busses zu bringen. Conner stand auf den Stufen und gab Autogramme, unten neben der Tür stand Andrew, der mir eine Hand reichte, um mich durch das Menschenknäuel zu ziehen. Der Kuchen wackelte auf meiner Hand gefährlich, aber ich schaffte es bis auf die Treppe, die frei von Fans und Fotografen war, weil Andrew jeden daran hinderte, zu nahe zu kommen.

»Du bist spät dran. Fast wären wir ohne dich gefahren, aber ich hab zu Ian gesagt, dass wir keinen Mann zurücklassen, also sind wir geblieben und haben gewartet.« Conner zog einen Mundwinkel hoch und zwinkerte mir zu. Ich kochte innerlich.

»Dein New York Cheesecake«, sagte ich zuckersüß zu Conner, der mich verwirrt ansah.

»Es gibt New York Cheesecake in LA?«

Ich keuchte. »Du wolltest ihn haben.«

»Wollte ich? Ich hab es mir anders überlegt. New York Cheesecake aus LA. Das ist bestimmt wie schottisches Haggis aus Deutschland. Ich möchte lieber welchen aus New York.«

Ich kniff die Augen zusammen. »Ich war fast drei Stunden unterwegs wegen diesem verfickten Kuchen. Du nimmst ihn jetzt.«

»Hatten wir uns nicht gestern über dieses Fluchen unterhalten?«

»Ich fluche verfickt nochmal so oft wie ich will.« Während ich das sagte, trat ich näher an Conner heran, so dass der Karton mit dem Kuchen aufrecht, zwischen uns eingeklemmt war. Ich sah ihn so wütend an, wie ich nur konnte. Um uns herum blitzten Fotoapparate.

»Du machst den Kuchen noch kaputt.«

»Gut so, dann schmeckt er dir vielleicht besser.«

Conner zuckte mit den Schultern. »Ich hab keine Lust auf Kuchen.« Er nahm mir den Karton ab, schrieb seinen Namen auf den Karton und stieg von den Stufen nach unten, wo er den Karton mit einem breiten Lächeln einem jungen Mädchen gab. »Lass es dir schmecken, Süße.«

Ich schnaubte verächtlich und ging in den Bus, wo ich mich sofort in der kleinen Küche versteckte, nur um Conner ja nicht dazu zu verführen, sich neben mich zu setzen und mich weiter mit seiner Anwesenheit zu nerven. Leider verstand Conner meine Flucht nicht. Er stand plötzlich hinter mir. Die Hitze seines Körpers brannte sich durch meine Kleidung. Ich unterdrückte das Zittern, das durch meinen Körper rollen wollte, und wagte nicht zu atmen.

»Dir ist bewusst, wie scharf du mich machst, wenn du so wütend auf mich bist?«, flüsterte Conner.

Ich wandte mich um, brachte etwas Abstand zwischen uns, schielte auf seinen Schritt und flatterte unschuldig mit den Wimpern. »Ich kann gar nichts sehen.«

»Du kannst es. Dein Puls verrät es mir.«

Ich konnte es wirklich. In seiner Hose war eine deutliche Beule zu sehen, aber davon durfte ich mich nicht beeindrucken lassen. Ich holte zitternd Luft, sah Conner in die Augen und krallte eine Faust in den Kragen seines Shirts. Dann drängte ich ihn mit funkelndem Blick rückwärts gegen die Toilettentür. »Du verwechselst Wut und absolute Frustration mit Erregung. Und ich bin gerade sehr wütend auf dich.«

»Ich war auch wütend, als du mich gestern allein in deinem Zimmer zurückgelassen hast.«

»Andrew und mich verbindet eben etwas ganz Besonderes.«

Conner packte mit beiden Händen nach meiner Taille und zog mich an seinen Körper. Unter meinen Rippen konnte ich nicht nur meinen wilden Herzschlag spüren, sondern auch Conners. Sein Atem ging flach und sein Blick brannte sich düster in meinen. »Wenn du mir eine Chance geben würdest, könntest du spüren, dass auch uns etwas Besonderes verbindet.«

Ich schluckte heftig. »Was sollte uns verbinden?« Meine Stimme war heiser vor Erregung und schwach vor Nervosität. Ich atmete den Duft seines würzigen Aftershaves und spürte seine harten Muskeln an meinem Körper. Ich stand so kurz davor, alles hinzuwerfen und mich diesem Schotten zu ergeben. Lust flutete meine Adern. Und die Erinnerung daran, wie er sich damals in mir angefühlt hatte, machte es nur noch schwieriger, weiter zu kämpfen.

»Wir beide fühlen uns stark voneinander angezogen. So stark, dass es falsch wäre, diesem Drängen nicht nachzugeben.« Mein Herz machte einen weiteren Satz, als ich das Verlangen in Conners Augen sah und ich begriff, dass er recht hatte. Ich wollte ihn. Am liebsten gleich Hier und Jetzt. In diesem Augenblick waren mir die Konsequenzen egal. War mir egal, dass er mich danach einfach vergessen würde. Ich wollte ihn fühlen, wollte durch ihn vergessen, dass der Schatten meiner Vergangenheit mir folgte.

Ich sprang ihn regelrecht an, schlang meine Beine um seine Taille und presste meine Lippen auf seine. Ich brauchte diesen Kuss. Wollte Conner nahe bei mir spüren und konnte mir nicht einmal erklären, warum mein Verstand einfach aufgegeben hatte. Die ganzen letzten Tage hatte ich gegen ihn und meine eigenen Gefühle angekämpft, alle Bedenken über Board zu werfen und dem Zorn und dem Verlangen in mir nachzugeben. Ein einziges Mal unüberlegt zu handeln, bevor mich die Realität wieder einholte. Das war es, was ich jetzt wollte und was Conner mir gab, als er mich stöhnend noch näher an seinen Körper heranzog, sich mit mir umdrehte und mich gegen die Badtür drückte. Ich schob gierig meine Hände in sein langes Haar, presste meinen Mund fester auf seinen und genoss das sanfte Nagen seiner Zähne an meiner Unterlippe. Seine Zunge strich über meine Lippen und er stöhnte fordernd in meinen Mund, als ich mich ihm öffnete. Er schmeckte nach Kaffee und Zahnpasta, frisch und aromatisch. Seine Zunge drängte gegen meine, so wie seine Erregung sich gegen meine feuchte Hitze drängte. Genau dort, wo ich ihn jetzt am meisten wollte. Ich vergaß alles um mich herum, seufzte in Conners Mund, gab mich seiner fordernden Wildheit hin. Er raubte mir den Atem und den Verstand. Unter seinen Berührungen erschauderte ich. Blitze zuckten durch meinen Körper. Ich schob meine Hüften gegen ihn, um den Druck dort unten zu verstärken, wo all die Lust zusammenlief, die er in mir entfachte. Drei Jahre ohne Sex, nur deswegen reagierte ich so auf ihn. Das war meine Ausrede, mit der ich leben konnte. Deswegen war ich eben dabei, zu vergessen, wie schmerzhaft es war, von Conner Micheals vergessen zu werden.

»Conner«, stöhnte ich verzweifelt. Seine Lippen zupften sanft an der empfindlichen Haut über meiner Kehle und er knurrte gegen mein Schlüsselbein, als ich mich an ihm rieb. Seine Hand schob sich unter mein Top, streichelte meine Rippen und schob sich langsam nach oben. »Ja«, stöhnte ich, als sein Daumen den unteren Ansatz meiner Brust berührte und enervierend langsame Kreise malte. Ich hob ihm meinen Oberkörper entgegen, bereit mir alles von ihm zu holen, was er bereit war zu geben. Der Bus ruckte, Conner sah zur Seite, ich folgte seinem Blick und wir beide starrten in fünf freudig funkelnde Augenpaare. Wir hatten der Band und den Frauen eine Show geliefert, die sie so schnell nicht vergessen würden. Ian fing an zu klatschen und alle anderen fielen lachend mit ein. Ich löste meine Beine von Conners Taille und Conner setzte mich auf dem Boden ab.

»Wie konntest du nur die anderen vergessen?«, zischte ich Conner an.

Conner grinste und trat einen Schritt zurück. »Ich bin mir ziemlich sicher, du hast sie auch vergessen.«

Ich schlug ihm mit dem Handballen gegen das Schlüsselbein. »Als Mann musst du auf solche Sachen achten.«

»Warum? Weil Frauen die Fähigkeit zum logischen Denken verlieren, wenn sie geküsst werden?«

»Genau deswegen«, warf ich fauchend ein und strich mir durch mein Haar. Mein Gesicht glühte nicht nur vor Scham, sondern auch von der Hitze, die noch immer durch meinen Körper waberte und die sich danach sehnte, von Conner gestillt zu werden.

»Ich muss dich nicht daran erinnern, was mit dem Gehirn eines Mannes passiert, wenn er …«

»Es rutscht ihm in die Hose«, meinte Lucy grinsend und schielte auf Conners Hosenschlitz. Conner kniff wütend die Augen zusammen, packte meine Hand und zog mich in eine der Sitzecken.

»Wir machen heute Abend damit weiter, dass du meinen Namen stöhnst.«

Ich riss meine Hand los und rückte von ihm ab. »Das wird ganz sicher nicht passieren. Werte das eben als kurzen Kontrollverlust.«

Conner beugte sich näher zu mir und flüsterte in mein Ohr: »Ich brauch dich nur berühren und du wirst sofort wieder die Kontrolle verlieren.« Seine Finger strichen über die nackte Haut meines Unterarms und ich erschauderte. Er hatte recht und das wusste er. Umso mehr musste ich dafür sorgen, dass ich über jede Regung meines Körpers die Kontrolle behielt. Ich schielte auf die Nachricht auf dem Display meines Handys, die gerade gekommen war:

Freu mich schon, dass wir uns endlich wiedersehen.

Eva

Ich verstand diese Frau nicht. Gerade eben schien es, als würde sie mich endlich an sich heranlassen. Mit diesem plötzlichen Angriff auf meine Lippen hatte sie mich völlig überrascht. Ich hatte mit allem gerechnet, dass sie mich schubsen würde, mich zurechtweisen, wütend anschreien, aber stattdessen war sie in meine Arme gesprungen und hatte mich geküsst. Und was für ein Kuss das gewesen war: wild, heiß, erotisch. Ein Kuss, der mich alles um mich herum hatte vergessen lassen. Wenn der Bus nicht in diesem Moment angefahren wäre, ich hätte sie an Ort und Stelle gegen die Tür gedrückt und genommen.

Ich musterte sie. Sie starrte mit nachdenklicher Miene auf ihr Handy. Ich wünschte, ich könnte ihre Gedanken lesen. Mich hatte schon Ewigkeiten nicht mehr interessiert, was Frauen über mich dachten. Aber bei ihr interessierte es mich. Sie hatte mich von der ersten Sekunde an angezogen und ihre kleinen Streiche und Neckereien machten das nur noch schlimmer. Ich wollte alles von ihr wissen, sie näher kennenlernen, in ihr Leben eintauchen und das machte mir aus vielerlei Gründen Angst. Als ich diese Nähe das letzte Mal zugelassen hatte, hätte es mich fast umgebracht, als ich die Frau verloren hatte. Für mich hatte seither festgestanden, dass ich diesen Schmerz nie wieder erleben wollte. Und jetzt saß sie hier und ich konnte an nichts anderes denken als daran, jeden Zentimeter Haut ihres Körpers mit der Zunge zu erkunden, mich in ihr zu versenken und mich von all den Zweifeln und Ängsten zu befreien.

»Dein Ex-Mann ist also wieder frei. Weswegen versetzt das gestandene Kerle wie Jeff Blackwood so in Panik?« Als ich ihren erschrockenen, fast schmerzhaften Blick sah, wollte ich meine Frage am liebsten zurückziehen, aber dafür war es zu spät. Andererseits wollte ich diese Frau verstehen, also musste ich ein paar Fragen stellen. Und etwas sagte mir, wenn ich diese Frau erobern wollte, dann musste ich verstehen, was dieser Kerl ihr alles angetan hatte. An der Art, wie sie mich immer wieder wegstieß, merkte ich, dass sie Angst davor hatte, sich einem Mann auszuliefern. Und mit ihm Sex zu haben oder Gefühle zuzulassen, hieß sich ihm auszuliefern. Je mehr ich über sie und dieses Arschloch wusste, desto größer wurden meine Chancen bei ihr.

Sie zog wieder die Lippe zwischen ihre Zähne und starrte an mir vorbei aus dem Fenster. »Er hatte die totale Kontrolle über mich. Aber nicht nur das, er hat mich psychisch manipuliert. Erst vorsichtig und langsam, so dass ich es gar nicht bemerkt habe, wie er mich von allen Menschen, die ich kannte, entfremdet hat. Bis zu dem Zeitpunkt, als wir wegzogen, war ich soweit von meinem Vater und Freunden entfernt, dass ich sie nicht einmal vermisste. Ich hatte sie ja auch vorher kaum noch gesehen.« Sie sah auf, als Andrew sich zu uns in die Sitzgruppe schob und uns jedem einen Kaffee gab. Andrew sagte nichts. Er schwieg nur und lächelte vorsichtig, als wollte er ihr Mut machen, weiterzusprechen. In dem Moment mochte ich den Kerl, gleichzeitig störte es mich, dass er sie so viel besser und scheinbar auch diese Vergangenheit kannte.

»Als wir erstmal aus New York weg waren, wurde er deutlicher. Er übte mehr und mehr Druck auf mich aus, diktierte mir, was ich anzuziehen hatte, was ich zu kochen hatte, wohin ich gehen durfte. Irgendwann hab ich versucht, ihm zu entkommen, da hat er mich geschlagen. Als er am nächsten Morgen auf Arbeit war, wollte ich weglaufen, aber die Tür war zugesperrt. Die Wohnung lag in der fünften Etage, also auch zu hoch, um aus den Fenstern zu steigen.« Sie warf erst Andrew einen unsicheren Blick zu, dann sah sie mich an. Die Muskeln in ihrem Gesicht zitterten, weil sie Kiefer immer wieder fest zusammenpresste und tief durchatmete. Ich nahm ihre Hand und streichelte mit dem Daumen sanft über ihre Handinnenfläche.

»Du musst nicht weitererzählen, wenn du nicht willst.« Ich wollte zwar wissen, wer Dakota Foster war, aber ich wollte nicht, dass sie das Gefühl bekam, ich würde sie zu etwas drängen. Außerdem wusste ich nicht, wie viel ich noch hören konnte, bevor ich die Einrichtung des Busses so zertrümmern würde, wie ich es gerne mit den Knochen dieses Drecksacks machen wollte. Aber sie atmete ruhig ein und überraschte mich schon wieder.

»Ich kann mittlerweile gut darüber reden. Damals habe ich mich für das geschämt, was er mit mir getan hat. Heute weiß ich, dass nicht ich mich schämen muss, sondern er. Wenn ich mich überhaupt für etwas schämen müsste, denn dafür, dass ich damals zu schwach war, um an der Situation etwas zu ändern.« Sie trank von ihrem Kaffee und stöhnte leise. »Er hat mich also eingesperrt und zuerst habe ich nicht gewagt, die Nachbarn zu verständigen. Ich habe mich geschämt und hatte viel zu viel Angst vor dem, was er mir antun würde. Er kam jeden Tag nach Hause, hat geschwiegen oder sich mit mir unterhalten, ohne zu bemerken, dass ich ihm nicht antwortete. Ich glaube, das schien ihm egal zu sein. Wenn er gute Tage hatte, durfte ich mit ihm einkaufen. Wenn er schlechte Tage hatte, hat er mich geschlagen. Er hat das Telefon jeden Tag mitgenommen, damit ich nicht anrufen konnte. Er ließ mich nur anrufen, wenn er dabei war, also konnte ich niemandem von meiner Situation erzählen. Eines Tages hat er mich erst verprügelt und dann ans Bett gefesselt und so liegen lassen, den ganzen Tag, bis er wieder von Arbeit kam. Am nächsten Morgen habe ich solange gegen Wände und Türen geschlagen und Zettel mit Hilferufen aus den Fenstern geworfen, bis mich eine Nachbarin gehört hat. Sie hat die Polizei gerufen und mich befreien lassen.«

Ich kochte innerlich und hatte gar nicht bemerkt, dass mein Griff um Dakotas Hand fester geworden war. Am liebsten wollte ich sofort aus dem Bus springen und diesem Typen die Fresse polieren. Gewalt gegen Frauen hatte ich noch nie verstanden. Männer, die das taten, waren Feiglinge. Aber was Dakota mir da erzählte, ließ meine Eingeweide krampfen.

»Was für ein Arschloch«, fluchte ich. »Verdammt, Dakota, das tut mir leid.«

»Das muss es nicht, du kannst ja nichts dafür.«

Andrew stand auf, legte eine Hand auf Dakotas Schulter und drückte sie. Es sah aus, als wäre er stolz, dass sie sich überwunden hatte, ihre Geschichte zu erzählen. Ganz so, als wäre jedes Mal, wenn sie ihre Vergangenheit mit jemanden teilte, ein weiterer Schritt zu ihrer Heilung getan. Aber da war noch mehr. Etwas hielt sie noch zurück.

»Aber du verstehst doch, warum ich Männer nicht zu nah an mich heranlasse, ohne sie gut zu kennen?«

Ich sah sie erschrocken an. Glaubte sie wirklich, ich wäre zu so was in der Lage? Ich könnte niemals eine Frau auf diese Weise verletzen. Schon der Gedanke, Melissa wäre von mir so behandelt worden, ließ meinen Magen krampfen. »Ich würde Frauen nicht verletzen.«

»Ich weiß, aber du verletzt sie auf andere Weise.« Sie sah mich ernst an. »Das ist dir vielleicht nicht bewusst, aber sie zu benutzen, verletzt sie auch.«

Ich schüttelte den Kopf. »Sie wissen, auf was sie sich bei mir einlassen.«

»Vielleicht glaubst du das, aber das ist nicht wahr. Sie belügen dich, wenn es um ihre Gefühle geht, ich weiß das. Und du belügst dich selbst auch, indem du keine Gefühle zulässt. Erzähl mir von Melissa.«

Ich wandte den Kopf ab und kam mir wie ein Schwächling vor. Ganz anders als sie, konnte ich noch nicht über Melissa reden. Aber nach dem, was Dakota mir eben erzählt hatte, wäre es nicht richtig, wenn ich jetzt schwieg und mich wieder in meine Höhle zurückzog. »Wir sind schon früh zusammengekommen. Mit ihr habe ich die glücklichsten Jahre meines Lebens gehabt.« Als ich das sagte, bemerkte ich die Ironie: Dakota, die mit ihrem Mann die schlimmsten Jahre ihres Lebens erlebt hatte. So schlimm, dass sie den Umgang mit Waffen erlernt hatte. Und ich, der mit Melissa die schönsten Jahre erlebt hatte. »Wir wollten heiraten. Das stand schon lange fest. Ich habe sie über alles geliebt. Sie war freundlich, lebendig, sanft und wunderschön. Sie konnte singen wie ein Engel. Wir haben eine Zeit lang zusammen in Pubs gespielt. Und dann ist sie krank geworden. Ich habe der Musik entsagt, weil sie mich zu sehr an sie erinnert hat, habe gesoffen, Drogen genommen und mich fast umgebracht, als ich gegen einen Baum gefahren bin. Und dann war da Kieran, der ein kurzes Video von Melissa und mir in einem Pub gesehen hatte und mich unbedingt in einer Band haben wollte. Er hat mich sozusagen am Kragen gepackt, mich aus dem Sumpf gezogen und mir gesagt, dass ich Melissa nur ehren konnte, indem ich das weitermachte, was sie so sehr geliebt hatte wie mich. Die Musik.«

Dakota legte eine Hand auf meinen Oberschenkel und sah mich bedauernd an. »Und dann hast du beschlossen, dass es für dein Herz besser ist, wenn du dich nie wieder verliebst?« Genau das hatte ich. Aber Dakota rüttelte schwer an meinen Schutzwällen. Nach dem, was ich jetzt über sie wusste, noch viel mehr. Und sie hatte recht: Sie war keine Frau für einen One-Night-Stand. Nur daran zu denken, ließ mich schon schmutzig fühlen.

8. Kapitel

DAKOTA

Du reist also mal wieder durchs Land und denkst, das entgeht mir?«, wollte Eva wissen und zog einen Schmollmund. »Wolltest du mich denn nicht sehen?«

Ich sah mich in dem kleinen Café um, das sich gegenüber von unserem aktuellen Hotel in Denver befand. Es war im Stil der fünfziger eingerichtet. Mit den vielen Pastelltönen und gemalten Frauen der damaligen Zeit wirkte es wie der Zuckerguss, der sich auf den Cupcakes befand, die wir auf unseren Tellern hatten. »Ich bin kurzfristig eingesetzt worden«, verteidigte ich mich. »Ich hatte zu viel Stress, auch nur an dich zu denken.« Ich zwinkerte belustigt und Eva verzog noch mehr das Gesicht.

»Du sollst gefälligst bei jedem Atemzug an mich denken.« Sie setzte ein Lächeln auf und steckte eine dunkellila Strähne hinter ihr Ohr. Ihre Hochsteckfrisur war schon wieder einmal dabei, sich aufzulösen. Evas Haar war so dick, dass es unmöglich war, es zu bändigen. Direkt unter ihrem Auge hatte sie einen süßen Leberfleck, der jeden Blick immer magisch anzog. Und sie trug eine Brille mit schwarzem Rahmen, die meiner sehr ähnlich war. Nur brauchte ich meine nur zum Lesen, Eva trug ihre schon immer. Und ihre Gläser waren so dick, dass sie den Namen Aschenbecher zurecht verdient hatten. Obwohl wir uns schon Jahre kannten, wanderten auch meine Augen immer dorthin. »Außer es gibt da jemand anderen, an den du bei jedem Atemzug denken musst.« Sie biss in ihren Cupcake und ich ließ meinen wieder sinken und zuckte bei ihren Worten ertappt zusammen.

Warum ertappt? Niemals musste ich ständig an Conner denken. Nur hin und wieder, immer dann, wenn Schmetterlinge in meinem Magen Einzug hielten, was so ziemlich andauernd war. Und wenn das nicht so war, dann zuckten verlangende Blitze zwischen meinen Schenkeln. »Nein, da ist niemand. Zumindest niemand, der wichtig wäre.«

Eva kniff abschätzend die Augen zusammen. »Und warum habe ich dann das Gefühl, dass da doch jemand ist?«

»Glaub mir, das willst du gar nicht genauer wissen. Wie sieht es denn bei dir aus?«, fragte ich ausweichend.

Eva musterte mich noch einen Augenblick, dann widmete sie sich wieder ihrem Kuchen. »Bei mir gibt es jemanden. Ich bin verlobt!«

»Du bist was?«, schnappte ich überrascht nach Luft und warf einen Blick auf ihre Finger. »Aber du trägst keinen Ring.«

»Den bekomme ich, sobald John wieder an Land ist. Er ist bei den Seals, deswegen sehe ich ihn nicht so häufig. Aber als wir das letzte Mal geskypet haben, hat er mir einen Antrag gemacht.«

»Ein Seal«, sagte ich erstaunt. »Bist du dir sicher, dass das eine gute Idee ist?«

Eva verzog das Gesicht und sah mich enttäuscht an. »Nicht jeder Kerl ist ein Arschloch.«

»Wahrscheinlich hast du recht. Ich bin wohl etwas empfindlich, schließlich hatten wir beide bisher nur mit der Arschlochfraktion zu tun.«

Ich warf einen Blick aus dem Fenster. Gerade noch rechtzeitig, um zu sehen, wie Conner gemächlich über die Straße auf das Café zuhielt. In meinem Magen flatterte es, weil ich sofort an unseren Kuss gestern denken musste. Das Flattern wurde von einer heftigen Übelkeit abgelöst, als mir klar wurde, dass Eva mit mir am Tisch saß. Ich musste sie vorwarnen, bevor er hier auftauchte.

»Wie stehst du denn zu Conner Michaels?«

»Warum?«, wollte sie mit hochgezogenen Brauen wissen.

»Er ist Teil der Band, für die ich gerade arbeite. Und er betritt gerade das Café«, sagte ich, als hinter mir die Türglocke ertönte.

Eva sah mich überrascht an, dann wanderte ihr Blick über meine Schulter zur Tür und sie schnappte nach Luft. »Verdammt! Ich hatte ganz vergessen, wie heiß der Typ ist.«

»Ja, das ist er. Und noch immer ein Macho.«

»Das überrascht mich jetzt nicht wirklich.«

»Hier steckst du also«, sagte Conner mit seiner seidig dunklen Stimme und blieb mit in den Taschen vergrabenen Händen neben mir stehen.

Ich warf einen Blick auf mein Handy. »Ich hab noch fünfzehn Minuten bis Arbeitsantritt«, sagte ich bedrohlich.

Er strich sich durch sein Haar und schob sich neben mich auf die Bank, dabei musterte er Eva nachdenklich. »Das ist gut, dann trinken wir jetzt zusammen einen Kaffee. Gibt es hier auch New York Cheesecake?«

»Ganz bestimmt, aber wenn nicht, hole ich dir gerne welchen aus LA.«

»Aus LA?«, wollte Eva wissen und erdolchte Conner mit Blicken. Ich konnte ihr an der Nasenspitze ansehen, dass sie sich ärgerte, dass Conner sie nicht erkannt hatte. Aber mit mir hatte er geschlafen und mich nicht erkannt. Ihr war er nur flüchtig begegnet. Aber ihre Verärgerung konnte auch daran liegen, dass sie es gewesen war, die mich nach Conner wieder hatte aufbauen müssen.

»Frag besser nicht. Das würde Conner in noch schlechterem Licht dastehen lassen.«

»Ich stehe in schlechtem Licht da?« Conner richtete sich auf und zog fragend eine Augenbraue hoch.

»Oh ja, Kumpel!«, sagte Eva und betonte Kumpel.

»Hab ich vielleicht irgendwas verpasst? Was hast du ihr über mich erzählt?«

Ich lachte laut auf und schob meinen angegessenen Cupcake zur Seite. »Ich bin noch nicht dazu gekommen, über dich zu lästern.«

»Ist sie leider wirklich nicht, aber ich wundere mich, dass sie es neben dir aushält.«

Conner runzelte die Stirn und warf uns zornige Blicke zu. »Was zur Hölle ist hier los?«

Eva schüttelte entrüstet den Kopf. »Ich mach es dir mal ganz einfach. Sieh sie dir genau an, stell sie dir nackt vor ...«

»Okay, das ist nicht witzig.«

»Oh doch, ist es.« Ich amüsierte mich köstlich. Warum erst jetzt, wo Eva Conner in den Wahnsinn trieb? Bis jetzt hatte ich kein bisschen darüber lachen können. Ich war viel zu sehr mit meiner Wut beschäftigt gewesen. Aber in diesem Augenblick fand ich das Ganze sehr lustig.

Conner musterte mich, dann Eva, dann ihre Haare und dann klappte ihm sein Unterkiefer nach unten. »Hatte ich vielleicht mal Sex mit dir?«, fragte er Eva. »Vielleicht, als du noch eine andere Haarfarbe hattest?«

»Meinst du als meine Haare rot, grün oder blau waren? Nein. Aber wir sind uns in meiner Pinkphase begegnet.«

Conner kniff die Augen zusammen, als würde er sich Eva mit pinken Haaren vorstellen. »Oh fuck! Du hast mir mal den Arsch aufgerissen wegen irgendeines Mädchens!«

»Volltreffer«, sagte ich jetzt wieder zornig, nachdem ich den Schock über »irgendein Mädchen« überwunden hatte. Er hatte sich nicht an mich erinnert, aber an Evas pinke Haare! Was sollte ich denn da nur denken? War ich so miserabel im Bett gewesen, dass erst die Haare meiner Freundin ihn hatten darauf stoßen lassen?

»Wir hatten ... Verdammt! Dakota, das tut mir leid.«

»Muss es nicht«, warf ich ein. »Du warst nur ein schneller Fick. Nicht mal was Besonderes«, log ich. Irgendwie hatte ich das Bedürfnis, ihn zu verletzen. Ich trank meinen Kaffee aus und drängte Eva aus der Sitzgruppe, damit ich Conner nicht länger sehen musste. Ich hätte nicht gedacht, dass dieses Geständnis den Schmerz doch wieder herausgraben würde. »Ich sagte doch, ich bin kein Mädchen für einen

One-Night-Stand. Passiert mir kein weiteres Mal.«

Ich ging an Conner vorbei.

»Das hast du mächtig verbockt, mein Freund«, sagte Eva. Ich wandte mich zu ihr um und sah, dass sie ihre Hand auf seiner Schulter hatte. »Es hat mich ungefähr hundert Nerven gekostet, sie wieder gerade zu biegen.« Eva löste sich von Conner und kam zu mir. Sie hakte sich bei mir ein, dann verließen wir das Café.

»Ich weiß gar nicht, ob das so gut war«, murmelte ich. »Ich muss noch ein paar Tage mit ihm verbringen. Und jetzt, wo er weiß, dass war was miteinander hatten, da fühlt es sich irgendwie komisch an.«

»Wenn sich jemand komisch fühlen sollte, dann er. Aber ganz ehrlich, hast du gesehen, wie er dich angeschaut hat? Ich schätze, er weiß es noch nicht, aber er steht auf dich.«

»Ich denke, das weiß er schon seit Tagen, er versucht alles, um in mein Höschen zu kommen. Er steht auf alles, was zwei Titten und ein Loch hat.« Ich zerre Eva über die Straße zum Hotel auf der anderen Seite.

»So meinte ich das nicht. Da lag etwas Sanftes, Beschützerisches in seinem Blick. So sieht ein Mann keine Frau an, die er nur mal schnell flachlegen will. Du gehst ihm unter die Haut. Du weißt, ich hab immer recht. Bist du dir sicher, dass er sich nicht verändert hat? Er ist älter geworden, muss er doch.«

Sie hatte wirklich immer recht. Sie hatte mich damals vor Conner gewarnt und kurz darauf vor meinem Ex, von dem sie gesagt hatte, dass er mich abschirmte, als gehöre ich ihm. Und in beiden Fällen hatte ich schmerzlich lernen müssen, dass Eva wusste, wovon sie sprach. »Ich bin mit den bösen Buben durch. Und nein, er hat sich nicht geändert. Und ich bin mit den kurzen Abenteuern durch.«

»Ja, ja! Und an lange traust du dich auch nicht, wegen Kevin.« Wir blieben am Taxistand stehen. Ich sah über die Straße, wo ich Conner noch immer hinter der Scheibe sitzen sehen konnte. Er sah zu uns rüber, ich senkte den Blick. »Du bist von den super kurzen Beziehungen enttäuscht worden und von den langen. Willst du zur Nonne werden? Du solltest wieder aufs Pferd steigen. Was ist das Leben ohne Risiko und ein bisschen Spaß? Ich wette mit dir, zwischen deinen Beinen sprudeln Fontänen, wenn du ihn nur ansiehst. Versuch es, selbst wenn es wieder was Einmaliges ist, dann hast du bei ihm eben nur geübt, für das, was danach kommt. Du musst doch erstmal wieder lernen, das Fahrrad zu benutzen. Und wenn es doch nicht nur einmalig ist, dann hast du eine Weile deinen Spaß mit ihn und wirfst ihn dann weg. Deine Chance auf ein klein wenig Rache.« Sie zwinkerte mir zu und ich musste über ihre vielen Metaphern lachen, die sie benutzt hatte.

»Und was ist, wenn ich mich wieder in ihn verliebe?« Ich wusste auch, dass sie recht hatte, aber noch war ich nicht bereit, Conner in mein Bett zu lassen. Als wir gestern Abend im Hotel angekommen waren, da war ich nahe dran gewesen. Aber dann hatte ich mich vor ihm versteckt. Gleich die Straße runter war ein Burger King und da hatte ich gewartet, bis ich dachte, er würde schlafen. Erst dann hatte ich mich auf mein Zimmer geschlichen. Unser Kuss hatte mich so aufgeheizt, dass dort unten wirklich Fontänen gesprudelt hatten und mein Höschen klatsch nass gewesen war. Es hatte Stunden gedauert, bis ich endlich eingeschlafen war. Und ja, um soweit zu kommen, hatte ich ein wenig Hand an mich legen müssen, leider war das absolut kein Ersatz gewesen. Kein Vergleich zu dem, von dem ich wusste, dass er es mich spüren lassen konnte. Aber die Erinnerung an die Enttäuschung, den Schmerz und das Wissen, dass er nur mit mir gespielt hatte damals, war noch immer da. Also, egal wie plausibel auch Evas Gründe in meinen Ohren klingen wollten, ich konnte nicht mit ihm schlafen.

»Das hast du schon. Und das ist auch okay. Ein wenig Herzschmerz gehört zum Sex dazu. Und das kann sehr schön sein. Du musst dir nur von Anfang an darüber im Klaren sein, dass das Ganze in ein paar Tagen wieder vorbei sein wird. Und dann hakst du ihn ab und machst weiter.«

»Ich glaube nicht, dass ich das kann.« Besonders, weil sie schon wieder recht hatte, ich war dabei, mich in ihn zu verlieben. Zum zweiten Mal in meinem Leben.

»Doch, kannst du! Du bist nicht mehr sie. Du bist jetzt taffer, erwachsener und du kennst das Spiel schon.« Eva winkte sich ein Taxi heran. »Hör auf, dich zu verstecken. Es ist Zeit, das Schneckenhaus zu verlassen.« Das Taxi hielt, sie öffnete die Tür und sah mich warnend an. »Ruf mich an. Und dann will ich Dinge hören, die meine Ohren glühen lassen.« Sie zog mich an sich, ich umarmte sie und küsste sie auf die Wange.

»Bis bald.«

»Noch früher, wenn du nicht auf mich hörst«, sagte sie lachend und stieg ein.

Ich sah rüber zur anderen Straßenseite, wo Conner noch immer saß, wandte mich um und ging ins Hotel, um mich um die Interviewtermine zu kümmern, die heute Vormittag auf dem Plan standen.

CONNER

Dakota sah zu mir rüber und ging dann in das Hotel. Ich wäre ihr am liebsten sofort gefolgt, hätte sie zur Rede gestellt. Aber etwas hielt mich zurück. Ich wusste, sie brauchte jetzt etwas Zeit. Die brauchte ich auch. Ich musste erstmal verarbeiten, dass ich Sex mit ihr hatte. Wie musste es sich für sie angefühlt haben, als ich sie nicht einmal erkannt hatte? Ich wollte gar nicht daran denken. Aber das erklärte, warum sie mich so verabscheute. Ich hatte schon immer gewusst, dass ich ein Arschloch war, aber das hier erhob mein Arschlochsein in ganz andere Dimensionen. Obwohl ich schon immer gewusst hatte, dass die Frauen, mit denen ich ins Bett gestiegen war, in meinen Erinnerungen nichts weiter als verschwommene neblige Bilder waren, ärgerte mich dieser Umstand jetzt sehr. Weil mir bewusst wurde, wie sehr ich Dakota verletzt hatte. Fast so sehr wie das Schwein, das ihr Mann war.

Ich versuchte mich besser an sie zu erinnern, aber da waren nur kurze Eindrücke. Puzzleteile, die nicht mal deutlich waren. Als ich an die NYU gewechselt war, hatte ich das getan, um weg von all dem zu kommen, was mich an Melissa erinnerte. Die USA erschienen mir damals die beste Lösung, um Melissa zu entkommen. Um nicht mehr ständig an ihr Gesicht denken zu müssen, als sie in meinen Armen gestorben war. Ich war also vor der Erinnerung an Melissa geflüchtet und hatte den Schmerz in New York mit Alkohol, Drogen und Sex betäubt. Und irgendwo dazwischen war Dakota gewesen. Verdammt! Ich hatte sie verführt und dann fallen lassen. Konnte ich mich noch mehr hassen?

Ich trank meinen Kaffee aus und bezahlte. Mir war klar, dass ich mit ihr reden musste. Irgendwie musste ich das wieder hinbekommen. Nicht nur allein, weil ich mich schlecht fühlte und schuldig, sondern auch, weil mir diese Frau etwas bedeutete. Sie war einfach wunderbar in ihrer Art, mich in den Wahnsinn zu treiben. Mutig, wenn es um ihren Ex-Mann ging. Stark und schlagfertig. Und sehr sexy. Und so sehr ich mich auch über ihre kleinen Attacken ärgerte, so sehr mochte ich sie auch. Weil sie mir zeigten, dass ich ihr nicht ganz egal war. Dabei verdiente ich das noch nicht einmal. Ich musste mit ihr reden. Heute Abend, nach dem Konzert. Und dann würde ich sie davon überzeugen, dass ich nicht mehr so war, wie damals am College. Auch ich hatte mich verändert. Ich hatte nie vor, mit den Groupies zu schlafen. Ich wollte nur Dakota provozieren. Wollte sie so wütend machen, dass sie die Kontrolle über sich verlor. Und dann wäre ich da gewesen, um diese Wut aufzufangen und mit meinem Körper zu ersticken. Dummerweise war ich die Sache falsch angegangen und hatte ihr genau die Seite von mir gezeigt, die sie verletzt hatte. Und bis eben hatte ich keine Ahnung davon gehabt.

Als ich auf unserem Stockwerk aus dem Fahrstuhl stieg, kostete es mich enorme Kraft, nicht in ihr Zimmer zu stürmen, und sie mit heißen Küssen davon zu überzeugen, mir zu verzeihen. Ich ging mit großen Schritten an ihrer Tür vorbei und verschwand in mein Zimmer. Laut Ian sollten die Kilts heute im Schrank bleiben. Wir würden in Denver in Lederhosen auftreten. Ich ging zum Koffer und holte die Lederhosen heraus. Ich musste etwas tun, um mich abzulenken. Also wollte ich meine Kleidung für das Konzert am Abend zurechtlegen. Als ich die Hose packte und ausschüttete, um die Falten etwas zu glätten, fiel etwas leise polternd auf den Teppichboden. Ich suchte mit den Augen danach und entdeckte einen der Eheringe. Die hatte ich verflucht nochmal ganz vergessen. Wäre ja auch zu schön gewesen, wenn alles glatt laufen würde, jetzt wo ich wusste, warum Dakota mich abwies und ich eine Chance hatte, es wieder gut zu machen.

Ich hob den Ring auf und betrachtete ihn. Wenn ich ihr zeigen wollte, wie ernst ich es meinte, dann musste ich ihr über alles die Wahrheit sagen, also auch darüber. Ich holte den anderen Ring aus der Tasche und legte ihn neben den Größeren auf die flache Hand. »Was zur Hölle ...!«, stieß ich aus. Ich blinzelte, sah genauer hin und knurrte wütend. Die Ringe hatten eine Gravur. Und ich wusste ziemlich genau, was mir diese Gravur sagen wollte. Dass die

Ringe nicht mir gehörten. Und auch nicht der Frau vom ersten Tag, an deren Namen ich mich nicht erinnern konnte. Schon wieder!

»Dakota & Kevin«, las ich laut vor und knurrte. »Dieses kleine Luder!«, fluchte ich wütend. Sie hatte mich reingelegt. Meine Hände zitterten vor Wut. Mir war sehr danach, in ihr Zimmer zu stürmen und sie über meine Knie zu legen, um ihr den Hintern zu versohlen. Leider kam ich nicht mehr dazu. Es klopfte an der Tür, dann kam Andrew rein, ohne zu warten, bis ich ihn darum bat.

»Was ist dir denn passiert?«, wollte er grinsend wissen.

»Dakota ist mir passiert. Sie hat mich reingelegt.«

»Oh, du hast die Ringe gefunden?« Andrew zeigte auf meine Hand, in der ich noch immer die Eheringe hielt.

»Du wusstest davon?«

»Und ob.« Andrew lachte und schlug sich auf die Oberschenkel. »Sie hat echt einen tollen Humor. Du sollst übrigens zu Ian kommen. Da findet das Interview statt, das für jetzt geplant ist. Und vielleicht, atmest du erstmal durch. Nicht, dass ich dich verprügeln muss, wenn du auf meine Kleine losgehst.«

»Glaub mir, wenn ich ihr heute noch den Hintern versohle, wirst auch du daran nichts ändern können.«

Andrew legte den Kopf schief. »Es gibt da einige Varianten von Hinternversohlen, von denen ich glaube, dass sie sie mögen könnte. Ich werde dir also nicht im Weg stehen. Aber wenn du sie unglücklich machst ...«

»Ja, spar dir das.«

9. Kapitel

DAKOTA

Nach heute Vormittag hatte ich mir den ganzen Tag Mühe gegeben, Conner aus dem Weg zu gehen. Jetzt, wo er wusste, warum ich mich ihm gegenüber so verhalten hatte, war mir ganz mulmig. Ich wusste einfach nicht, wie ich auf ihn reagieren sollte, wenn er mit mir darüber sprechen wollte. Außerdem war es mir peinlich, dass er sich nicht daran erinnern konnte, dass wir Sex hatten. Was sagte das denn über meine Qualitäten im Bett aus? Nichts Gutes. Wahrscheinlich hatte er in seinem Kopf zwei Schubladen. Auf der einen stand: Nicht erwähnenswert. Auf der anderen: Volltreffer. Und immer, wenn ihm nach etwas Kopfkino war, zog er die Volltreffer-Schublade auf. Wahrscheinlich war ihm jetzt ohnehin die Lust darauf vergangen, mir noch weiter hinterherzujagen. Jetzt, wo er wusste, dass ich in der Loser-Schublade steckte. Ich hätte Eva zurückhalten sollen. Aber ein Teil von mir hatte auch gewusst, dass es Zeit wurde, dass er es erfuhr. Und dieser Teil hatte es dann auch zugelassen, weil das einfach richtig war. Nur konnte ich jetzt leider nicht damit umgehen, dass er die Wahrheit wusste.

Ich lief hinter der Bühne umher, sorgte dafür, dass ein Reporter eines Musikmagazins im Aufenthaltsraum der Band auf sein Interview vor dem Konzert warten konnte und scrollte mich dann auf meinem Handy durch den Blog von *Rockwell*, einer der wichtigsten Musikblogs in den USA. Hier wurde über Erfolg oder Versagen einer Band entschieden. Nicht immer, aber immer öfter. Tatsächlich gab es einen Eintrag über das Konzert in Los Angeles. *Rockwell* äußerte sich ausnahmslos positiv und überrascht über den Sound von *Wild Novel*. Ihm gefiel die Mischung aus sanften und progressiven Klängen und vor allem lobte er das Gitarrenspiel von Conner. Und da musste ich ihm recht geben, Conner war ein großes Talent an der Gitarre. Ich scrollte durch den Artikel und blieb an einem Foto hängen, das Conner und mich vor dem Tourbus zeigte. Und was ich sah, gefiel mir gar nicht. Da war ein Mann, in dessen Augen herablassende Belustigung stand und gleichzeitig ein düsteres Begehren. Und da war eine Frau, die nicht nur zornig zu ihm aufblickte, sondern auch voll flehendem Verlangen. Mir stand regelrecht ins Gesicht geschrieben, dass ich mehr für ihn empfand, als ich sollte. Und der Meinung war auch *Rockwell*. Unter dem Bild stand: *Der Beweis dafür, dass nicht nur schottische Frauen einem Mann im Kilt nicht widerstehen können. Die bei Devlin Jonas, dem Besitzer einiger bekannter Radiosender, angestellte Dakota Foster kann es auch nicht. Männer Amerikas vereinigt euch gegen die schottischen Frauendiebe oder besorgt euch selbst einen Kilt.*

Ich schaltete mein Handy aus und seufzte schwer. Unser Kuss war wundervoll, intensiv und erschütternd zugleich gewesen. Er hatte sich richtig angefühlt, aber das musste es gewesen sein. Und doch war das Gefühl größer, das Evas Predigt in mir hinterlassen hatte. Ich wollte so gerne glauben, dass sie recht hatte. Vielleicht sollte ich es wirklich darauf ankommen lassen. Und dann? Würde ich damit leben können, wenn er mich wieder in die Nichterwähnenswert-Schublade steckte?

Ich ging zu Ians Garderobe, um ihn über das Interview in Kenntnis zu setzen. Als ich gerade an die Tür klopfen wollte, hörte ich von drinnen eindeutige Geräusche. Mein Gesicht wurde heiß und ich sah mich verstohlen um. Wir hatten nur noch wenig Zeit und den Reporter von *Hard Rock* zu versetzen, war keine gute Idee. Das Magazin hatte ähnlich viel Einfluss wie der *Rockwell* Blog.

Hinter mir hörte ich Schritte und wandte mich mit klopfendem Herzen um. Jetzt Conner zu begegnen, allein, dafür war ich noch nicht bereit. Ich wusste noch nicht, was ich ihm sagen sollte. Es war Conner, aber er war nicht allein. An seinem Arm hing eine dralle, kurvenreiche, etwas zu kurz geratene dunkelhaarige Frau, die lächelnd und verklärt zu Conner aufsah. Conner bemerkte mich kaum. Es war, als würde sein Blick durch mich hindurchgehen. Gleichzeitig lächelte er bedrohlich. Vor seiner Garderobe blieb er stehen, drückte die Frau gegen die Tür, lehnte sich gegen sie und küsste sie. Ich sah getroffen weg und schluckte schwer. Was hatte ich auch erwartet? Dass unser Kuss, unser Beinahefick vor Zuschauern, irgendetwas zu bedeuten hatte? Hatte er nicht. Nicht in Conners Welt.

Ich atmete tief ein und klopfte jetzt doch gegen Ians Tür. Etwas zu energisch. Als Ian mit einem Ja antwortete, sah ich geschäftig auf meine Notizen und tat so, als würde Conner mich nicht interessieren. Oder was er da tat. »Der Reporter vom Hard Rock-Magazin ist da. Ihr habt nur noch ein paar Minuten.«

»Ich komme sofort«, rief Ian und Emma kicherte.

»Das glaub ich dir sogar«, murmelte ich und verdrehte die Augen. Kommen wäre genau das, was ich wohl auch mal wieder bräuchte, dachte ich genervt, weil sich sofort wieder Kribbeln auf meinen Lippen ausbreitete und ich daran denken musste, wie es sich anfühlte, in Conners Armen zu erbeben. Und dass ich daran dachte, während er eine andere Frau in den Armen hielt, machte mich so wütend, dass ich schon wieder verzweifelt war. »Das gilt auch für dich«, keifte ich Conner an, ohne hinzusehen. Ich drehte mich weg und ging, um an Bobs Tür zu klopfen.

Bob öffnete mir, in seinem Zimmer standen auch noch Andrew und Jeff. Sie sprachen über Headsets mit ihren Männern, die schon im ganzen Gebäude verteilt waren. »Gibt es ein Problem?«

Ich warf einen Blick zur Seite. Conners neue Freundin stand vor seiner Garderobe. Er musste reingegangen sein, um sich umzuziehen und hatte sie wohl gebeten, draußen zu warten. Ich lächelte zufrieden, weil er sie draußen warten ließ und weil sich ein Plan in meinem Kopf breit machte. »Vor Conners Tür steht ein Groupie. Sie will einfach nicht verschwinden. Ach ja, und der Reporter ist da. Könntest du dafür sorgen, dass die Jungs endlich in den Aufenthaltsraum gehen. Der Mann wird sehr schlecht gelaunt sein, wenn er sein Interview nicht bekommt.«

Bob sah den Gang runter und nickte. »Diese Mädels finden doch immer wieder einen Weg hinter die Bühne.«

»Unglaublich«, stöhnte ich theatralisch. »Ein bisschen Testosteron und sie verlieren reihenweise ihre Höschen.«

Bob ging zu der Drallen und stapfte dabei bedrohlich wie ein Bär. »Du hast hier nichts zu suchen, Mädel.«

»Aber Conner ...«

»... hat auch keine Lust, ständig von euch verfolgt zu werden«, warf ich ein und schüttelte gespielt enttäuscht den Kopf.

Bob nahm sie am Arm und führte sie sanft aber nachdrücklich zum Hintereingang, während sie versuchte, ihm zu erklären, dass Conner wollte, dass sie vor seiner Garderobe auf ihn wartete. Ich grinste, hämmerte gegen seine Tür und riss sie einfach auf. Gerade rechtzeitig, um einen flüchtigen Blick auf seinen festen Hintern werfen zu können, bevor er die Hose über seine Hüften zog. Ohne Unterhosen darunter. In meinem Unterleib zog es heftig. Ich biss mir auf die Innenwange und rief mich zur Ordnung.

»Deine Freundin musste leider ganz schnell nach Hause. Aber du hast ja noch immer Andrew für deinen Glückskuss, der wartet brav auf dich.«

Conner funkelte mich an. »Heute bekomme ich meinen Kuss von dir. Und nach dem Konzert haben wir beide etwas zu klären. Und es wird besser für dich sein, wenn du jetzt nicht widersprichst, ich bin ziemlich wütend auf dich.«

»Weil ich deine Freundin nach Hause geschickt habe?«

»Sie interessiert mich nicht.«

»Eben sah das anders aus. Du bist wie ein Neandertaler über sie hergefallen.«

»Eifersüchtig?«

»Ich hab dir schon einmal gesagt, dass ich dafür keinen Grund habe.«

»Ich denke schon«, sagte er und kam bedrohlich auf mich zu. Ich ging rückwärts aus dem Raum und prallte gegen Andrew. Ich sah zu ihm auf und er grinste mich an.

»Andrew, gut, dass ich dich gefunden habe. Conner möchte dich vor dem Auftritt auf der Bühne. Du bist heute sein Glücksjoker.«

Conner blieb vor uns stehen und sah richtig wütend aus.

»Ich glaube, du solltest ihn nicht zu sehr reizen, Kleine.« Andrew hielt mich noch immer an seine Brust gedrückt. In meinem Rücken spürte ich sein Lachen vibrieren.

Conner ging an uns vorbei. Im Vorbeigehen knurrte er: »Vor dem Auftritt am Seitenaufgang der Bühne. Besser, du bist pünktlich.«

»Hast du gehört, Andrew? Sei pünktlich«, sagte ich lachend und wandte mich auch dem Aufenthaltsraum zu. Emma stand vor der Tür und wartete grinsend auf mich.

»Du spielst echt mit dem Feuer. Ich hab Conner noch nie so wütend erlebt.«

»Ist Ian gekommen?«, fragte ich und wackelte mit den Augenbrauen.

»Was?«

Ich zwinkerte und schob Emma in den Raum, wo die Band schon um den Reporter herum saß. »Du bist verheiratet, da wird man doch nicht mehr rot.«

Emma grinste peinlich berührt. »Bin ich in etwa so rot wie du gestern im Bus?«

»Ich hab keine Ahnung, wovon du redest. Ist da irgendwas Aufregendes passiert, von dem ich wissen sollte?«

»Emma meint eure Showeinlage«, erinnerte mich Ian freundlicherweise.

»Ich kann mich an keine Showeinlage außer die von euch eben gerade erinnern. Tut mir leid. Aber was so was betrifft, ist mein Gedächtnis mindestens so schlecht wie das von Conner. Irgendwie will ich mich einfach nur an die richtig heißen Male erinnern.«

Der Reporter schaute interessiert zwischen uns hin und her. Wahrscheinlich hatten wir ihm gerade mehr für seinen Artikel geliefert, als er überhaupt haben wollte. Irgendwie störte mich das aber kein bisschen. Sollte er doch denken, was er wollte. Schließlich war es nichts Ungewöhnliches, dass es hinter den Kulissen solcher Tourneen gerne mal sehr heiß herging. Und Conners aggressiv düsteren Blick war das eben alle Mal wert. Er hatte genau verstanden, was ich gemeint hatte. Dass ich mich an unseren Kuss und alles drum herum genauso wenig erinnerte, wie er an unsere Begegnung auf dem College. Ich wusste nicht, warum ich ihn noch immer damit aufzog. War es eine Art Schutzmaßnahme, um mich vor meinen Gefühlen für ihn abzuschirmen? War es, um die Enttäuschung, die noch immer an mir nagte, herunterzuspülen? Oder war es, weil mein Widerstand mit jedem verzehrenden Blick von ihm mehr und mehr bröckelte und es mich alle Kraft kostete, ihn nicht in die nächste dunkle Ecke zu zerren, um noch einmal seine fordernden Lippen auf meinen zu spüren. Um ihn zu zwingen, die Hitze zu löschen, die seit gestern in mir brodelte und nicht nachlassen wollte.

CONNER

Seit unserer kleinen Auseinandersetzung vor dem Reporter, hatte Dakota sich versteckt. Ich war ziemlich wütend auf sie, weil sie mich gezwungen hatte, mit Zorn im Bauch ein Konzert durchzuziehen. Und das machte ich nicht gerne. Weil ich meine Gefühle in die Musik einfließen ließ. Deswegen war unser Sound heute etwas härter gewesen, als er sein sollte. Ian würde mir dafür sicher in den Arsch treten. Ich musste das mit Dakota klären, damit ich wieder einen klaren Kopf bekam. Wütend stürmte ich von der Bühne. Ich würde Dakota nicht hier weglassen, bevor wir nicht gesprochen hatten. Sie hatte mich verarscht. Nicht nur einmal. Nicht nur mit den Ringen, sondern auch wegen uns.

Ich schüttelte den Kopf. Deswegen durfte ich gar nicht wütend auf sie sein. Das war mein Fehler. Aber trotzdem, ich würde sie mir jetzt schnappen und das alles mit ihr klären. Ich stapfte weiter, suchte die Räume ab, schaute in Garderoben und überrannte sie fast, als ich in einen dunklen engen Gang abbog.

»Verdammt, wo bist du die ganze Zeit gewesen?«

»Das geht dich nichts an.«

Ich stemmte die Hände in die Hüften und baute mich vor ihr auf. »Und ob mich das was angeht. Wir klären das jetzt.«

»Es gibt nichts zu klären.« Sie versuchte, an mir vorbeizukommen, aber der Gang war zu schmal.

Ich zog die Ringe aus der Tasche meiner Lederhose und hielt sie ihr vor die Nase. »Darüber müssen wir also nicht reden?«

Sie nahm die Ringe und ballte eine Faust darum. »Oh das! Nein, dazu gibt es nichts zu sagen.«

»Du hast mir vorgegaukelt, ich wäre verheiratet!«, knurrte ich zornig. Ich sah ihr direkt in die Augen und musste mich konzentrieren, nicht den Zorn in mir zu verlieren, weil das Bedürfnis, sie zu küssen größer war, als das, mit ihr über Altlasten zu reden, an die ich mich ohnehin nicht erinnern konnte.

»Und? Gib zu, du hast dich wenig dafür interessiert. Stattdessen hast du mir weiter nachgestellt.«

»Wenn du nicht gewollt hast, dass ich dir nachstelle, dann hättest du mir das sagen können.«

»Habe ich das nicht getan?«

»Du warst nicht deutlich genug.«

»Dann werde ich jetzt deutlich: Ich will, dass du mich zufrieden lässt.«

Ich runzelte die Stirn und ging einen Schritt näher auf sie zu. Ich hatte das Gefühl, ihr näher kommen zu müssen. Vielleicht, um mehr von ihrem fruchtigen Haarshampoo einatmen zu können? »Warum?«

»Wie wäre es damit: Du konntest dich nicht daran erinnern, mit mir geschlafen zu haben. Aber du konntest dich an Eva erinnern.«

»Deswegen bist du wütend?« Ich musterte sie erstaunt.

»Ich finde, das ist ein guter Grund.« Jetzt sah sie zornig zu mir auf, die Hände vor der Brust verschränkt. Die Wut stand ihr gut, sie trieb ihr die Hitze in die Wangen. Sie leckte sich über die Lippen, das machte sie auf eine sexy Art. Erst befeuchtet sie mit ihrer Zunge ihre Lippen und dann zieht sie die Unterlippe zwischen ihre Zähne. Das lässt mich fast sofort hart werden.

»Ich konnte mich nur an Eva erinnern, weil sie damals bei mir war und mich gehörig fertig gemacht hat. Vor der ganzen Verbindung hat sie mich zusammengeschrien, was ich doch für ein schottisches Arschloch wäre. Gefühlskalt und ignorant, weil ich nicht bemerken würde, was ich den Frauen antue. Sie hatte damals einen der wenigen Momente erwischt, in denen ich nicht auf Stimmungsmachern war. Die meiste Zeit auf dem College stand ich neben mir. Das ist der Grund, warum ich mich nicht an dich erinnern kann.«

Dakota blinzelte erstaunt. »Ist das dein Ernst? Aber ich hab nichts gemerkt.«

»Das haben die wenigsten. Glaubst du wirklich, ich würde mich an eine Frau wie dich nicht erinnern, wenn ich klar bei Verstand gewesen wäre?«

»Also gut, ich verzeihe dir und jetzt lass mich gehen.«

»Wir sind noch nicht fertig hier.«

»Sind wir!«

»Nein, wir haben noch etwas zu erledigen. Ich kann das nicht so auf mir sitzen lassen, deswegen werde ich dir beweisen müssen, dass ich mich an dich erinnern werde, wenn wir Sex hatten.«

»Und wie willst du das anstellen?« Dakota wich vorsichtig einen Schritt zurück. Ahnte sie schon, was ich vorhatte?

»Wir werden die Sache wiederholen müssen.«

DAKOTA

Mir stockte der Atem. »Auf keinen Fall!«

»Oh doch, werden wir«, sagte Conner mit seiner so typischen rauchigen Stimme. Vor mir lief wieder das Kopfkino ab und ich konnte nicht verhindern, dass es sich in meinem Unterleib manifestierte. Aber die Angst war größer und half mir dabei, mich rückwärts von Conner weg zu bewegen.

»Ich werde nicht mit dir schlafen. Außerdem passe ich nicht in dein Beuteschema.«

Conner legte verwundert den Kopf schief. »Du passt sogar sehr gut in mein Beuteschema.«

»Nein, du hattest mich schon. Und du schläfst nur einmal mit einer Frau.« Der Gang war eine Sackgasse und ich stieß gegen die Wand am Ende dieser Gasse.

»Für dich mach ich eine Ausnahme.«

»Oh, wie romantisch. Du machst eine Ausnahme. Ich verzichte«, sagte ich sarkastisch. Meine Stimme zitterte trotzdem vor Nervosität. Conners Blick brannte sich in meinen und trieb heiße Schauer durch mich hindurch. Ich wollte endlich wieder in den Sattel steigen. Eva hatte recht, wenn sie mir vorwarf, dass ich mein Leben so nicht leben konnte. Aber Conner Michaels war eine Gefahr für mich. Ich wusste genau, wie weh es tat, wenn er sich nach dem Sex von einem abwandte. Und doch konnte ich kaum atmen, bei der Vorstellung seine nackte Haut endlich wieder unter meinen Fingern spüren zu dürfen. Ich hatte schon immer für ihn gebrannt. Das hatte sich auch nicht durch den Schmerz geändert, den er in mir ausgelöst hatte. Und ich wusste, dass dieser Mann eine Gefahr für mein Herz sein konnte. Aber nicht jeder Mann war so wie Kevin. Es wurde Zeit, Kevin keine Macht mehr über mich zu geben.

»Dann mach ich es für dich romantisch: Dakota Foster, ich werde dir Jetzt und Hier die Klamotten vom Leib reißen und dich vögeln. Und wenn wir damit fertig sind, wird keiner von uns je wieder vergessen, wie es sich anfühlt, den anderen zu spüren. Du bist da leider im Vorteil und ich bin fest entschlossen, das nicht so zu lassen. Ich werde wissen, wie es sich anfühlt, mich in dir zu versenken. Weil ich es schon seit Tagen wissen will. Ich frage dich also nur einmal: Darf ich dich ficken?«

Der Sauerstoff war aus dem Gang gewichen und ich hatte das Gefühl zu ersticken. Noch nie hat jemand so deutlich gesagt, dass er mit mir schlafen will. Und dass Conner es tat hat, ließ mich vor Lust fast vergehen. »Nur dieses eine Mal, dann fragst du mich nie wieder?«

Er nickt mit angestrengtem Blick. Ich sah nach unten, wo sich eine Beule im Stoff seiner Hose gebildet hatte. Mein Herz macht bei dem Anblick einen nervösen Sprung. »Ich frage nur dieses eine Mal.«

»Und danach gehst du zur Nächsten und ich muss mir das noch tagelang ansehen bis zum Ende der Tour? Das kann ich nicht nochmal.«

»Wenn du ja sagst, gibt es keine Nächste. Nicht solange du mit uns unterwegs bist. Nicht so lange ich mit meinen Füßen amerikanischen Boden berühre.«

Ich biss mir auf die Unterlippe und dachte nach. Wir hatten nur noch Chicago und New York. Noch fünf Tage bis zur großen Abschlussparty im Blackwood Gebäude. Zumindest musste ich nicht weiter zusehen, wie er andere Frauen auf sein Zimmer schleppen wollte. Mir würden sowieso bald die Spielchen ausgehen. Aber danach? Danach musste ich eben damit klarkommen. Conner wäre nur mein Wiedereinstieg in ein Sexleben. Das würde ich eben nicht vergessen dürfen. Und mit meinen Gefühlen würde ich irgendwie klarkommen.

»Also gut, fick mich!«

Mit einem Knurren stürzte Conner sich auf mich. »Wird auch verdammt nochmal Zeit.« Er hob mich auf seine Arme, genau so, wie er es damals gemacht hatte. Ich legte meine Hände um seinen Nacken und lehnte die Wange gegen seine harte Brust.

»Wo bringst du mich hin?«

»Ich habe erst überlegt, dich gleich hier von deinen Klamotten zu befreien. Aber für unser erstes Mal ist mir das zu dreckig.«

»Unser zweites Mal.«

»Lass es uns als Neustart sehen. Da ich es nicht bis zurück ins Hotel aushalten werde, werden wir das Sofa in meiner Garderobe nehmen.«

»Glaubst du, das ist sauberer als der Gang?«

Er blieb stehen und sah mich verzweifelt an. »Du hast recht, wer weiß, wer es da schon alles getrieben hat. Dann tut es mir leid, dann gibt es keine andere Möglichkeit, ich werde dich gegen diese Wand drücken müssen.«

Ich musterte den nur notbeleuchteten Gang. »Damit kann ich leben.«

»Gott sei Dank!« Conner stellte mich ab und klemmte mich zwischen seinem Körper und der Wand ein. Sein Atem wehte hektisch über mein Gesicht. In diesem Gang war es so dunkel, dass ich nur wenig sehen konnte. Dafür fühlte ich umso intensiver. Ich fühlte Conners Brust, die sich schnell hob und senkte, sein Herz, dass heftig gegen meine Brust schlug. Ich roch den salzigen Schweiß vom Konzert auf seiner Haut. Conner legte seine Hände auf meine Wangen und zog mein Gesicht an seins heran. Er eroberte meine Lippen im Sturm und sandte kleine Schockwellen durch meinen Körper. Mein Herz raste, meine Atmung ging flach. Verzweifelt hielt ich mich an ihm fest. In meinem Kopf wirbelten Damals und Heute durcheinander. Mir war nicht bewusst gewesen, wie sehr ich mich danach gesehnt hatte, ihn wieder so nahe bei mir zu fühlen, aber in dem Moment, wo ich Ja gesagt hatte, waren Felsbrocken von meiner Brust gerollt. Ich zog ihn näher an mich, keuchte an seinen Lippen und ließ zu, dass seine Zunge meinen Mund eroberte. Ich verdrängte die Frage nach dem Danach. Seit Jahren hatte ich mir verboten, die Kontrolle abzugeben. In diesem Augenblick wollte ich die Kontrolle abgeben, wollte meinen Verstand ausschalten und die Angst vor den Konsequenzen verdrängen.

Conners Zunge umkreiste meine, er saugte an meiner Unterlippe, knabberte an mir. Ich stöhnte in seinen Mund, legte meine Hände auf seinen Hintern und drängte meinen pochenden Unterleib gegen seinen. Seine Erektion drückte sich gegen meinen Bauch. Ich schwang die Beine um seine Taille, und wünschte, dass wir die störenden Klamotten schon los wären. Conner leckte über meinen Hals und ich erschauderte.

»Denkst du dasselbe wie ich?«, wollte er wissen.

»Wenn du denkst, dass diese Hosen wirklich unpraktisch sind und ich lieber einen Rock hätte anziehen sollen, dann ja.«

»Genau das habe ich gedacht. Lass uns das zur Regel für die nächsten Tage machen, keine Hosen!«

»Gilt das auch für dich?«

»Worauf du dich verlassen kannst.«

»Dann erklär mir noch, warum du ein Shirt trägst?« Ich strich über seine Bauchmuskeln, die sich unter dem Stoff abzeichneten.

»Damit du bei klarem Verstand bist, wenn ich dich frage, ob ich dich haben darf.«

»Wie umsichtig von dir.«

Ich löste meine Beine von ihm, Conner half mir aus meiner Jeans. Dann half ich ihm aus seiner Lederhose. Diesmal war ich nicht so überrascht, dass er keine Unterhosen trug. Ich hatte sogar gehofft, dass es so sein würde. Ich legte meine Hände auf seinen Unterbauch, strich den dünnen Pfad Haare hinauf zum Bauchnabel und schob sein Shirt über seinen Oberkörper nach oben und befreite Conner auch vom letzten störenden Stoff. Da war wieder der Adler mit der Rose. Diesmal wusste ich, dass es ihm unangenehm war, darüber zu reden. Also strich ich nur kurz darüber und widmete mich dann dem Geflecht aus keltischen Symbolen, die sich über seine Schultern, die Ober- und Unterarme zogen. »Die sind neu«, stellte ich fest und sah ihm in die Augen. Er musterte mich genau und nickte.

Langsam leckte ich mir über die Lippen, dann näherte ich mich seiner glatten Brust, küsste seine Muskeln, streichelte seinen harten Bauch. Conner bewegte sich nicht, während ich seinen Körper erkundete. Neu entdeckte. Er hatte sich verändert, war viel männlicher geworden. »Boxt du noch immer?«

»Ich trainiere regelmäßig mit Bob und Tyler.«

»Tyler?«

»Ein Freund von uns.«

Ich sah zu ihm auf und verzog den Mund zu einem listigen Lächeln. Dann legte ich meine Finger um Conners Schwanz und zog ihn näher an mich heran. »Vielleicht sollten wir weitermachen, bevor ich bemerke, dass uns hier jeder sehen kann.«

»Da hast du recht. Das muss ich auf jeden Fall verhindern.« Er legte seine Hände wieder an mein Gesicht. Ein Daumen streichelte über meine Unterlippe, dann küsste er mich wieder. Diesmal sanfter, nicht so drängend. Seine Zunge glitt in meinen Mund, erfüllte mich mit seinem Geschmack. Er saugte an meiner Zunge. Seine Hände fuhren unter mein Top, schoben es langsam über meine Rippen nach oben, meine Arme hinauf, dann warf er es weg, ohne den Blick von mir abzuwenden. Er betrachtete mich und seufzte.

»Ich wünschte, hier wäre mehr als nur die Notbeleuchtung.«

Unsicher wandte ich den Blick ab. »Vielleicht ist es besser so.« Er runzelte die Stirn und sah mich fragend an. Ich nahm seine Hand und drückte seine Finger auf die Narben auf meinem Unterleib. »Ich hab auch etwas Neues.«

Conner sah nach unten und betastete die unregelmäßigen Linien, die sich über meinen ganzen Unterbauch zogen. »Was ...?«, setzte er an, doch ich unterbrach ihn, indem ich einen Finger auf seine Lippen drückte.

»Lass uns später darüber reden.« Ich schob die Hände in seinen Nacken und zog sein Gesicht an meines und küsste ihn. Conner öffnete in meinem Rücken den Verschluss meines BH. Seine Hände glitten zärtlich auf meine Schultern und streiften die Träger des BH über meine Arme nach unten. Conner legte seine Hände auf meine Brüste, die sofort heiß und schwer wurden. Flammen schossen durch, die meinen Unterleib entzündeten. Ich drängte mich an ihn, keuchte verzweifelt auf, als seine Finger meine harten Knospen zwirbelten und mein Inneres zum Pulsieren brachten. Ich biss in die zarte Haut an seiner Kehle und Conner stöhnte leise. Er legte seine Lippen auf meine Brust und seine Hände an meinen nackten Hintern, hob mich hoch, damit ich meine Beine wieder um seine Taille schlingen konnte. Sein Schwanz drückte sich gegen meine Schamlippen, ich bewegte meine Hüften und rieb mich an ihm, ergab mich dem Drängen in meinem Inneren. Ich wollte ihn spüren, wollte, dass er die Lust, die er in mir entfachte befriedigte. Wimmernd suchte ich nach Erlösung.

»Ich muss in dir sein«, sagte Conner stöhnend und sah mich fragend an.

»Fick mich«, stöhnte ich, während meine pulsierende Hitze sich weiter an ihn drängte. Conner drückte seine Spitze gegen meinen Eingang, sah mir tief in die Augen. Ich krallte meine Nägel in seine Schultern und wappnete mich für das erlösende Gefühl, wenn er endlich in mir wäre. Die Wand in meinem Rücken war rau. Conner legte seine Hände unter meinen Hintern und schob sich langsam in mich. Ich stöhnte, ließ den Kopf nach vorne fallen.

»Das fühlt sich verdammt gut an«, keuchte Conner, zog sich zurück und stieß wieder in mich. Mit jedem Stoß, rieb mein Rücken über die kalte Wand, aber ich ignorierte den Schmerz. »Halt dich fest«, murmelte Conner. Ich schlang die Arme um seinen Nacken, Conner löste seine Hände von meinem Hintern. Eine Hand schob er zwischen uns und massierte meine Klitoris. Fachte das Feuer weiter an, das in mir brannte. Ich stöhnte, keuchte seinen Namen. Trieb ihn weiter an und fiel über die Klippe. Conner katapultierte mich in einen heftigen Orgasmus. Er packte meine Hüften, drückte seine Finger grob in mein Fleisch und pumpte weiter in mich, während ich noch immer bebend und zitternd an seinem Körper hing. Sein warmer Atem wehte über meine Schulter. Conner stöhnte meinen Namen und zuckte in mir. Erschöpft sank ich gegen ihn. Er legte die Arme um mich und hielt mich, bis er sicher war, dass ich wieder auf meinen Beinen stehen konnte.

Seine Lippen strichen über meine. Er küsste mich zärtlich, dann lachte er leise an meiner Wange. »Das war ... heftig.«

Ich nickte noch immer außer Atem. »Und jeder wird wissen, was wir getan haben, weil wir den Bus verpasst haben.«

»Sie werden es so oder so wissen, denn ich habe vor, dich heute Nacht zum Schreien zu bringen.«

»Du meinst, das hier war nur das Vorspiel?«

»Da hier war nicht einmal ein Vorspiel.«

Ich boxte ihm gegen die Schulter. »Du bist kein bisschen eingebildet, oder?«

»Und du solltest dir was anziehen, ich glaub, ich hör da hinten Schritte.«

Ich erstarrte, lauschte, aber alles war still. »Wenn du mich ärgerst, werde ich der Assistentin sagen, sie soll dafür sorgen, dass deine Auserwählte des Tages heute betrunken in deinem Bett landet.«

»Dann ist es ja gut, dass wir zu spät zur Party kommen, dann gibt es vielleicht schon gar nichts mehr zu trinken. Conner sammelte meine Sachen auf und gab sie mir mit einem breiten Grinsen. Wir zogen uns an, immer wieder unterbrach er uns, indem er mich an sich zog und küsste. Lag es daran, dass er gerade schlecht weglaufen konnte, oder lief es diesmal wirklich anders? Ich schloss die Augen, öffnete sie und er stand noch immer vor mir.

»Was war das?«, wollte er wissen.

Ich lachte, wich seinem Blick aus und starrte auf das Notlicht an der Wand hinter ihm. »Beim letzten Mal hast du mich danach in die Arme gezogen, wir sind eingeschlafen und als ich morgens wach wurde, warst du weg.«

Er legte eine Hand in meinen Nacken und hob mein Kinn an, damit ich ihn ansehen musste. »Ich halte mich an Abmachungen. Solange wir hier sind. Und noch habe ich längst nicht genug von dir. Ich gebe es ungern zu, aber ich will so viele Dinge über dich wissen. Du bist besonders, überraschend. Du schaffst es, mich umzuhauen. Wir haben also noch einiges vor.«

Er verschränkte seine Finger mit meinen und zog mich hinter sich her. In meinem Magen flatterte es. War es das wirklich noch nicht gewesen?

10. Kapitel

CONNER

Was war eben mit mir passiert? Dass es mit Dakota anders sein würde, hatte ich die ganze Zeit schon gewusst. Aber dieser Sturm, den sie in mir entfacht hatte, das Chaos an Gefühlen, das sie in mir ausgelöst hatte. Seit Jahren hatte ich so etwas nicht mehr empfunden. Alles fühlte sich intensiver an, wenn sie mich berührte. Brachte mich dazu, mir Dinge zu wünschen, wenn sie ihren Körper an meinen presste, die ich mir vor langer Zeit verboten hatte. Und doch, hier war sie, erschütterte meine mühsam abgeschottete Welt, riss die Mauern nieder. Als ich sie gefragt hatte, ob ich sie ficken durfte, hatte ich nicht geglaubt, dass sie Ja sagen würde. Ich hätte es sogar verstanden, wenn sie mich abgewiesen hätte. Ich hätte mich auch abgewiesen. Aber mein Verlangen nach ihr war so verzehrend, dass ich es wagen musste. Und dann hatte sie sich so perfekt angefühlt. Alles war perfekt gewesen, sogar, dass sie meinen Namen geseufzt hatte. Das war etwas, das in mir immer Wut hervorgerufen hatte, wenn eine Frau, die ich gerade vögelte, meinen Namen stöhnte. Dann musste ich mich beherrschen, nicht durchzudrehen, denn meinen Namen stöhnen, das hatte nur Melissa gedurft. Das war etwas sehr Intimes. Aber dann hatte ich meinen Namen aus ihrem Mund gehört und es hatte mich nur noch schärfer gemacht.

Und jetzt hielt ich ihre Hand, während wir draußen auf ein Taxi warteten, und Zweifel übermannten mich, an dem, was wir getan hatten. Weil es sich, obwohl es sich perfekt angefühlt hatte, falsch anfühlte. Weil ich das Gefühl hatte, Melissa zu verraten, wenn ich Dakota noch näher an mich heranließ. Aber ich konnte nicht anders. Die Vorstellung, Dakota wegzustoßen, schnürte mir die Kehle zu. Melissa ist schon seit sieben Jahren nicht mehr hier. Wir beide waren noch jung gewesen. Zu jung, für eine so tiefe Liebe wie wir sie hatten, wenn ich meinen Eltern glauben durfte. Aber ich hatte sie geliebt, bis zu dem Augenblick, in dem sie in meinen Armen eingeschlafen war und auch darüber hinaus. Nur noch ein schlechtes Abbild von dem wunderschönen und lebensfrohen Mädchen, das sie einst gewesen war. Auch mit achtzehn konnte man schon die Frau gefunden und verloren haben, die für einen bestimmt gewesen war.

Und jetzt war hier wieder eine Frau, rüttelte an meinen Grundfesten, rüttelte an dem Schwur, den ich mir selbst gegeben hatte, Melissa niemals zu ersetzen. Nie eine andere in mein Herz zu lassen. Aber ich konnte nicht leugnen, dass sie dabei war, sich in mein Herz zu schleichen. »Erzähl mir von den Narben.«

Sie sah auf den Boden, ich zog sie an meine Brust und legte mein Kinn auf ihren Kopf. Es fühlte sich gut an, sie zu halten. Ich hatte schon lange keine Frau mehr in den Armen gehalten, nicht, wenn ich sie nicht auch gerade vögelte. Sie vergrub ihr Gesicht an meiner Brust, dann sah sie zu mir auf und ich konnte die Unsicherheit in ihren Augen sehen. »Das war mein Ex-Mann. Er hat seinen Namen in mich geritzt, um jeden Mann nach ihm deutlich zu machen, dass ich immer sein Eigentum sein würde. Es fehlt ein Buchstabe, das N. Als er damals vor Gericht stand, hat er geschworen, dass er mich finden würde, um seinen Namen fertig zu schreiben.«

Verdammt, was für ein Arschloch. Eine Faust bohrte sich in meinen Magen. Ich schlang meine Finger in ihr Haar. Ein Teil von mir dachte, dass es gut war, dass er draußen war. So hatte ich eine bessere Chance, den Kerl zwischen die Finger zu bekommen. Und wenn ich ihn bekam, dann würde ich ihn umbringen. Und bevor ich das tat, würde ich ihm das gesamte Alphabet in die Haut schneiden.

»Du gehörst ihm nicht. Du gehörst niemandem, nur dir.« Ich zog ihr Gesicht zu mir hoch. »Und in den nächsten Tagen gehörst du auch mir. Jede Nacht.«

»Ich weiß, dass ich nicht sein Eigentum bin, aber es gab eine Zeit, da war ich genau das gewesen.« Das Taxi hielt neben uns und wir stiegen ein. Sie rutschte nahe neben mich und schmiegte sich vertrauensvoll an meine Seite. Ich bewunderte sie dafür, nach dem, was sie durchgemacht hatte, hätte es mich nicht gewundert, wenn sie nie wieder einem anderen Menschen vertrauen konnte. Vielleicht konnte sie das auch nicht. Aber plötzlich war mir wichtig, dass sie mir irgendwann vertraute. Ich wollte ihr beweisen, dass ich für sie da war. »Jede Nacht?«, fragte sie flüsternd und grinste breit. »Wie kommst du darauf, dass ich das auch will.«

»Muss ich dich erst daran erinnern, wie hartnäckig ich sein kann? Außerdem haben wir einen Deal. Solange ich hier bin.«

DAKOTA

Die Aftershowparty war im vollen Gang, nur von der Band war nichts zu sehen. »Wo sind die alle?«, wollte ich wissen und sah Conner vorwurfsvoll an. Der zuckte mit den Schultern. Ich schnaubte. »Kaum ist man mal nicht da, klappt nichts mehr. Gib zu, du hast mich abgelenkt, damit deine Freunde sich vor den Interviews drücken können«, sagte ich lachend.

»Ja, so ist es gelaufen.«

Jeff winkte mir zu und kam mit großen Schritten zu uns. »Wir haben euch schon vermisst. Ihr sollt sofort hoch in Ians Zimmer kommen.«

»Warum das denn?«, wollte ich verwundert wissen. »Es ist doch niemandem was passiert?«

»Nur Adam.«

Conner grinste mich an. »Der alte Mann ist Vater geworden.«

»Aber ist das nicht zu früh?«

Conner zog die Schultern bis an die Ohren. »Sehe ich aus, als würde ich mich mit Babys auskennen?«

Ich schnappte mir Conners Hand und zog ihn besorgt hinter mir her zu den Fahrstühlen. Im Fahrstuhl tippelte ich von einem Fuß auf den anderen. Ich war mir sicher, dass Adam gesagt hatte, es wären noch ein paar Wochen bis zum Termin.

»Zum Glück ist sie nicht geflogen, sonst hätten wie jetzt eine Amerikanerin in der Familie.«

Ich stemmte die Hände in die Seiten und sah Conner entrüstet an. »Was bitte soll das denn heißen? Ich sollte dich vielleicht daran erinnern, dass es gut möglich wäre, dass in unserem Land sehr viele Miniversionen von dir herumlaufen.«

»Bestimmt nicht, selbst wenn ich noch so unter Drogen und Alkohol stand, an Kondome hab ich immer gedacht.«

»Hast du nicht!«

Conner sah mich verwirrt an. »Du meinst, als wir ...«

»Ja, vorhin hatten wir kein Kondom, was bei genauer Betrachtung wohl nicht sehr vorbildlich gewesen ist.«

Conner presste die Lippen fest aufeinander. »Du musst dir keine Sorgen machen, ich hab mich immer geschützt. Und ich lasse mich regelmäßig testen. Seit Melissas Tod geh ich lieber einmal zu oft zum Arzt, statt zu selten.«

Ich nahm seine Hand und hauchte einen Kuss darauf. »Ich hab das nicht böse gemeint. Ich hätte auch darauf achten sollen. Wir lassen uns eben beide nochmal testen.«

Der Fahrstuhl hielt in der oberen Etage. Devlin Jonas meinte es wirklich gut mit *Wild Novel*. In jedem Hotel gab es für die Band nur das Beste. Wie ich Jill kannte, steckte aber sie dahinter. Als Radiomoderatorin war sie etwas Besonderes. So besonders, dass jeder ihr gerne zuhörte und mit und über sie lachte, aber betete, ihr nie persönlich zu begegnen. Ich konnte mir gut vorstellen, dass diese Frau ihren

Mann unter Kontrolle hatte. Und Devlin musste sie sehr lieben, wenn er das alles für ihre Lieblingsband tat.

Nervös riss ich die Tür zu Ians Zimmer auf. »Ist alles in Ordnung mit dem Baby?«, brüllte ich, noch bevor mein Verstand erfasst hatte, was meine Augen sofort erkannt hatten. Hier stieg eine kleine Privatparty. Klein deswegen, weil alle sich auf dem Sofa zusammengekuschelt hatten und auf den Monitor eines Laptops starrten. Ich stoppte in der Bewegung. »Ihr feiert? Ich dachte, es wäre was passiert, weil Jeff meinte: sofort.«

Lucy lachte und rutschte etwas auf dem Sofa umher, um Platz für mich zu schaffen. »Hinsetzen!« Ich zog verwundert die Brauen über der Stirn zusammen, gehorchte aber. »Das ist Emmas Brautjungfer Nummer 2«, sagte sie zu einer Frau, die mich vom Monitor her anlächelte. »Das ist Linda, Adams Frau und glückliche Mama eines süßen Mädchens.«

»Hallo Dakota, schon viel von dir gehört.« Ich lächelte, dann warf ich der Bande auf dem Sofa warnende Blicke zu. Ian grinste nur, Kieran tat so, als würde er mich nicht bemerken, Bob war stark damit beschäftigt, Whisky in Gläser zu schenken und Ryan trommelte mit seinen Sticks auf seine Oberschenkel.

»Hallo! Wie geht es dem Baby?«

»Lea geht es gut, sie ist noch etwas leicht, aber sie darf schon bei mir auf dem Zimmer bleiben.«

Zwei weitere Gesichter tauchten im Blickfeld auf. »Ist sie Conners Grund, zu spät zu kommen? Ihr wisst aber schon, dass sie eine Amerikanerin ist?«

Ich zuckte erschrocken zusammen und schluckte.

»Ja, ich bin Amerikanerin. God safe America!«

Die zwei Frauen lachten. »Das heißt God safe the Queen. Das bringen wir dir schon noch bei.«

»Dann müsst ihr euch beeilen, die Tour ist bald vorbei. Und danach wartet schon die nächste Band auf mich. Die kommen übrigens aus Japan.«

»Das sind Summer und Anne«, stellte Linda die beiden Frauen vor.

Anne eine hübsche Frau mit Puppengesicht und Summer hatte lila Strähnen in ihren schwarzen Haaren und würde sich bestimmt prima mit Eva verstehen. Summer erinnerte mich an Abby aus der Fernsehserie NCIS. Abby erfreute sich unter den Fans sehr großer Beliebtheit. Ich musste gestehen, wenn ich mal Zeit hatte, war ich auch ein Fan.

»Da hab ich aber was anderes gehört«, sagte Anne und kam der Kamera bedenklich nahe, als würde sie durch die Linse in das Hotelzimmer sehen können. »Wo ist eigentlich der Kerl, der Frauen verschleißt wie Summer Lippenstifte? Und was viel wichtiger ist, was habt ihr getrieben?«

Ich schnappte nach Luft und versuchte, jegliche Röte in meinem Gesicht zu bekämpfen, was natürlich zwecklos war. Conner trat um das Sofa herum und schaute über meinen Kopf hinweg in die Kamera. »Hallo Anne. Linda, du siehst toll aus. Geht es dir gut?« Linda drängelte sich zwischen Annes und Summers Köpfen hindurch und nickte strahlend. »Thor, ich hab gehört, du bist heute entspannt.«

Ich schluckte wieder und kämpfte gegen die Hitze. »Sind die drei immer so verrückt?«, fragte ich Lucy neben mir flüsternd.

»Sei froh, dass sie nicht hier sind. Du und Conner, sie würden euch zu ihrem Privatprojekt machen.«

»Ja, besonders Mama Anne liebt es zu verkuppeln.«

»Seid froh, dass ich das gemacht habe«, entrüstete sich Anne.

Ian reichte Conner und mir jeweils eins der Whiskygläser. »Ich hoffe, das ist Adams guter Tropfen«, murmelte Conner. »Wenn ich die drei den ganzen Abend ertragen muss, dann brauche ich sehr viel davon.«

Bob hob die Flasche an, die ich schon gesehen und von der Adam behauptet hatte, dass sie besonders teuer wäre. »Für unseren Thor nur Highland Park Thor«, säuselte Bob.

Ich schnupperte an dem Whisky und rümpfte die Nase, wegen des starken Geruchs. Ich nippte vorsichtig daran und erwartete einen besonderen Geschmack. Er schmeckte auch besonders. Besonders anders, besonders stark besonders nach »Teer«, sagte ich und schüttelte mich.

Conner schüttelte den Kopf, ließ den Whisky über seine Zunge rollen, bevor er schluckte. »Er schmeckt nach Vanille, Pfirsich, Mango. Hat einen Hauch von Zimt. Und das heißt Phenol bei einem Whisky, nicht Teer.«

Ich rümpfte die Nase. »Das schmeckt, als würde ich an einer Straße lecken.«

Die Frauen lachten und die Männer schüttelten entrüstet den Kopf. Ich verzichtete darauf, zu fragen, wo genau Conner Zimt, Vanille und Mangos geschmeckt hatte. Vor oder nach dem lang anhaltenden Brennen in der Speiseröhre? Ich stellte das Glas beiseite. »Ich nehm dann lieber ein Bier.«

Bobs Handy klingelte, er stand auf, zog es aus der Tasche und ging damit zum Fenster. Anne trug gerade den Laptop herum, weswegen wir einige Augenblicke nur noch Annes freizügiges Dekolleté zu sehen bekamen. Ryan bekam für einen Kommentar, den ich nicht verstanden hatte, mal wieder eine Kopfnuss, Kieran starrte interessiert auf das Display und Ian war damit beschäftigt, Ryans Sticks auf seinen Oberschenkeln tanzen zu lassen. Dann wurden wir von Annes Brüsten erlöst und mit einem Blick auf etwas Unverfängliches, dafür aber sehr Unschuldiges belohnt. Die schlafende Lea in ihrem Bettchen. Sie war fast komplett in eine Decke gebunden, nur ihr Gesichtchen guckte zwischen den Stofflagen hervor. Ihr Mund bewegte sich im Schlaf, als würde sie Nuckeln. Von den Männern kam bestätigendes Nicken, die Frauen seufzten im Chor.

Für mich war das Kinderkriegen noch sehr weit entfernt. Ich hatte noch nicht einmal darüber nachgedacht bis jetzt. Ein Baby zu sehen, freute mich für die Eltern, es brachte mein Herz aber nicht zum Überlaufen.

»Das war Jeff«, unterbrach Bob das Seufzen und Stöhnen der Frauen. Er sah mich ernst an. »Dein Vater hat angerufen. Er hat deinen Ex beschatten lassen, aber das Arschloch hat es geschafft, seine Verfolger abzuhängen.«

Für einen Moment sackte mein Herz in den Magen, aber dann beruhigte mich der Gedanke, dass mein neuer Nachname es ihm sehr schwer machen sollte, mich zu finden. Mein Vater hatte mir zu Foster geraten, weil der häufig war und absolut keinen Bezug zu mir hatte. Und diese Akten konnte Kevin auch nicht einsehen. »Ich glaube nicht, dass er weiß, wo er mich finden kann.«

»Wir sollten dich trotzdem im Augen behalten«, warf Bob ein. »Am besten, du schläfst auch die nächsten Nächte nicht allein.«

Conner legte eine Hand auf meine Schulter. »Du schläfst bei mir.«

»Tue ich das?«, fragte ich und alle anderen lachten laut auf.

»Ganz sicher tust du das. Und ja, ich weiß, dass auch das gegen meine Prinzipien verstößt. Ich hab seit heute neue Prinzipien.« Das Gelächter verstummte und alle sahen Conner schockiert an.

»Und wenn ich lieber bei Andrew schlafen will?« Natürlich wollte ich das nicht, aber ich liebte das zornige Gesicht, das Conner gerade aufsetzte. Er beugte sich zu mir herunter, seine Nasenspitze berührte fast meine. Um uns herum schien jeder die Luft angehalten zu haben.

»Dann werde ich Andrew vorher seine Eier zum Frühstück servieren müssen.«

»Vorher ist unfair«, beklagte ich mich. »Eva hat dir auch Zeit bis danach gegeben. Aber schön zu wissen, dass du dich an ihre Drohung erinnerst.«

»Es gibt kein Danach für Andrew. Wenn ein Mann neben dir schläft dann ich. Ich kann genauso gut auf dich aufpassen wie er.«

»Das bezweifel ich. Andrew kann mit Waffen umgehen«, sagte ich und neckte ihn weiter, gähnte gespielt und verkündete, dass ich dringend ins Bett müsste. »Bob, könntest du nach Andrew sehen, ich will wirklich nicht allein ins Bett gehen.«

Conner stieß ein zorniges Knurren aus, packte mich um die Taille und hob mich über die Lehne des Sofas auf seine Schulter. Seine Hand legte sich grob auf meinen Hintern. Alle um uns herum hatten ihr Lachen wiedergefunden. Und aus den Lautsprechern des Laptops kam: »Irgendjemand hätte dir wohl sagen müssen, dass Conner zum Neandertaler wird, wenn man ihn ärgert.«

»Nicht nur Conner«, gab Emma von sich.

»Sag gute Nacht, ich bring dich ins Bett. In meins.« Conner stapfte auf die Tür zu.

»Ich postiere jemanden vor deiner Tür«, sagte Bob. Ich hing wie ein nasser Sack über Conners Schulter und stützte meine Hände an seinem Hintern ab.

»Nicht Andrew. Und wen auch immer du wählst, er soll sich was in die Ohren packen. Ich will nicht, dass jemand das Zimmer stürmt, wenn ich diesem Frauenzimmer die versprochene Tracht auf den Hintern verpasse.«

»Hat er gerade gesagt, er will ihr den Hintern versohlen?«

»Ich kann es ihm nicht verübeln«, meinte Ian. »Das Ding mit den Eheringen war echt heftig. Aber ich hab selten so gelacht. Besonders, weil Andrew die Story auch noch so gut rübergebracht hat.«

»Du Verräter!«, murmelte ich gegen Conners Hintern. Conner gab mir einen Hieb auf den Po und ich zuckte zusammen.

»Mach das nochmal und ich werde dafür sorgen, dass Eva ihr Versprechen wahr macht.«

»In den nächsten Nächten gehören meine Eier dir und nicht Eva. Und wenn ich du wäre, würde ich sie nicht aus den Augen lassen. Ich lasse deinen Arsch auch nicht aus den Augen. Und aus den Händen.« Conner riss die Tür auf und verschleppte mich in sein Zimmer. »Sag nicht, dass wir nicht darüber gesprochen haben, dass du mir gehörst.«

»So war das nicht gedacht.«

»Das war genau so gedacht. Und damit du verstehst, wie genau das gedacht war, werde ich dich jetzt so lange ficken, bis du die Lektion gelernt hast.«

»Als er mich in New York gefunden hat, nachdem er auf Kaution raus kam, hat er mich um ein Treffen gebeten«, erklärte ich müde. Conner hatte mir seine Lektion beigebracht, jetzt fuhr er mit seinen Fingern die wülstigen Narben nach. Er hatte die Lippen fest aufeinander gepresst. Ich lag auf dem Rücken und ließ ihn erkunden, was ich bisher keinem anderen Mann gezeigt hatte. Aber langsam fing ich an, Vertrauen in Conner zu entwickeln. Erst hatte ich zugelassen, dass er mit mir schlief, und jetzt ließ ich zu, dass er den Beweis meiner Schwäche untersuchte.

»Erzähl weiter«, flüsterte er. Er lächelte und zog mich an sich.

»Ich war naiv genug, ihm zu glauben, als er mir am Telefon erzählte, wie sehr er mich doch liebt. Also hab ich mich vor einem Restaurant mit ihm verabredet. Wir haben zusammen gegessen, uns unterhalten. Er hat sich entschuldigt und mir versprochen, dass er eine Therapie machen würde. Als er mich dann nach Hause fahren wollte, habe ich eingewilligt. Ich hab damals bei meinem Vater gewohnt, nachdem ich ja nichts mehr besaß, weil ich alles zurücklassen musste. Als ich in seinem Auto saß, hat er mich mit einem Schlagring K.O. geschlagen. Ich bin in einem Keller aufgewacht. Da stand ein altes dreckiges Bett, er hat mich an die Pfosten gebunden, hat immer wieder auf mich eingeprügelt, mich vergewaltigt und mir dann sein Zeichen eingeritzt. Das Ganze hat Stunden gedauert und irgendwann hab ich nur noch gehofft, dass er mich umbringt. Aber das wollte er gar nicht, er wollte, dass ich für immer ihm gehören würde. Das Auto, das er sich geliehen hatte, hatte einen GPS-Sender, so haben Jeff und Andrew mich gefunden. Sie waren schneller als die New Yorker Polizei«, sagte ich und lachte leise. Mein Vater hatte genau gewusst, warum er Jeff eingeschaltet hatte. »Sie haben den Keller gestürmt, aber Kevin hat sie kommen gehört und hielt eine Glock auf mich gerichtet. Andrew hat sich auf mich geworfen und die Kugel abgefangen. Die Kugel hat Andrews Oberschenkel getroffen.«

»Deswegen humpelt er leicht«, sagte Conner.

»Ja, ich verdanke Andrew mein Leben.«

Conner küsste mich auf die Stirn. »Du musst dich wegen der Narben nicht schämen. Du bist wunderschön. Sie zeigen jedem, dass du überlebt, dass du stark bist.« Er wischte eine Träne von meiner Wange und ich kuschelte mich näher an seine Seite.

»Und du musst dein Herz nicht vor der Liebe verschließen.« Ich streichelte über die Rose. »Melissa wird immer da drin sein. Sie bleibt ein Teil von dir, auch wenn du irgendwann einmal eine andere Frau triffst. Eine, die es wert ist, von dir geliebt zu werden. Du betrügst sie nicht, nur, weil du Gefühle für eine andere Frau hast.«

Er legte seine Hand über meine. Ich spürte das Donnern seines Herzens. Schlug es so heftig, weil ich Melissa erwähnt hatte? Nach all den Jahren liebte er sie noch so sehr? Ich schluckte gegen den Kloß in meiner Kehle an. Oder schlug sein Herz so heftig, weil ich ihn berührte? Nein, nicht wegen mir. Ich war nur ein Deal. Einer, den ich eingegangen war, um zu lernen. Um das letzte Stück, das Kevin in mir zurückgelassen hat, endgültig loszulassen: die Angst je wieder einem Mann zu vertrauen. Ein Deal, den er eingegangen war, um mich endlich dazu zu bekommen, mit ihm zu schlafen. »Ich weiß, ich habe viel mehr Angst davor, zu lieben und wieder zu verlieren.«

11. Kapitel

DAKOTA

Chicago, die vorletzte Station der *Wild Novel*-Tournee in den USA. Die letzten beiden Nächte hatte ich in einem Bett mit Conner verbracht und jede Nacht hatte er meine Welt erneut erschüttert. Und mit jeder Zärtlichkeit, die er mit mir austauschte, verfiel ich ihm mehr. Schon jetzt schmerzte mein Herz bei jedem Schlag, trauerte demselben Mann zum zweiten Mal in meinem Leben nach, weil ich wusste, dass in nur drei Tagen alles enden würde. Und dabei fing ich gerade an, ihm zu vertrauen. Denn, wann immer ich mich umsah, er war da: beobachtete mich, beschützte mich vor Fans, vor Reportern und davor, zu oft an Kevin zu denken, mich zu oft nach ihm umzudrehen. Conner entpuppte sich als der fürsorglichste Mann, den ich je getroffen hatte. Und das machte unseren Deal so gefährlich für mich. Mit jeder Minute, die wir miteinander verbrachten, wollte ich weniger, dass dieser Deal endete. Aber ich musste es als das sehen, was es war: eine kurzfristige Abmachung. Zumindest für ihn galt das. Ich selbst hatte mich in ihn verliebt. Noch drei Tage und Nächte und dann war es vorbei. Innerlich brannte ich vor Schmerz. Ich würde keine Interviews mehr für die Band organisieren, würde keinen Catering-Service bestellen für das gesamte Team, würde Conner nie wieder sehen, denn ein weiteres Mal durfte und konnte ich nicht für *Wild Novel* arbeiten. Auf keinen Fall bereute ich es, dass ich Conner an mich herangelassen hatte. Dafür war alles, was ich mit ihm erlebte, was er mich fühlen ließ, zu wundervoll. Er hatte sich in den letzten Tagen als wunderbarer, rücksichtsvoller Mann gezeigt. Aber noch drei weitere Nächte in seinen Armen und ich würde sterben, wenn sich unsere Wege wieder trennten. Also musste ich einen Weg finden, wie ich Conner erklärte, dass unsere kleine Abmachung jetzt sofort enden musste, bevor mein Herz rettungslos an einen Macho verloren ging.

Es klopfte an der Tür, die Vorgruppe spielte ihr letztes Stück und ich riss mich mit Gewalt aus meinen Gedanken und aus Conners Armen, der hinter mir stand und mich umschlungen gehalten hatte. Er sah mich verwundert an, aber ich ignorierte seinen fragenden Blick.

»Also dann mal los, Schotten! Lasst die Röckchen schwingen«, forderte ich die Männer mit gespielter Fröhlichkeit auf.

»Tu nicht so, als würdest du nicht auf Schotten und Röckchen stehen«, sagte Kieran und stieß mich im Vorbeigehen mit der Schulter an. Kieran war die ganze Zeit über immer sehr ruhig gewesen, aber in den letzten Tagen öffnete er sich langsam. Emma hatte mir erzählt, dass er mit ihrer Freundin Katrin zusammen gewesen war, die wenige Tage vor der Tour ganz plötzlich nach Thailand aufgebrochen war. Katrin war wohl schon immer unbeständig und unvorhersehbar gewesen, hatte Emma erklärt. Kieran hatte das plötzliche Beziehungsaus mitgenommen. Aber es schien ihm langsam besser zu gehen.

»Sie steht auf Röckchen und die Möglichkeiten, die sich durch sie eröffnen«, sagte Conner leise und sah mich vielsagend an. Ich senkte verlegen den Blick und hasste die Hitze, die sich nicht nur in meinem Gesicht festsetzte, sondern auch viel tiefer. Erst gestern hatte Conner mir im Tourbus gezeigt, wie praktisch es war, wenn beide einen Rock trugen. Er hatte mich in die Schlafkabine gedrängt und mich von hinten genommen, während ich mich atemlos an einem der oberen Betten festgeklammert hatte.

»Du wirst noch rot, obwohl wir deine Schreie gestern im ganzen Bus gehört haben?« Lucy grinste bis über beide Ohren und Emma nickte bestätigend.

»Ja, langsam haben wir zu viele Paare im Tourbus. Ständig vögelt irgendwer irgendwen«, warf Bob genervt ein.

Wir liefen zum Bühnenaufgang, die Vorgruppe spielte eine Zugabe und ich versuchte, im Boden zu versinken. Ich hatte noch nie Sex, während andere es mitbekommen konnten. Conner entlockte mir Dinge, die mich selbst überraschten. Er zeigte mir Dinge, von denen ich nicht einmal ahnte, dass sie mir gefielen. Die Vorgruppe kam von der Bühne, Ian küsste Emma, Ryan küsste Lucy. Conner zog mich nahe an seinen Körper, sein Blick ruhte für Sekunden auf meinem Gesicht.

»Ich spüre, dass da etwas in dir vorgeht. Ich hoffe, du stehst genau hier, wenn wir fertig sind und ich dich brauche.« Er küsste mich fast schon verzweifelt und zeigte mir, dass er genau wusste, dass ich angefangen hatte, mich zurückzuziehen. Ich musste unbedingt mit ihm reden. Eigentlich sollte er doch kein Problem damit haben, wenn ich ihn schon heute für andere Frauen freigab. Das war es doch, was er immer tat. Und ich wusste, dass der Grund für dieses Verhalten Melissa war. Er glaubte, dass er sie betrog, wenn er eine andere Frau an sich heranließ. Deswegen wusste ich auch so genau, dass ich am Ende dieser Tournee ohne Conner an meiner Seite bleiben würde. Und deswegen musste ich ihn schon jetzt gehen lassen, auch wenn das bedeutete, ihn an der Seite von anderen Frauen sehen zu müssen, ihn vielleicht sogar mit anderen Frauen versorgen zu müssen.

Ich schmiegte mich in diesen Kuss, der mein Herz heftig hämmern ließ, meine Kehle zuschnürte und mich verzweifeln ließ, weil er der letzte Kuss war, den wir beide teilen würden. Conner löste sich von mir und legte eine Hand an meine Wange. »Ich brauche dich«, sagte er rau. Das Blau seiner Augen wirkte dunkler als sonst. Ich konnte die Besorgnis richtig spüren. Ja, er wusste, dass das eine Art Abschied war. Dass diesmal nicht er es war, der sich von einer Frau zurückzog, sondern sie sich von ihm zurückzog. Vielleicht eine ganz neue Erfahrung für ihn. Vielleicht aber auch etwas, dass ihn nicht einmal berührte.

Conner wandte sich ab und ging auf die Bühne, wo der Rest der Band schon ein langes Intro spielte, während sie auf Conner warteten. Emma und Lucy standen wie immer nahe am Bühnenaufgang und schauten ihren Jungs zu. Von der Sache zwischen mir und Conner schienen sie nichts mitbekommen zu haben. Ich blieb eine Weile stehen und beobachtete Conner, der jetzt ganz und gar auf seine Musik konzentriert war. Auf dem Bühnenboden lagen wieder Unterhöschen, im Publikum wurden Schilder hochgehalten, auf denen verlangt wurde: *Mach mir ein Kind Ian, Heirate mich Conner* oder *Hoch mit den Schottenröcken!* Die Konzerte waren immer gut besucht. Die Band würde es in den USA schaffen. Ich freute mich für sie, hatte aber auch Angst vor diesem Erfolg, weil ich nicht würde verhindern können, in den Medien immer wieder über Conner zu stolpern.

Jemand tippte mir auf die Schulter, ich wandte mich um und stand einem jungen Mann vom Equipmentteam gegenüber. »Da gibt es ein Problem mit dem Catering. Die brauchen wohl eine Unterschrift von dir.«

»Ich kümmer mich darum«, sagte ich und ließ mich zum Hinterausgang führen, wo ein Mann neben einem Kleintransporter stand, ein Klemmbrett in der Hand und ein Basecap gegen die Sonne tief ins Gesicht gezogen. Ich lief auf ihn zu und begrüßte ihn freundlich. Der Mann sah nicht hoch, sondern starrte stur auf das Klemmbrett in seiner Hand. Erst als ich ihm die Hand hinhielt und mich als Assistentin vorstellte, sah er auf und ich erstarrte, als ich die stechend grünen Augen von Kevin erkannte. Er packte meine Hand, presste mir ein Tuch auf Mund und Nase. Alles ging so schnell, dass ich keine Chance hatte, oder einfach zu schockiert war, weil er hier war. Weil er mich gefunden hatte. Ich hatte nicht einmal Zeit, zu schreien oder das Selbstverteidigungsprogramm, das ich jetzt seit Jahren mehrmals wöchentlich mit Jeff oder Andrew durchging, abzurufen. Um mich herum wurde alles dunkel, bevor ich auch nur den Namen Kevin geflüstert hatte.

CONNER

Ich hatte gespürt, dass sich etwas verändert hatte. Schon heute Nachmittag, nach der Probe, war Dakota distanzierter gewesen, hatte sich nur widerwillig von mir halten lassen, Küsse viel zu schnell beendet. Und dann lag da plötzlich so viel Verzweiflung in ihrem Kuss vor unserem Auftritt. Und als ich das nächste Mal zur Seite sah, standen da nur noch Lucy und Emma. Das hatte sich angefühlt, als würde sich etwas in meine Brust bohren. Es hatte mich enttäuscht, dass sie nicht dort war, wo unsere anderen Frauen immer standen, wenn wir ein Konzert gaben. Und dass mich das so enttäuschte und ich sie neben Lucy und Emma sehen wollte, so als wäre sie eine unserer Frauen, das machte mir Angst. Es überrollte mich unerwartet. Weil ich mich zwingen musste, mir zu sagen, dass sie nicht Melissa war. Aber was vor ein paar Tagen noch funktioniert hatte, funktionierte jetzt nicht mehr. Es war mir egal, dass sie nicht Melissa war. Und nein, ich hatte auch nicht das Gefühl, sie zu betrügen. Ich war mir nicht sicher, was genau ich für Dakota empfand, aber ich wusste, dass es mir wichtig war, sie dort neben Emma und Lucy zu sehen. Und jetzt war sie nicht da. Obwohl ich ihr gesagt hatte, dass ich sie brauchen würde.

Ich spielte die letzten Töne und stürmte von der Bühne. Eine Mischung aus Wut und Verzweiflung machte sich in mir breit. Ich würde nicht zulassen, dass sie sich einfach zurückzog. Nicht, solange unsere Abmachung noch galt. Und die galt für die Zeit unseres Aufenthaltes in den USA. Ich stapfte entschlossen die Gänge entlang, öffnete jede Tür und sah in jeden Raum. Und mit jedem Raum wurde die Wut in mir größer und mit ihr der Drang, Dakota sofort in meine Arme zu reißen und sie zu nehmen, sobald ich sie gefunden hatte. Ich würde jeden Widerspruch aus ihrem Hirn vögeln. Sie gehörte mir. Nein, erinnerte ich mich. Sie gehörte keinem Mann. Sie sollte nicht glauben, dass ich so war wie ihr Ex-Mann. Aber sie sollte wissen, dass sie zu mir gehörte, solange noch ein Fuß von mir amerikanischen Boden berührte. So war der Deal. Und Amerikaner standen doch auf ihre Deals.

Ich rannte herum, fragte jeden, der mir begegnete nach Dakota, aber sie war nicht da. Ich ballte die Fäuste und kämpfte den Zorn runter, schluckte und versuchte, mich zu beruhigen. War sie einfach verschwunden? Hatte sie ihren Job bei uns ohne ein Wort gekündigt, nur weil sie zu feige war, noch ein paar Nächte mit mir zu verbringen? Nein, Dakota war nicht feige. Sie würde nicht einfach wegrennen. So war sie nicht. Ich war mir sicher, sie würde es mir ins Gesicht sagen.

Ich rannte in den Aufenthaltsraum, wo die anderen schon auf die Fans mit den Pässen warteten. »Ist Dakota nicht hier?«

»Wir dachten, sie holt die Fans.« Lucy stand von Ryans Schoß auf. »Hat sie irgendjemand gesehen?«

»Da war ein Typ vom Catering, der eine Unterschrift von ihr wollte.« Richard wirkte sichtlich verwirrt.

»Sicher, dass der Typ vom Catering war?«, knurrte ich und Jeff spannte sich sofort an.

»Wann war das?«, wollte er wissen. Andrew kam mit den Fans in den Aufenthaltsraum.

»Warum seht ihr alle so aus, als wäre etwas passiert?«

»Weil etwas passiert ist, oder holst du für gewöhnlich die Fans ohne Dakota?«, schnappte ich ungeduldig. Andrew blieb abrupt stehen, breitete die Arme aus und drängte die Fans rückwärts aus der Tür. Emma folgte ihnen und schickte die Fans voraus zur Aftershowparty, mit dem Versprechen, dass sie dort gleich auf die Band treffen würden, dann kam sie wieder in den Raum und warf die Tür hinter sich zu.

»Habt ihr sie auf dem Handy angerufen?«, wollte Andrew wissen, sichtlich nervös.

»Ich hab es gerade versucht. Es klingelt, aber niemand geht ran.« Bob hielt das Handy hoch.

»Nicht, wenn es noch in meiner Garderobe liegt«, warf ich ein und stürmte los. Die anderen folgten mir, ein paar der Leute, die das Equipment abbauten, warfen uns verwirrte Blicke zu. Ich riss die Tür auf. Ihr Handy lag noch immer auf dem Tisch vor dem beleuchteten Spiegel. Ich nahm es und hielt es so verzweifelt fest, als würde das Dakota zurückbringen können. »Zumindest beweist das, dass sie nicht vor mir davongelaufen ist.«

»Warum sollte sie vor dir weglaufen?«, hakte Lucy verwundert nach. »Es ist nicht zu übersehen, dass sie dich liebt.«

Mein Mund klappte auf und ich schüttelte den Kopf. »Nein, sie war heute schon den ganzen Tag distanziert. Ich denke, sie wollte die Sache beenden.«

Lucy lachte. »Typisch Mann, klar wollte sie das. Weil sie Angst hat, dass du es tust. Also wollte sie dir vorweggreifen. Immerhin hast du sie schon mal sitzenlassen.«

»Wir können hier weiter streiten, ob Dakota nun was für unseren Vollzeitmacho empfindet oder nicht. Oder wir machen uns daran, herauszufinden, wo sie ist.« Andrew war schon auf dem Weg zur Tür.

Bob tauchte hinter uns auf, mehrere Ausdrucke in der Hand. »Es gab eine Kamera am Hintereingang. Ich hab ein Autokennzeichen und den Beweis, dass sie entführt wurde.«

»Verdammter Mist«, brüllte ich und wollte am liebsten losstürmen und gleichzeitig fühlte ich mich hilflos.

Jeff zückte sein Handy, nahm Bob die Ausdrucke ab und ging raus auf den Flur, um zu telefonieren. Ich lief nervös auf und ab und hoffte für dieses Arschloch, dass wir Dakota unverletzt vorfanden, sonst würde ich mehr machen, als ihn nur seine Eier fressen zu lassen.

12. Kapitel

DAKOTA

Ich war gefangen in einem Déjà-vu. Kevin hatte mich schon wieder in eine Kammer gesperrt. Den hohen Fenstern nach zu urteilen, ein Keller. Irgendwann musste das hier aber mal ein Büro gewesen sein. Ein sehr kleines. Vielleicht ein Archiv? Da stand ein alter verstaubter Schreibtisch, in der Ecke ein Aktenschrank, ein Schubfach stand offen. Auf dem Boden lag Papier verstreut. Das einzige Licht war eine nackte Birne, die von der Decke hing und nur ungenügend leuchtete. Aber ich war schon dankbar, dass er mir wenigstens dieses Licht gelassen hatte.

Er hatte mir die Hände auf dem Rücken gefesselt und mich einfach auf dem verdreckten Boden liegen lassen. So war ich aufgewacht. In einem Albtraum, den ich in den letzten Jahren fast jede Nacht erlebt hatte und der jetzt wieder zur Realität geworden war. Ich fühlte mich erschöpft, verängstigt, panisch. Die Panik war dabei, mich aufzufressen. Die engen Wände drohten mich zu verschlingen, kamen immer näher. Ich wollte schreien, aber meine Stimme versagte. So war es auch in meinen Träumen immer gewesen. Jedes Mal, wenn ich diesen Albtraum hier wieder und wieder erlebt hatte. Nein, nicht diesen, sondern den ersten. Das erste Mal, als er mich in New York am helllichten Tag entführt hatte. Ich versuchte meine Angst unter Kontrolle zu bekommen, damit ich klar denken konnte. Aber es klappte nicht.

Die Tür wurde aufgeschlossen, ich drängte mich gegen eine Wand, als Kevin eintrat. Er grinste breit, wie er es immer getan hatte, kurz bevor er angefangen hatte, mich zu bestrafen, für Dinge, die er als Verstoß gegen seine Regeln betrachtete. Zum Beispiel als ich eines nachts heimlich das Fenster im Bad geöffnet hatte, um einen Zettel mit einer Nachricht hinauszuwerfen, in der stand, dass ich gefangen gehalten wurde und wo man mich finden würde. Oder das andere Mal, als er mich zum Sex gezwungen hatte und ich ihm dabei nicht genug Lust vorgespielt hatte. Ich hatte immer so tun müssen, als würde ich es lieben, mit ihm zu schlafen. Irgendwann war das auch mal so gewesen, bevor er mich von New York weggelockt hatte und ich nicht mehr seine Frau, sondern sein Eigentum gewesen bin.

»Hast du auch dieses Gefühl, als wären wir an diesem Punkt schon einmal gewesen?« Kevin lächelte zufrieden. Er sah rauer aus. Das Gefängnis hatte ihn verändert. Seine Schulten waren breiter geworden. Das blonde Haar war ganz kurz rasiert, was ihn noch beängstigender wirken ließ. Er hatte eine lange Narbe im Gesicht, quer über die rechte Wange. Sie sah aus, als hätte ihn dort etwas Scharfes getroffen. Wahrscheinlich ein Messer.

»Was willst du von mir«, spuckte ich ihm entgegen. Ich hatte mich immer wieder gefragt, wie ich je hatte etwas für diesen Mann empfinden können. Wie er sich so hatte verstellen können, dass ich auf ihn hereingefallen war. Plötzlich fühlte ich mich schuldig, weil es Zeiten in meinem Leben gab, in denen ich Conner fast genauso sehr gehasst hatte wie ihn. Ich beide sogar miteinander verglichen hatte. Weil der Eine mich zutiefst enttäuscht und verletzt hatte und der Andere mein Vertrauen in Männer so sehr geschädigt hatte, dass ich drei Jahre lang keinen Mann mehr an mich rangelassen hatte. Wie hatte ich diese beiden Männer nur je im gleichen Gedanken unterbringen können? Conner war zärtlich, liebevoll, rücksichtsvoll und er hatte Gründe, warum er geworden war, wie er war. Warum er Angst vor zu großer Nähe hatte. Und gerade, dass er so mit dem Tod seiner großen Liebe kämpfte, hatte mir geholfen, mein Vertrauen in Männer wieder aufzubauen. Zumindest in diesen einen Mann.

Kevin hatte keine Gründe, außer eine verwöhnte Kindheit war ein Grund.

»Zuerst einmal beenden wir, wobei wir das letzte Mal so unschön unterbrochen wurden von deinem Vater und seinen Freunden. Danach führen wir unsere Ehe weiter. Es gibt da eine Hütte, die einem Knastfreund gehört. Er hat dort immer kleine Mädchen festgehalten. Also perfekt für unsere Zwecke.«

»Ich gehe nirgendwo mit dir hin.«

»Oh doch, das wirst du. Und du wirst deinen Namen wieder ändern müssen. Übrigens eine gute Idee von dir, das zu tun. Aber wenn du dir schon eine neue Identität zulegst, dann solltest du dir auch einen Job zulegen, der weniger in der Öffentlichkeit stattfindet. Mir hat ein einziges Foto im Internet gereicht, um dich zu finden.«

Ich fluchte innerlich. Kevin meinte das Bild von mir und Conner, als wir uns wegen des New York Cheesecake gestritten hatten. Kevins Telefon klingelte. Er zog es aus der Tasche seiner fleckigen Jeans und lief auf die Tür zu. »Ich bin sofort wieder zurück.« Er schloss die Tür hinter sich zu und ich ließ mich gegen den Schreibtisch sinken. Eins wusste ich genau, wenn ich nicht in den nächsten Minuten einen Weg hier raus finden würde, würde Kevin dafür sorgen, dass mich nie wieder jemand fand.

»Also gut, reiß dich zusammen. Du wurdest drei Jahre auf diese Situation vorbereitet von den besten Männern, die es für so einen Job gibt.« Regel Nummer 1 war, Ruhe bewahren. Das hatten Jeff und Andrew mir immer und immer wieder heruntergebetet. Ich atmete tief durch, schloss die Augen und entspannte mich. Regel Nummer 2: Sieh dich genau um und finde etwas, das dir helfen kann. Ich stand auf und lief um den Schreibtisch rum, sah in die offenen Schubfächer, aber dort gab es nur Aktenordner. Ich ging zu den hohen Fenstern. Zu hoch, um hier rauszuklettern, selbst, wenn meine Hände nicht verbunden wären. Ich setzte mich auf den Boden, legte mich auf die Seite und schob meine Hände unter meinen Hintern, meine Oberschenkel entlang, setzte mich auf und stieg aus den Fesseln, so dass meine Hände jetzt vorn gefesselt waren. Kevin hatte ein grobes Hanfseil verwendet, das schon jetzt seine Spuren an meinen Gelenken hinterlassen hatte. Ich versuchte mit den Zähnen den Knoten zu lösen, aber er war zu fest. Also sah ich mich weiter um. In einer Ecke ragte eine rostige Schraube aus der Wand. Sie war groß, etwa so groß wie ein Hufnagel.

»Die muss reichen.« Ich fing an, das Seil zwischen meinen Händen über die Schraube zu reiben und hoffte, dass sie tief genug saß, dass sie sich nicht lockerte und aus der Holzlatte rutschte. Ich hatte wirklich keine Lust darauf, dass Kevin seinen Namen auf meinem Körper vervollständigte. Es musste eine Ewigkeit vergangen sein, bis das Seil endlich nachgab. Und mit jeder Minute, die vergangen war, wuchs meine Angst, dass Kevin zurückkam. Ich konnte nur hoffen, dass er mit irgendwelchen Vorbereitungen beschäftigt war. Ich zerrte das Seil von meinen Handgelenken und ließ es zu Boden fallen. Dann begann ich, den Schreibtisch, den Aktenschrank und jeden noch so kleinen Winkel des Raums zu durchsuchen.

Hinter einem Abflussrohr fand ich eine Zigarettenschachtel, drei Zigaretten waren noch drin. Wer auch immer hier gearbeitet hatte, musste heimlich während der Arbeit geraucht haben. Im Schreibtisch fand ich eine Batterie. Kein Feuerzeug, aber das machte nichts. Ich sammelte das Papier auf, das verstreut lag, warf noch mehr aus dem Aktenschrank dazu und ein paar ölgetränkte Stofflappen, die in einer Ecke lagen. Dann nahm ich die Batterie und hoffte, dass sie noch Saft hatte. Zumindest war sie eingepackt gewesen, was hoffentlich ein gutes Zeichen war. Eins der Fenster war offen und hing schief in den Angeln. Ich warf alles direkt auf den Boden unter dem Fenster. Dann nahm ich etwas von dem silbernen Papier im inneren der Zigarettenschachtel.

Es musste groß genug sein, um von Minus zu Plus der Batterie zu reichen. Ich hielt den Streifen Papier an die beiden Enden der Batterie, das Papier fing an zu brennen, schnell entzündete ich ein größeres Blatt Papier damit und dann einen der Öllappen. Ich entfachte ein Lagerfeuer in dem kleinen Kellerraum und die Öllappen waren der Teil meines Plans, der mich hoffentlich retten würde. Von ihnen stieg starker Rauch auf, den ich mit einem Aktenordner anfachte und in Richtung Fenster wedelte. »Jetzt muss nur noch jemand den Rauch sehen, bevor ich kein Brennmaterial mehr habe oder ich hier unten ersticke oder verbrenne.«

CONNER

Bob stand neben mir und beobachtete ungeduldig, wie Jeff und Andrew zusammen mit zwei Polizisten mithilfe von Verkehrskameras den Weg des weißen Transporters aus der Stadt heraus verfolgten. Dann wandte sich einer der Polizisten um und wirkte mir viel zu besorgt. In mir rumorte es ohnehin schon, aber diesen Blick konnte ich jetzt gar nicht gebrauchen.

»Außerhalb der Stadt gibt es nur auf vielbefahrenen Straßen Kameras. Weiter kommen wir also nicht. Ich schicke jetzt ein paar Männer dort raus. Sie sollen sich dort umsehen. Aber so wie ich das sehe, ist der Mann längst über alle Berge.«

»Dann errichtet Straßensperren«, knurrte ich.

»Das wird nichts bringen, dann müssten wir den gesamten Bundesstaat absperren. Diese Straße hat alle paar Kilometer Abzweigungen auf größere oder kleinere Straßen.« Der andere Beamte wirkte auch nicht glücklich darüber.

»Was gibt es denn dort draußen?«, wollte Bob wissen.

»Das nächste wäre ein altes Industriegebiet, kleinere Firmen, ein paar leerstehende Lagerhäuser.«

»Zumindest ein Anfang«, sagte Bob und sah Jeff an. Der nickte.

»Sehen wir uns da um. Ich halte den Kerl für blöd genug, denselben Fehler zwei Mal zu machen.«

»Ich kann auch dort eine Streife hinschicken.« Der ältere Cop schnappte sich ein Telefon und gab ein paar Befehle durch. Bevor er einen Streifenwagen zum Industriegebiet schicken konnte, hielt Jeff ihn mit einer Hand auf seiner Schulter zurück.

»Das übernehmen wir. Nichts für ungut, aber ich hab nicht das größte Vertrauen in euch.«

Beide Polizisten rissen entrüstet die Augen auf, erinnerten sich dann aber daran, wen sie vor sich hatten. Auch wenn ich anfangs meine Probleme mit den Blackwoods hatte, vor allem, weil sie Dakota vor mir abzuschirmen versucht hatten, war ich jetzt dankbar, dass Devlin Jonas uns augenscheinlich die richtigen Leute zur Seite gestellt hatte.

»Wir geben euch ein Funkgerät mit, damit wir in Kontakt bleiben können, für den Fall, dass sich etwas ergibt.«

»Danke«, murmelte Jeff. »Verschwinden wir hier«, sagte er zu uns.

»Nichts lieber als das. Ich hab das Gefühl, durchzudrehen hier drin. So als würde alles stillstehen, nur nicht Dakotas Zeit.«

»So hat sich das für mich auch angefühlt, als Emma verschwunden war.« Ian legte mir eine Hand auf die Schulter, während wir den Videoraum der Polizei verließen. »Dich hat es mächtig erwischt, oder?«

»Ich weiß nicht. Hat es das?« Gerade hatte ich nicht die Geduld, über diese Frage nachzudenken. In meinem Kopf kreiste nur die Sorge um Dakota. Ich fühlte mich nutzlos, schuldig. Ich hatte sie nicht beschützen können und das machte mich wahnsinnig. Ich durfte nicht daran denken, was dieses irre Dreckschwein ihr antun würde. Wo wären für diesen Kerl die Grenzen? Wahrscheinlich erst, wenn Dakota tot war. Wer einer Frau solche Dinge angetan hatte wie er, der kannte keine Grenzen. In mir stieg für Sekunden ein hässlicher Gedanke auf: die Hoffnung, dass er es schnell machte, damit sie nicht lange leiden musste. Aber die Angst sie zu verlieren, war viel größer. Und deswegen betete ich, dass wir sie finden würden. Und dann waren da diese Worte in meinem Kopf: Nicht noch einmal, du hast mir schon Melissa genommen. Und diese Worte führten zu der Gewissheit, die ich die ganze Zeit verdrängt hatte, weil ich Angst vor ihr hatte. Dakota war nicht nur die Frau, mit der ich einen Deal hatte. Mit der ich einfach nur umwerfenden Sex hatte. Immer und immer wieder. Sie war die Frau, die es geschafft hatte, sich an Melissa vorbei in mein Herz zu stehlen. Die Frau, für die Melissa Platz gemacht hatte, weil sie die Richtige für mich war.

Wir stiegen in Jeff Blackwoods SUV. Ich schnallte mich an, weil ich hoffte, dass Blackwood die Verkehrsregeln außer Acht lassen würde. Das Funkgerät knackte, dann erkannte ich die Stimme einer der Officers, mit denen wir eben noch gesprochen hatten.

»Blackwood hier«, meldete sich Jeff, gab das Funkgerät an Andrew weiter und startete den Motor.

»Uns wurde ein Brand in dem Industriegebiet gemeldet. Aus einem der leeren Lager würde Rauch aufsteigen. Die Feuerwehr ist unterwegs.«

»Danke«, sagte Andrew in das Funkgerät. »Ich denke nicht, dass das ein Zufall ist.«

»Denke ich auch nicht«, meinte Jeff, warf Andrew das Navigationsgerät in den Schoß. »Adresse!«

13. Kapitel

DAKOTA

Mittlerweile war der Rauch im Raum so beißend, dass meine Augen und meine Lunge brannten, aber ich wedelte kräftig weiter und hoffte, dass jemand den Rauch bemerkte. Das war meine einzige Chance. Jetzt, wo der Rauch immer dicker wurde, hatten die Verzweiflung und die Angst vor engen Räumen auch wieder ihre Klauen in mich getrieben. Tränen liefen mir über das Gesicht und die kamen nicht nur vom Qualm, der auch noch den letzten Winkel ausfüllte. Aber ich durfte nicht aufgeben. Ich durfte den Mut nicht verlieren und mich von der Angst überwältigen lassen und das Feuer löschen. Ich musste aushalten oder sterben. Entweder wurde ich gerettet oder der Tod erlöste mich. Beides war besser als in Kevins Besitz überzugehen. Noch einmal jahrelange Folter ertragen, bis dieser Mann mich irgendwann umbringen würde.

Hinter mir ging das Schloss und dieses Mal erstarrte ich nicht. Ich handelte ganz automatisch, stellte mich neben die Tür, nahe an die Wand. Die Tür ging auf, Kevin blieb mitten in der Bewegung stehen und starrte schockiert auf das Feuer. Ich nutzte seine kurzzeitige Verwirrung, sprang ihn von hinten an und versetzte ihm mit ausgestreckten Beinen einen kräftigen Tritt. Er schwankte, bekam sich aber fast sofort wieder unter Kontrolle, wandte sich in einer fließenden Bewegung um und versuchte nach mir zu greifen. Aber ich wartete nicht ab, bis er mich erwischte, sondern rannte aus dem Raum. Meine brennenden Lungen machten mir das Rennen nicht einfach und meine Sicht war auch noch verschwommen, also stolperte ich mehr, als ich rannte. Es ging einen langen Gang entlang, auf Kopfhöhe befanden sich Rohre, an denen ich mich mehrmals stieß. Aber Schmerz war jetzt mein Freund, denn er trieb mich weiter an. Hinter mir hörte ich Kevins Schritte als bedrohliches, mahnendes Donnern, das mir befahl, nicht stehen zu bleiben.

Am Ende des Ganges kam ich an eine Treppe. Ich nahm zwei Stufen auf einmal, was ein Fehler war, weil ich wegrutschte, in dem Moment, wo Kevin mich erreichte. Er warf sich hinter mir hin, packte nach meinem Knöchel und zerrte mich die Stufen wieder nach unten. Wenigstens erholten sich meine Augen und meine Lunge langsam. Ich trat mit dem Fuß nach seinem Kopf, er wich aus, zerrte mich unter sich und umklammerte jetzt meine Taille. Seine Finger bohrten sich schmerzhaft in meine nackte Haut und er lachte höhnisch, als er die Narben sah. Er ließ mich mit einer Hand los, klemmte dafür meine Beine zwischen seinen Schenkeln ein. Mit der freien Hand zog er ein Messer hinten aus seiner Hose.

»Je besser du still hältst, desto besser wird das Endergebnis aussehen«, sagte er angestrengt.

»Nein«, schrie ich. Ich musste mich befreien. Noch einmal würde ich nicht zulassen, dass er mir das antat. Ich war nicht mehr die schwache Dakota.

Das musste hier und jetzt enden. *Du hast genau hierfür trainiert, weil wir alle immer wussten, dass er nicht aufgeben würde*. Dass der Tag kommen würde, an dem er aus dem Gefängnis kam und nach mir suchen würde. Ich atmete tief durch, verdrängte die Angst, die mich unkontrolliert handeln ließ und konzentrierte mich auf alles, was Jeff und Andrew mir je beigebracht hatten. Meine Hände waren frei, also sollte ich sie einsetzen. Ich griff nach unten, umklammerte Kevins Kopf und drückte meine Daumen so gut ich konnte in seine Augen. Kevin schrie wütend auf, ließ mich los und ich trat ihn mit beiden Beinen von mir runter. Ich hievte mich hoch, während Kevin noch immer jämmerlich schrie und um sich schlug.

»Fliehen oder kämpfen?«, überlegte ich laut. »Zu Ende bringen.«

Kevin rappelte sich auf, das Messer lag neben ihm. Ich bückte mich nicht danach, weil das ihm Zeit gegeben hätte, danach zu greifen, stattdessen kickte ich es weg, rammte meine Schulter gegen seine Brust, als er aufrecht stand und stürzte ihn von der Treppe. Ich sprang hinterher, suchte das Messer, griff danach, noch bevor Kevin wieder stand, und umschloss es so fest ich konnte mit meinen Fingern. Ich stellte die Beine breit genug auseinander, um einen sicheren Stand zu haben und beugte den Oberkörper leicht nach vorne. Kevin zog einen Mundwinkel nach oben, weil er sich sicher war, dass ich keine Chance gegen ihn hatte. Er wusste auch nicht von meiner Nahkampfausbildung. Das Adrenalin, das durch meine Adern pumpte und mich aufputschte, gab mir den Mut, das hier durchzuziehen. Ich wollte diesem Arschloch unbedingt zeigen, dass ich nicht mehr die Frau war, die sich von ihm hatte misshandeln lassen. Diesmal würde ich siegen und seinem Ego einen mächtigen Tritt verpassen.

Kevin trat lachend nach dem Messer, ich wich aus, nutzte aus, das mein Gegner schwankte, weil er nicht sofort sicheren Stand fand und attackierte ihn mit dem Messer. Kevin sprang rückwärts, ich setzte nach, blockte einen Faustschlag ab, ließ Kevin mir einen Schlag verpassen, um ihn näher an mich heranzulassen. Noch bevor er sich über seinen Treffer freuen konnte, rammte ich ihm das Messer in die Seite, zog es raus. Kevin krümmte sich schockiert und ich nutzte seinen Schock und stach ein weiteres Mal zu. Direkt in seinen Rücken, dort, wo es weich war, das Messer leicht reingleiten konnte. In eine seiner Nieren. Ich zog es nicht raus, sondern drehte es um eine viertel Drehung, um den Schaden und den Schmerz zu verstärken. Kevins Augen weiteten sich vor Schreck, er ging auf die Knie und kippte vorn über. Draußen hörte ich das Martinshorn der Feuerwehr. Aber ich nahm das nur nebenbei wahr, denn ich stand noch immer über Kevin, der gekrümmt zu meinen Füßen lag. In der Hand hielt ich das Messer. Blut an der Klinge. Blut an meinen Fingern. Ich war wie gelähmt. Ich hatte eben ein Messer in einen Menschen getrieben. Hatte einen Menschen niedergestochen. Obwohl ich mich so lange darauf vorbereitet hatte, hatte es nichts gegeben, dass mich auf dieses Gefühl vorbereiten konnte, einen Menschen zu verletzen. Kevin atmete schwer.

Ich hörte Schritte, rechnete mit der Feuerwehr, aber die ersten, die die Stufen nach unten gerannt kamen, waren Jeff, Andrew und Conner. Ich ließ das Messer fallen und blieb wie betäubt stehen. Conner zog mich in seine Arme. Ich begann zu zittern. Jeff kniete sich neben Kevin.

»Er wird es wohl überleben, leider«, meinte Jeff, erhob sich und machte Platz für die Feuerwehr und die Polizei. Conner führte mich nach oben, wo ein Sanitäter mich in Empfang nahm und untersuchte.

»Wie geht es dir?« Conner hielt meine Hand und rieb über meine kalten Finger.

»Es geht schon. Ich bin nur etwas zittrig, weil ich wirklich einen Menschen niedergestochen habe. Auch wenn es nur Kevin war.«

»Zumindest kannst du schon wieder Witze machen«, meinte Andrew. »Ist sie in Ordnung«, wollte er von dem Sanitäter wissen.

»Ja, sie hat einen leichten Schock, aber sonst geht es ihr gut. Wir könnten sie vorsichtshalber über Nacht mitnehmen.«

»Was?«, keifte ich. »Auf gar keinen Fall! Ich lege mich nicht in ein Bett in einem Krankenhaus. Nicht von einem Gefängnis ins Nächste.«

Die Männer lachten.

»Ich denke nicht, dass wir sie dazu bekommen werden«, meinte Jeff. »Wir passen auf sie auf. Ein Schluck guter Whisky bekommt sie schon wieder auf die Beine.«

»Ich bleib bei Bier.«

Conner rieb über meine Arme, dann gab ihm der Sanitäter eine Decke, die er mir um die Schultern legte.

»Ich denke, Sie können sie mitnehmen. Sie soll sich trotzdem etwas ausruhen.«

»Dafür werde ich sorgen«, sagte Conner.

»Ich brauch keinen Babysitter«, murrte ich. »Ich hab gerade einem Mann den Arsch versohlt und mich selbst aus einem engen Raum befreit und nebenbei noch dafür gesorgt, dass die Feuerwehr mich findet. Mir geht es bestens.«

»Dann wirst du ja nichts dagegen haben, dass es dir dank meiner Hilfe bald noch besser geht.« Conner legte seine Hände an meine Wangen und küsste mich sanft. Innerlich zuckte ich zusammen, weil da noch immer etwas war, das ich mit ihm zu klären hatte.

Nur noch ein einziges Mal Sex mit Conner Michaels, überlegte ich. Als wir gestern ins Hotel kamen, hatte Conner mich sofort in sein Bett verfrachtet und dafür gesorgt, dass niemand in meine Nähe kam. Nicht mal eine Flasche Bier, dafür eine ganze Kanne Kräutertee zur Beruhigung. Er hatte auch nicht gewollt, dass ich mit ihm redete. Nicht über mein distanziertes Verhalten oder meine Pläne, unseren Deal vorzeitig zu beenden. Jedes Mal, wenn ich dazu ansetzte, etwas zu sagen, hatte er abgewinkt, mir befohlen, meinen Tee zu trinken und mein Gehirn nicht mit unnötigen Grübeleien zu belästigen.

Jetzt lag er eng an mich gekuschelt hinter mir. Sein Arm lag schützend vor meinem Bauch und sein Atem wehte warm in meinen Nacken. Er schlief noch, aber ich war längst wach, hatte schon unendlich lange über den gestrigen Tag nachgedacht und war durch verschiedene Phasen gegangen: Schock, über das was ich getan hatte, Mitleid mit Kevin, was ich schnell als absurd abgetan hatte, Erleichterung, überlebt zu haben und Zweifel, ob der direkte Angriff die richtige Entscheidung gewesen war und Flucht nicht doch dazu geführt hätte, das Ganze unblutig enden zu lassen. Und letztendlich die Einsicht, dass ich nichts falsch gemacht hatte. Dass nichts davon meine Schuld war.

Was mich dazu geführt hatte, das nächste Thema durchzukauen: Conner. Und egal wie ich es hindrehte, es stand fest, dass es besser wäre, so schnell wie möglich einen Schlussstrich zu machen. Er hatte sich zwar liebevoll um mich gekümmert, aber das hatte wahrscheinlich keine tiefere Bedeutung. Zumindest war ich nicht mehr enttäuscht von ihm, jetzt wo ich ihn besser verstand. Wo ich wusste, dass er das alles nur tat, um sein Herz zu schützen.

Ich hatte mir selbst geschworen, es zu beenden, bevor wir in New York ankamen. Noch waren wir in Chicago. Also drehte ich mich in seinen Armen um und küsste ihn. Conner stöhnte im Schlaf, ließ sich auf den Rücken fallen und wandte den Kopf ab. Ich ließ meine Finger über die Linien seines Tattoos gleiten, zeichnete den Adler nach und die Rose, die Melissa darstellte.

»Ich hatte gestern Angst, dass ich noch eine zweite Rose dazu machen lassen muss«, murmelte er, schlug die Augen auf und lächelte mich an.

»Wegen mir?«, fragte ich ungläubig.

»Ja, mir ist gestern auf der Polizeistation klargeworden, dass dort drinnen jetzt eine weitere Rose blüht.«

In meinem Magen flatterte es und mein Herz klopfte mir bis in den Hals. Aber etwas in mir versperrte sich gegen die Möglichkeit, dass Conner Gefühle für mich haben könnte. Und er hatte nicht davon gesprochen, unsere Abmachung aufzuheben. Am Tag nach ihrem Konzert in New York würde das, was wir zusammen hatten, enden. Und damit es in New York nicht so schwierig für mich wurde, musste ich es jetzt zu Ende gehen lassen. Nach einem letzten Mal.

Ich schwang mein Bein über seine Mitte und setzte mich auf ihn. Sein Blick verdunkelte sich. Er sah zu mir auf. Dieser Blick schoss direkt zwischen meine Schenkel. Mein Unterleib zog sich vor Erwartung zusammen und ich wurde feucht. Unter mir wurde Conner hart. Sein Schwanz drückte sich zwischen meine Schamlippen. Ich begann mich leicht auf ihm zu wiegen, legte den Kopf in den Nacken, krallte meine Finger in das Fleisch seiner Hüften.

»Es hat seine Vorteile, morgens nackt nebeneinander aufzuwachen, das erspart es mir, dich erst ausziehen zu müssen«, sagte Conner rau und legte seine Hände auf meine Brüste.

Ich stöhnte, rieb mich weiter an seiner Härte. Conner richtete sich auf, legte seine Hände in meinen Nacken und eroberte meinen Mund mit einem stürmischen Kuss. Er seufzte an meinen Lippen, schlang einen Arm um meine Taille und zog mich eng an seinen warmen starken Körper. Seine Lippen fuhren zärtlich über meinen Hals. Mit dem Arm um meiner Taille hob er mich hoch, dann platzierte er seinen Schwanz unter mir und ließ mich langsam auf sich sinken. Ich stieß einen leisen Schrei aus, als ich ihn endlich in mir fühlte. Fühlte, wie er mich ausfüllte.

Conners Hände glitten an meinen Seiten hoch, über meine Schulterblätter und pressten mich an ihn. Er küsste mich zärtlich, unendlich geduldig. In dem, was wir gerade taten, lag so viel mehr. Es fühlte sich anders an, intensiver. Hatte nichts von dem Sex, den wir in den letzten Tagen hatten. Conner erkundete meinen Körper so viel langsamer. Unsere Bewegungen waren ruhiger. Wir wiegten uns, beschleunigten den Rhythmus nur allmählich. Ich erzitterte vor Lust. Am ganzen Körper spürte ich die Hitze, die er in mir auslöste. Kleine Flammen züngelten überall dort, wo er mich mit seinem Mund und seinen Händen berührte. Mein Herz raste und mir war ganz schwindlig, so sehr überwältigten mich meine Gefühle.

»Conner!«, wimmerte ich. Ich wollte mehr von ihm spüren. Wollte noch mehr fühlen, wollte in ihn kriechen, mich in ihm verlieren. Ich hielt mich an ihm fest mit einer Verzweiflung, die alles in den Schatten stellte, was ich je empfunden hatte. Mein Inneres zog sich enger zusammen, trug mich weiter mit sich fort. Ich wollte diesen Mann so sehr. Aber ich durfte ihn nicht haben. Eine Träne lief über meine Wange. Ich versteckte mein Gesicht in seinem Haar, damit er den Schmerz darin nicht sehen konnte. Aber dieser Schmerz war all das hier wert.

Ich hatte mich noch nie so wunderbar, so überwältigt gefühlt, wie in diesem Moment in Conners Armen. Ich explodierte in einem heftigen Orgasmus, schrie seinen Namen und sank an seine Brust. Conner bewegte sich weiter träge langsam in mir. Mein Innerstes zog sich in Wellen um ihn zusammen, bis auch er mit meinem Namen auf seinen Lippen zuckend in mir kam.

»Du bist wunderbar«, flüsterte er an meinem Ohr, hielt mich ganz fest und ich weinte eine weitere Träne. Er ließ sich mit mir im Arm zurück auf die Matratze sinken und ich versteckte mich weiter an seiner Schulter, damit er die Emotionen nicht sehen konnte, mit denen ich gerade kämpfte. Ein Kampf zwischen Liebe, Verzweiflung und dem Wissen, dass das unser letztes Mal gewesen war. Weil diesmal ich es sein musste, die ging. Ich wollte nicht, dass er sich schuldig fühlen musste, wenn sich unsere Wege in New York trennten. Und dann ließ ich dieses eine Gefühl, dass ich die ganze Zeit zurückgehalten hatte, doch in mir anwachsen. Zorn, weil er mich nicht bat, zu bleiben. Obwohl ich fühlen konnte, dass ich mehr als nur ein bedeutungsloser Fick für ihn war. Er wusste das auch, sonst hätte er mir das mit der zweiten Rose in seinem Herzen nicht gestanden. Und doch hielt ihn immer noch etwas davon ab, zu sagen: Bleib!

Dakota löste sich aus meinen Armen, mied es, mich anzusehen und stieg aus dem Bett. Sie blieb mit dem Rücken zu mir stehen und ich betrachtete nachdenklich ihren wundervollen, erotischen Körper: den Schwung ihrer Hüften, den runden, weichen Hintern und diesen perfekten geschwungenen Rücken unter dessen Haut sich die Muskeln bewegten, die sie dem Training mit den Blackwoods zu verdanken hatte. Genauso wie ihr Überleben gestern.

Ich konnte nicht sagen wie stolz ich war auf diese Frau, die sich allein gegen einen irren Kranken gestellt hatte. Sich allein aus einer Lage befreit hatte, mit der sogar die meisten Männer überfordert gewesen wären. Dieser Tag gestern hatte mir vor Augen geführt, was ich eigentlich schon lange wusste. Diese Frau bedeutete mir mehr als nur Sex. Ich hatte echte Gefühle für sie. Ich liebte sie. Aber ich schaffte es noch nicht, ihr das auch zu sagen. Weil ich es zwar wusste, aber es mir noch nicht eingestehen konnte. Es laut auszusprechen bedeutete auch einzugestehen, dass Melissa nicht mehr die einzige Frau in meinem Leben war. Und das, wo ich mein halbes Leben nur nach ihr ausgerichtet hatte. Dakota zuzulassen hieß, zuzugeben, dass Melissa langsam verblasste. So weit war ich noch nicht. Trotz der intensiven Gefühle, trotz dessen, was wir gerade getan hatten. Wir hatten uns geliebt. Das war der bewegendste, erschütterndste Sex, den ich je hatte. Und das war noch ein Grund, weswegen ich innerlich zerriss: So tiefe Gefühle hatte ich mit Melissa nie geteilt. Ich kann mich an keinen einzigen Moment mit Melissa erinnern, der mich so überwältigt hatte. Nicht während unserer glücklichen Zeiten. Erst später, als ich wusste, dass der Tod sie mir entreißen würde. Bis eben war ich davon ausgegangen, dass nichts größer sein konnte, als die Liebe, die ich für Melissa empfunden hatte. Und dann hatte mich Dakota in den Abgrund gerissen.

Dakota zog sich mit langsamen, zögernden Bewegungen an, dann sah sie über die Schulter zurück und lächelte flüchtig. In ihren Augen standen Tränen. Mir stockte der Atem, weil ich ahnte, was jetzt kommen würde. Ich ballte die Hände zu Fäusten, unfähig, sie aufzuhalten.

»Ich beende unseren Deal jetzt sofort.« Sie lief mit schnellen Schritten auf die Tür zu, als würde sie vor mir fliehen und ich sah ihr fassungslos nach. Mein Herz hämmerte schmerzhaft. Hatte sie mich eben wirklich sitzenlassen? Es dauerte Sekunden, bis ich begriff, dass ich ihr folgen und sie aufhalten musste. Wütend stürmte ich aus dem Bett und aus dem Zimmer. Es interessierte mich nicht, dass ich nackt war und mich mindestens fünf Leute, inklusive Andrew, verwundert ansahen, als ich auf den Gang rannte und hinter Dakota herlief, die vor dem Fahrstuhl stand, einstieg und sich zu mir umdrehte. Ich sah noch, wie sie eine Augenbraue nach oben zog, als sie mich nackt sah, dann schlossen sich die Türen genau ich dem Moment, in dem ich den Fahrstuhl erreichte. Ich starrte auf die hölzernen Türen und wusste nicht, was ich machen sollte. Ironischerweise hatte ich mich nie gefragt, wie es sich für die Frauen in meinem Bett anfühlte, wenn ich sie morgens einfach stehengelassen und mich nie wieder nach ihnen umgesehen hatte. Aber die anderen Frauen interessierten mich jetzt auch nicht. Mich interessierte nur Dakota und die lief gerade vor mir weg. So wie ich damals vor ihr. Dieses erste Mal, an das ich mich nicht erinnern konnte. Aber sie. In den letzten Tagen hatte es immer wieder Momente gegeben, in denen ich mir gewünscht hatte, dass ich mich an dieses erste Mal für uns erinnern könnte. Ich wollte so gerne wissen, wie es für uns gewesen war. Wie es für sie gewesen war, als ich ihr erst Hoffnung gemacht und sie dann einfach vergessen hatte. War es so wie es jetzt für mich war? Im einen Moment hatte ich noch Hoffnung und im nächsten war die Frau, die ich liebte, weg.

»Dir ist aufgefallen, dass du nackt bist?« Andrew stand neben mir und musterte mich von oben bis unten.

»Ja«, knurrte ich. »Hast du noch nie einen nackten Mann gesehen?«

Andrew zog eine Augenbraue hoch. Genau so, wie es Dakota auch eben getan hatte. Der Fahrstuhl öffnete sich und Lucy und Ryan standen vor uns. Lucys Blick wanderte über mich, sie zog einen Mundwinkel nach oben. »Hübsch.«

»Hat sie gerade gesagt, dass ich hübsch bin?«

»Schatz, man sagt einem Mann nicht, er wäre hübsch. Männer sind nicht hübsch.«

»Ich meinte auch nicht ihn, ich meinte sein Styling.«

Ich drehte mich auf den Absatz um und ging zurück in mein Zimmer. Warum hatte sie das getan? Ich dachte, alles wäre perfekt zwischen uns. Sie konnte unseren Deal nicht vorzeitig beenden. Ich zog mich an. Ich musste das wieder gerade biegen.

14. Kapitel

DAKOTA

Dieses Mal widersetzte ich mich Ians Anweisung und stieg nicht in den Bus, sondern zu Andrew und Jeff in den SUV. Irgendjemand würde sich schon finden, der der Band Kaffee kochte und Häppchen servierte.

»Was war das heute Morgen?«, wollte Andrew wissen, der mit mir zusammen auf der Rücksitzbank saß. Jeff sah in den Rückspiegel.

»Was war denn heute Morgen?«

»Conner hat sich spontan dazu entschlossen, unter die Nudisten zu gehen. Er ist nackt im Korridor herumgelaufen.«

»Gott sei Dank hab ich das nicht gesehen, sonst hätte ich mir die Augen mit einem Löffel rausholen müssen«, gab Jeff zurück.

Ich presste die Lippen aufeinander und sah zum Fenster hinaus, wo ein riesiges Maisfeld an uns vorbeizog.

»Also?«, hakte Andrew nach. »Ich möchte gern wissen, welchem Umstand ich dieses kurze Vergnügen zu verdanken habe, einen so gut gebauten Kerl nackt zu sehen.«

»Wir hatten eine Abmachung und die haben ich heute Morgen beendet«, sagte ich knapp und starrte weiter aus dem Fenster, nur um Andrew und Jeff nicht ansehen zu müssen.

»Eine Abmachung?«, grunzte Jeff. »Lass das deinen Vater nicht hören, sonst reißt er deinem Lover den Arsch auf.«

»Meinen Vater geht es nichts an, mit wem ich unter welchen Bedingungen ins Bett steige«, schnappte ich.

»Warum hast du es beendet? Conner sah nicht so begeistert aus.«

»Weil ich fand, dass es an der Zeit war.«

»Du meinst, an der Zeit dich selbst zu belügen.« Andrew legte eine Hand auf meinen Schoß. Ich wandte den Blick weiter ab.

»Ich belüge mich nicht. Ich sehe nur die Fakten«, sagte ich trotzig.

»Nein, du läufst weg«, mischte Jeff sich ein. »Ich mochte Conner ja zuerst nicht, aber seit er da ist, bist du weniger verschlossen, du lachst auch mal wieder. Ich finde, er tut dir gut.«

»Für noch genau drei Tage, dann ist er verschwunden.«

»Das ist also das Problem«, murmelte Andrew.

Auf meinem Handy kam eine Nachricht an. Ich zögerte, es aus meiner Handtasche zu holen, weil ich befürchtete, dass die Nachricht von Conner stammte. Aber die Nachricht zu lesen, gab mir auch die Gelegenheit, diesem unangenehmen Gespräch zu entkommen. Also öffnete ich meine Tasche und holte das Handy raus. Die Nachricht kam von meinem Vater.

Hallo Prinzessin,
ich wollte dir nur sagen, wie stolz ich auf dich bin. Du hast alles richtig gemacht. Das schreibe ich dir, weil

ich weiß, dass du dir Vorwürfe machst, weil du Kevin verletzt hast. Es gibt für dich keinen Grund, warum du etwas bereuen müsstest.

Und jetzt noch was Wichtiges: Heute Abend gibt es eine Show mit Kiki La Coquette im Godess. Tu deinem Vater einen Gefallen und richte deinen derzeitigen Reisegefährten aus, sie sind eingeladen. Die gute Kiki ist die Freundin eines Ex-Kollegen von mir. Und ich werde mir nicht entgehen lassen, wie die Frau ihre Hüften schwingt, mit der Tony Cunningham ins Bett steigt. Und wehe du kommst nicht mit, wir haben uns ewig nicht mehr gesehen. Ich will mich persönlich davon überzeugen, dass es dir gut geht.

Ich liebe dich, Dad

Kiki La Coquette? Godess? Was bitte war das für eine Show? Das klang für mich nicht nach einem Broadway Musical. Ich antwortete meinem Vater kurz, dass ich kommen würde und natürlich auch alle anderen mitbringen würde. Zumindest wäre so sichergestellt, dass ich Conner für den Rest des Abends aus dem Weg gehen konnte, was im Hotel wahrscheinlich nicht so einfach gewesen wäre. Und da Kevin von mir außer Gefecht gesetzt worden war, gab es auch keinen Grund, warum ich heute Abend nicht allein schlafen sollte.

Und dann konnte ich Vater auch glaubhaft machen, dass ich mir keine Vorwürfe wegen Kevin machte. Ich hatte mich bewusst dazu entschieden, ihn zu verletzen. Vielleicht war ich im ersten Moment etwas erschrocken gewesen, weil ich es wirklich getan hatte. Aber nach allem, was Kevin mir angetan hatte, konnte ich keine Schuld empfinden.

»Wir sehen uns heute Abend eine Show mit Kiki La Coquette an, wer auch immer das ist«, sagte ich zu Jeff und Andrew.

»Kiki La Coquette? Du weißt nicht, wer das ist?«, meinte Jeff erstaunt und warf mir über den Rückspiegel einen ungläubigen Blick zu.

»Nein, weiß ich nicht. Sollte ich?«

»Ich weiß es auch nicht«, warf Andrew ein. »Aber ich bin immer offen für ein gutes Musical.«

Jeff lachte. »Man merkt, ihr zwei steht auf Kerle.«

Das *Godess* war ein neu eröffneter Nachtclub in einer ehemaligen Industriehalle, die sich nicht einmal in der Nähe des Broadways befand. Die Plakate an den Außenwände verheimlichten auch nicht, was wir hier zu sehen bekommen würden: Burlesque. Nicht, dass ich etwas gegen Burlesque hätte, aber es war nicht meine erste Wahl für einen Abend in New York. Diese Meinung änderte sich auch nicht, als die Show begann und die Männer sich in sabbernde Tiere verwandelten, als Kiki, eine kurvenreiche Schönheit mit Lockenmähne in einem Hauch von Nichts, die Bühne betrat und begann, in lasziven Bewegungen über die Bühne zu tanzen. Jedes Lächeln, jeder Augenaufschlag, jeder Hüftschwung eine Aufforderung an das vorwiegend männliche Publikum, zu ihr auf die Bühne zu kommen und mit dieser Raubkatze zu spielen. Natürlich ließ das Security-Personal den Männern nicht einmal die Chance, von ihren Stühlen aufzustehen. Wie Wachhunde standen sie im Club verteilt und beobachteten jede Bewegung im Publikum. *Cunningham Security*, ich kannte die Männer. Ihr Boss war tatsächlich ein Kollege von meinem Vater gewesen. Genauso wie Tyson, der vor der Bühne postiert war und besonders bedrohlich aussah.

»Verdammt, diese Frauen können sich bewegen«, seufzte Lucy und schenkte sich ein weiteres Glas Corona ein.

»Wenn ich nicht genau wüsste, dass Ian nur mich liebt, würde ich jetzt glatt eifersüchtig werden.« Emma beobachtete jede Regung in Ians Gesicht. Wir Frauen saßen zusammen an einem Tisch und waren mehr damit beschäftigt, die Männer zu studieren, als die Tänzerinnen auf der Bühne.

»Und guck dir mal Conner an, tropft da was von seinem Kinn?«, wollte Lucy wissen. Ich kniff die Augen zusammen und ignorierte die Faust, die sich in meinen Magen bohrte. Hatte ich wirklich gedacht, er wollte mich heute Morgen aufhalten, weil ihm was an mir lag? Gerade eben lag ihm nur was an Kiki La Coquette. Er hatte mich den ganzen Abend noch nicht ein einziges Mal angesehen. Wahrscheinlich, weil er mich schon wieder vergessen hatte. Wütend stürzte ich mein Bier mit einem Zug runter und wandte mich von Conner ab. An der Bar stand Andrew zusammen mit einem Transvestit. Sie unterhielten sich angeregt, wobei deutlich zu sehen war, dass die Frau, die eigentlich ein Mann war, Interesse an Andrew hatte. Ich grinste in mich hinein. Ich ließ den Blick weiter durch den Club gleiten, der heute fast nur von unseren Leuten bevölkert war. Nicht unseren, denn ich war fast raus aus dem Team. Aber den Leuten von *Wild Novel*, dem Team um Jeff Blackwood und meinem Vater.

Ich entschuldigte mich bei Emma und Lucy und ging rüber zu meinem Vater, der neben Tony Cunningham an einer Säule lehnte.

»Dad«, sagte ich. Mein Vater musterte mich aufmerksam, dann lachte er und zog mich in seine Arme. »Ich bin verdammt froh, dass dir nichts passiert ist.«

Ich löste mich von ihm, weil wir eigentlich nie viel Körperkontakt hatten. Ich hatte meine prägenden Jahre mit meiner Mutter verbracht und war erst nach ihrem Tod, als sechzehnjährige zu meinem Vater zurück nach New York gegangen. Deswegen war unsere Beziehung immer etwas von Distanz geprägt, weil wir uns erst so spät kennengelernt hatten. Ich liebte ihn und er liebte mich, aber zwischen uns war es nicht so wie zwischen Vater und Tochter. Eher wie zwischen sehr guten Freunden.

»Kleine, ich höre nur die tollsten Sachen von dir«, warf Tony ein und gab mir zur Begrüßung die Hand.

»Danke, und ich höre von dir, dass du die Frau deiner Träume gefunden hast.«

»Eigentlich hatte ich sie ja schon früher gefunden, nur hab ich Idiot sie wieder gehen lassen. Passiert mir nicht nochmal.«

»Deswegen stehst du hier und deine Männer da«, stellte ich grinsend fest. Ich wandte mich um und stellte noch etwas fest, nämlich Conner, der an der Bar lehnte, und sich intensiv mit Kiki unterhielt. Ich verzog das Gesicht und wandte mich wieder Tony zu. »Wenn du sie behalten willst, solltest du dich beeilen. Frauen und Männer im Schottenrock, speziell dieser Mann, keine gute Mischung.« Frustriert ging ich zurück zu unserem Frauentisch. Lange hatte Conner nicht gebraucht, um sich sein nächstes Opfer zu suchen. Ich ließ mich auf den Stuhl fallen und schnaubte verächtlich.

»Du siehst wütend aus.« Emma runzelte die Stirn und schob mir einen Martini hin.

»Nicht wütend, nur verärgert darüber, dass ich mal wieder richtig lag bei einem Mann. Seit Kevin habe ich gelernt, Männer einzuschätzen und bei diesem lag ich völlig richtig.« Ich erwähnte nicht, dass ich damals im College bei diesem falsch lag.

»Er unterhält sich nur mit ihr«, sagte Lucy und legte eine Hand auf meinen Arm. »Dass du ihn heute Morgen stehenlassen hast, hat ihn mitgenommen. Ich kenne Conner jetzt schon eine Weile, aber so hab ich ihn noch nicht erlebt.«

Ich sah wieder zu Conner, der gerade galant von Tony darauf hingewiesen wurde, dass Kiki ihm gehörte, indem er sie an sich zog und küsste. Ich grinste innerlich und rollte mit den Augen. Männer!

CONNER

Langsam wurde ich richtig wütend. Gestern war Dakota mir den ganzen Tag aus dem Weg gegangen und heute Vormittag hatte sie stets darauf geachtet, dass sie immer von Reportern, Fotografen und anderen Leuten umgeben war. Sie ließ mir keine Chance, mit ihr zu reden. Sie sah mich nicht einmal an. Aber das war noch nicht alles, sie hatte unseren Deal zwar beendet, aber sie trug noch immer Röcke und Kleider. Und heute trug sie ein Kleid, das sich so eng an ihren Körper schmiegte, dass der weiße Stoff aussah, als würde er ihren Körper streicheln. Das brachte mich dazu, auch die ganze Zeit diesen Körper streicheln zu wollen. Und was noch schlimmer war, jeder, der sich ein bisschen mit Frauen und Kleidern auskannte, wusste, dass sie nichts darunter trug. Was mir jedes Mal, wenn ich mir vorstellte, sie einfach mit mir zu zerren und sie in die nächst beste Ecke zu drücken, um sie zu ficken, eine hammer Erektion bescherte. Ich wollte ihr am liebsten den Hals umdrehen, weil sie mir das antat. Und statt nur ein einziges Mal zu mir zu sehen, mich zu beachten, mich zur Kenntnis zu nehmen, ignorierte sie mich die ganze Zeit.

Bis jetzt. Sie drückte ihr Klemmbrett gegen ihre Brust. Sie trug heute wieder diese sexy Brille. Langsam war ich mir sicher, sie trug diese Brille nur, um mich in den Wahnsinn zu treiben. »Conner, du hast gleich ein Interview mit Jill, der Frau von Devlin Jonas«, sagte sie trocken. »Sie wartet schon in deinem Zimmer auf dich. Ich dachte, ihr macht das Interview besser in einem etwas privateren Rahmen. Jill ist bekannt dafür, gerne tiefer zu graben.« Sie sah auf die Uhr, dann sprach sie weiter: »Trink deinen Kaffee aus, Devlin Jonas wartet nicht gerne.«

Hatte sie mir gerade gesagt, ich soll meinen Kaffee austrinken? Ich kniff die Augen zusammen und knurrte leise. Sie zuckte mit den Schultern und erhob sich.

»Es gibt da ein paar Dinge, die ich dir vorher noch über Jill sagen muss. Das können wir im Fahrstuhl machen, auf dem Weg nach oben.«

Fahrstuhl klang gut. Ich würde sie da drin in aller Ruhe umbringen können. Heute war der zweite Tag, an dem ich sie nicht anfassen durfte, sie mich aber in den Wahnsinn trieb. Und gerade trieb sie es auf die Spitze. Am Abend zuvor hat sie mir Cunningham auf den Hals gehetzt und jetzt führte sie sich auf, als hätten wir nicht noch gestern Morgen miteinander gefickt. Ich ließ meinen Kaffee stehen und folgte ihr zum Fahrstuhl. Vor dem Fahrstuhl standen zwei junge Frauen, die mich anzüglich angrinsten, als ich neben ihnen stehenblieb. Ich lächelte zurück. Der Fahrstuhl kam. Ich griff nach dem Arm einer der Frauen und zwinkerte ihr zu. Ließ meine Finger über ihren Unterarm streichen und sah ihr direkt in die braunen Augen. »Ich hab da etwas mit der Lady in weiß zu klären, währt ihr zwei Süßen so lieb und nehmt den nächsten Fahrstuhl.«

Die Beiden sahen mich mit leuchtenden Augen und Wangen an und nickten stumm aber glücklich. Ich bedankte mich höflich, indem ich beiden einen Kuss auf die Hände hauchte, dann stieg ich in den Fahrstuhl ein.

»Ich bin erstaunt, dass du die Mädchen nicht sofort mit nach oben genommen hast.«

»Und ich freue mich über deine Eifersucht.« Die Fahrstuhltüren schlossen sich. Endlich allein. Ich hob die Hand, legte sie um Dakotas Kehle und drückte sie gegen die Rückwand. »Lass uns reden.«

Dakota sah mich erschrocken an, dann grinste sie selbstsicher. Sie wehrte sich nicht gegen meinen Griff, stattdessen leckte sie sich über die Lippen und erteilte mir damit einen weiteren Schlag in die Magengrube. Alles in mir wollte diese Frau in diesem Moment vögeln.

»Also, Jill moderiert eine Show, die du so nicht von uns prüden Amerikanerinnen erwarten würdest.«

Ich blinzelte verwirrt. »Was?«

»Na ja, also, es geht da durchaus mal dreckig ab.«

»Jill interessiert mich nicht«, knurrte ich fassungslos. »Ich will über uns reden.«

»Oh, ach so. Da gibt es nichts zu reden. Was viel wichtiger ist, nimm dich etwas zurück, Devlin Jonas liebt diese Frau über alles. So sehr, dass er seine Eifersucht überwunden und dafür gesorgt hat, dass ihr in die USA kommt. Aber ich garantiere für nichts. Also wäre es besser, du stellst das Flirten ein, lässt deine Hände da, wo sie sind und konzentrierst dich nur auf die Fragen. Mein Boss ist ein Bär von einem Mann. Wo der hinschlägt, wächst kein Gras mehr.«

Ich ließ meine Hand sinken und starrte Dakota mit offenem Mund an. Das passierte jetzt nicht wirklich, oder? Ich versuchte dieser Frau an die Wäsche zu gehen und sie erzählte mir was von Moderatorinnen und eifersüchtigen Männern. Sie kramte in ihrer Handtasche rum und drückte mir einen Beutel Gummibärchen in die Hände. »Jill liebt Gummibärchen, halte die einfach in deinen Händen, dann kommst du nicht in Versuchung, dich an ihr zu vergreifen, während sie mit dir über Sex spricht. Und denk immer daran, Devlin steht direkt vor der Tür und wird jedes Wort hören. Ach ja, ihr seid live auf Show. Und Devlin verpasst nie eine ihrer Shows.«

»Live … ja«, stotterte ich wie ein völliger Idiot. Ich konnte nicht fassen, was hier gerade passierte. Der Fahrstuhl hielt und Dakota schob mich raus. Vor meinem Hotelzimmer stand Andrew und grinste.

»Die Frau da drin ist irre.« Er hielt ein Radio in der Hand, aus dem eine leicht rauchige Frauenstimme erklang, die gerade jemandem riet, es seiner Frau auch mal mit der Zunge zu machen, dann würde diese sich nicht ständig über seine Unfähigkeit im Bett beklagen. Ich schluckte heftig, folgte Dakota in mein Zimmer, in dem eine halbe Radiostation aufgebaut war. Hinter einem Mikrofon saß eine junge, schlanke Frau mit einer blonden Kurzhaarstrubbelfrisur, neben ihr stand ein kräftiger breitschultriger Mann, die Hand auf ihrer Schulter. Er lachte über etwas, das Jill gerade sagte. Dann bemerkte sie mich, unterbrach ihre Übertragung und ließ eins unserer Lieder von einem Kollegen abspielen, der wohl irgendwo in einem Sender saß.

»Jill«, sagte ich, begrüßte sie, strengte mich an, nicht zu freundlich rüberzukommen und dafür absolut uninteressiert, denn ich konnte Devlins Blick regelrecht auf mir brennen spüren.

»Oh wie schade«, meinte Jill. »Du hast ja gar keinen Kilt an.«

»Devlin«, sagte ich. »Danke, dass wir hier sein dürfen und alles so gut geklappt hat.«

»Das verdanken wir Dakota, sie ist wirklich gut in ihrem Job.«

»Ja, das ist sie«, bestätigte ich nachdenklich.

»Dann können wir«, warf Jill ein und jagte Devlin und Dakota aus dem Zimmer.

»Er hätte auch bleiben können«, warf ich ein, ließ mich in den Sessel sinken, der Jill gegenüber stand.

»Hätte er, aber dann wäre ich zu ängstlich gewesen, dir die Fragen zu stellen, die ich dir schon so lange stellen will.«

»Aber er hört doch da draußen mit.«

Jill nickte. »Ja, tut er. Und damit er hier nicht rein stürmt und unser schönes Interview sabotiert, stehen Andrew und Jeff vor der Tür Wache.«

Ich bezweifelte, dass das einen Mann aufhalten würde, der rasend vor Eifersucht war. Mich würde es nicht von Dakota fern halten, wenn ich noch einmal zusehen müsste, wie sie mit diesem Andrew tanzte.

»Da wären wir wieder«, sagte Jill, zog das Mikro etwas näher an ihr Gesicht und gab mir ein Zeichen, das gleiche zu tun. »Mit mir allein hier im Hotelzimmer, ganz in der Nähe eines schönen Doppelbettes, Conner Michaels von *Wild Novel*.«

Ich schluckte, warf vorsichtshalber einen Blick über die Schulter zur Tür, vor der Devlin Jonas wohl gerade Köpfe einschlug. »Hallo«, sagte ich unruhig.

»Zuerst muss ich ja sagen, ich bin etwas enttäuscht von unserem Conner. Er kommt zu einem Interview mit mir und trägt Hosen. Mädels, habt ihr es gehört? Hosen! Keinen Kilt. Aber das wird mich nicht davon abhalten, mit Conner über Kilts zu reden.« Sie grinste mich an, ihr Blick wanderte provozierend langsam an mir herunter und blieb in meinem Schoß hängen. Mir wurde heiß und kalt. Ihre Augen weiteten sich, ihr Grinsen wurde breiter, sie leckte sich über die Lippen und rutschte nervös auf ihren Stuhl umher. Und ich stand derweil Todesängste aus. »Conner, was Schotten unter ihren Kilts tragen, ist ja längst kein Geheimnis mehr. Warum sie nichts darunter tragen, hat mir erst heute Morgen eine Freundin erklärt. Conner kennt sie vielleicht, Dakota Foster. Hören wir doch mal rein, was sie gesagt hat.«

»Die Schotten tragen Kilts nicht etwa, weil sie es lieben, wenn es da unten frei herumbaumeln kann, sondern, weil sie darauf hoffen, dass Frau auch einen Rock trägt. Conner zum Beispiel steht auf absolut freien Zugang an jedem erdenklichen Ort.«

»Meine Damen«, sagte Jill. »Ihr habt es gehört. Solltet ihr zufällig planen, euch heute Abend das Konzert von *Wild Novel* anzusehen, dann kommt mit Rock, werft eure Höschen auf die Bühne und sorgt für noch mehr freien Zugang.« Jill ließ einen Song spielen, ihr Blick wanderte wieder zu meinem Schoß und sie leckte sich über die Lippen. Ich sah nach unten, wo ich die Tüte Gummibären in der Hand hielt, die ich ganz vergessen hatte.

»Willst du?«

Jill nickte, sprang auf, schnappte sich die Gummibärchen und riss die Tüte auf. Der Song wurde ausgeblendet und Jill übernahm wieder. Sie steckte sich einen Bären in den Mund, seufzte genüsslich und stöhnte mit geschlossenen Augen in das Mikrofon.

»Nachdem wir jetzt also über die Vorteile von Kilts gesprochen haben ... hmmm, ja, hmmm ... wie macht ihr Schotten es am liebsten?«

Ich strich mir nervös durch die Haare und wischte mir den Schweiß von der Stirn. »Ich glaube nicht, dass ich für alle Schotten spreche, aber am liebsten würde ich mancher Frau den Hintern versohlen, gerne vor, während und nach dem Sex«, sagte ich und bezog mich dabei auf Dakota, die heute noch was erleben konnte.

Jill lachte, stand auf, klatsche sich schallend mit der Hand auf den Hintern, lachte wieder und setzte sich. Sie nahm einen Bären, stöhnte genüsslich und nahm noch einen Bären. Dann rutschte sie mit ihrem Rücken an die Lehne und rieb sich daran.

»Okay, da draußen sind ungefähr eine Million Frauen, die gerne mit dir schlafen würden. Ich habe auch manchmal heiße Fantasien von uns beiden. Aber verrat das Devlin nicht.« Sie kaute wieder ein Gummibärchen und stöhnte. Ich erwähnte nicht, dass ihr Mann jedes Wort über ihre Fantasien mit mir mithörte. »Welche Fantasie wolltest du schon immer mal ausleben?«

Ich schluckte. Wo war ich hier reingeraten? »Ja ... hmm ... also, das wäre dann wohl die, in der ich dieser einen Frau den Hintern versohle.«

»Wir haben ja in meiner Show eine Standardfrage, die möchte ich dir auch gerne stellen. Was ist dein dreckigstes Geheimnis?« Sie rieb sich weiter den Rücken, winkte mir zu und deutete mir, dass ich sie kratzen sollte. »Verflixter BH«, flüsterte sie und zog eine Grimasse.

Verwirrt stand ich auf, während ich auf ihre Frage antwortete: »In Zeiten von Shades of Grey könnte man durchaus behaupten, ich bin langweilig. Da?«, fragte ich und kratzte über ihren Rücken.

»Oh ja! Genau da!«, sagte sie mit einem erleichterten Aufstöhnen.

Die Tür wurde aufgerissen, ein wütender Berserker hielt auf mich zu und ich hatte noch immer die Hand an Jills Rücken.

»Es hat mich gejuckt«, sagte Jill unschuldig. Ich trat rasch einen Schritt zurück und hob die Hände, als wolle ich mich ergeben.

»Genau das Gefühl hatte ich auch.« Devlin hielt mit geballten Fäusten auf mich zu.

»Wir hatten keine Chance«, kam es von Jeff und Andrew, die lachend in der geöffneten Tür standen. Dakota lugte an den beiden Männern vorbei um die Ecke und in das Zimmer herein, schüttelte sich vor Lachen und mir hämmerte das Herz bis zum Hals.

»Nein, wirklich«, sagte Jill.

»Alle raus«, brüllte Devlin. »Ich muss ein Wörtchen mit meiner Frau reden.«

Ich flüchtete aus meinem Hotelzimmer.

Andrew steckte mit dem Radio in der Hand noch einmal den Kopf in das Zimmer. »Ihr seid noch auf Sendung.«

Devlin winkte ab, zerrte seine Frau in seine Arme und küsste sie grob. Ich riss Andrew die Tür aus der Hand und knallte sie zu. Es folgten Stöhnlaute, schmatzende Geräusche, dann wurde Musik eingespielt.

»Treiben die es jetzt in meinem Zimmer?«, wollte ich wissen.

»Du kannst ja versuchen, sie aufzuhalten«, sagte Dakota, wischte sich Tränen von den Wangen und lief lachend zum Fahrstuhl.

Ich folgte ihr wie ein begossener Pudel. »Das hast du mit Absicht gemacht.«

Sie setzte eine Unschuldsmiene auf. »So was würde ich nie tun.« Sie stieg in den Fahrstuhl und drückte auf den Knopf, der die Türen schloss. Wenn sie spielen wollte, dann konnte ich das auch. »Sobald die da drin fertig sind, soll Devlin zu Ian kommen, ich hab mit ihm zu reden«, brüllte ich Andrew wütend zu.

15. Kapitel

DAKOTA

Nur noch diese Aftershowparty, dann war mein Auftrag hier erledigt. Ich hatte es geschafft, Conner den ganzen Tag genug zu beschäftigen, um nicht mit ihm sprechen zu müssen. Denn ich wusste, nur fünf Minuten allein mit diesem Mann und ich würde all meine Bedenken über Bord werfen, für ein aller letztes Mal in seinen Armen. Aber ich hatte mein aller letztes Mal schon, also stand mir kein weiteres Mal zu.

Auf der Party heute waren viele bekannte Gesichter. Die meisten hatte ich gestern kennengelernt. Da war Kiki La Coquette, die sich schon wieder mit Conner unterhielt, Layla war da, die sich schon wieder an Andrew hing. Ein paar der Burlesque-Tänzerinnen tanzten mit Männern aus dem Team. Frank, Andrews Mann, war auch hier. Er versuchte Andrew von Layla wegzubekommen, indem er ihn auf mich zu dirigierte. Ich winkte Andrew und zog ihn dann mit mir auf die Tanzfläche, wofür Frank mir offensichtlich dankbar war.

»Du hast also eine neue Freundin«, sagte ich.

Andrew verdrehte die Augen. »Ich bekomm sie nicht los. Aber ich hab Frank lange nicht mehr so eifersüchtig erlebt. Wusstest du, dass Eifersucht sich belebend auf den Sex auswirkt?«

»Nein, wusste ich nicht.« Ich schmiegte mich näher an Andrew. Jemand tippte mir auf die Schulter.

»Ich denke, ich übernehme hier.«

Ich löste mich von Andrew. »Du tanzt doch gar nicht.«

»Heute mache ich eine Ausnahme.« Conner funkelte mich giftig an. »Anders komme ich ja nicht an dich ran. Außerdem werde ich nicht zusehen, wie du mit ihm rummachst.«

»Ich mache ...«

»Du hast Andrew geküsst?«, wollte Frank von Conner wissen. Frank stand plötzlich mit Andrew neben uns und musterte Conner interessiert.

»Oh, ihr zwei steht auf Dreier?«, mischte sich Layla ein. »Also, ich hätte kein Problem damit.« Sie schmiegte sich an Andrews Seite, ein bunter Paradiesvogel, dem man nichts übel nehmen konnte. Nicht einmal, dass sie gerade einen Ehestreit provozierte.«

»Wir stehen nicht auf Dreier. Ich wollte diesem Kerl nur gerade eine reinhauen, weil er meinen Mann geküsst hat«, sagte Frank knurrig.

»Ich hab doch gesagt, Eifersucht belebt den Sex«, sagte Andrew zu mir.

»Er ist schwul?«, stieß Conner verwirrt aus.

»Wusstest du das nicht?«, fragte ich unschuldig. Woher hätte er das wissen sollen? Es stand Andrew ja nicht auf die Stirn tätowiert.

»Dakota, du sollst zu Devlin kommen. Er wartet in meinem Büro auf dich.« Jeff grinste Conner wie blöd an. »Überraschung«, sagte er zu Conner und boxte ihm gegen die Schulter. »Du hattest keine Ahnung, dass er schwul ist?«

»Sehr witzig. Nicht viel und ich hätte ihm eben die Nase gebrochen, weil er seine Hände an meinem Mädchen hatte.«

Ich schnappte nach Luft. »Dein Mädchen? Ich war nie dein Mädchen. Ich war ein Geschäft.«

»Und dieses Geschäft hat noch Gültigkeit«, brüllte Conner mir hinterher, weil ich mich beeilte, von ihm weg zu kommen. Eifersucht war außerdem sexy. Und ich hatte kaum noch Kraft, diesem Mann länger zu widerstehen. Ich würde jetzt zu Devlin gehen und dann würde ich aus diesem Hotel verschwinden. Die letzte Nacht würden sie mich hier nicht brauchen. Morgen früh würde ich die Band hier abholen, sie zum Flughafen begleiten und mich dann um den Rücktransport des Equipments kümmern und dann wäre dieses Kapitel für mich abgeschlossen.

Ich sah durch die Glasfassade in Jeffs Büro, wo Ian und Devlin saßen. Als ich eintrat, entdeckte ich auf dem kleinen Sofa auch noch Jill und Emma, die mich beide breit angrinsten. Ich schloss die Tür und blieb vor dem Schreibtisch stehen. Ian saß in einem Ledersessel vor dem Schreibtisch, Devlin dahinter. Er sah mich ernst an und deutete mir, mich zu setzen.

»Du bist gekündigt«, platzte er raus.

Ich keuchte erschrocken auf. »Warum?«

Hinter mir ging die Tür auf und Conner trat ein. Sein Blick ruhte ruhig auf mir. Er blieb mit verschränkten Armen stehen.

»Du hattest Sex mit einem Kunden. Du weißt, das dulde ich nicht.«

Ich verschluckte mich fast. Mein Herz rannte. Ich liebte diesen Job. »Davon wusste ich nichts.«

»Das tut mir leid«, sagte Devlin trocken. Ich warf Emma und Jill einen Blick zu, die keine Miene verzogen.

»Da du ja jetzt arbeitslos bist, ich hab ein Jobangebot für dich«, sagte Ian jetzt grinsend.

»Ich habe Emma und Lucy schon gesagt, dass ich nicht für euch arbeiten kann.«

»Und ich sage dir, ich ignoriere dein Nein. Du bist ab sofort eingestellt.«

»Aber das geht nicht«, protestierte ich und sah zu Conner auf.

»Warum nicht?«, wollte der wissen.

»Du weißt es genau.«

»Ihr reist doch ohnehin morgen wieder ab. Und ich lebe hier.«

»Conner bleibt hier und unterstützt dich dabei, alles für unseren Umzug vorzubereiten. Wir haben darüber gesprochen, dass wir eine Weile bleiben wollen.«

Ich sprang auf. »Ian, das geht nicht. Ich kann nicht mit ihm arbeiten.«

»Wieso?« Conner blieb vor mir stehen und versperrte mir den Weg zur Tür. Ich sah mich nervös um.

»Weil ... weil ich es in seiner Nähe nicht aushalte und ich nicht zugucken kann, wie er mit anderen Frauen ins Bett steigt«, sagte ich mit weinerlicher Stimme. Ich konnte das Hämmern meines Herzens schon in meinen Ohren hören. Meine Knie wurden weich und ich zitterte. Warum taten sie mir das an?

Plötzlich standen alle auf, verließen das Zimmer und ich blieb mit Conner allein zurück. Er legte einen Finger unter mein Kinn und hob mein Gesicht an. »Solange ich auf amerikanischen Boden bin«, sagte er ernst. »Und ich werde diesen Boden erst verlassen, wenn du mich nicht mehr willst, oder wenn du bereit bist, mit mir zusammen nach Schottland zu gehen.«

»Aber das war doch nur ein Deal. Du wolltest das nur, um mich dazu zu bekommen, mit dir zu schlafen.« Ich schniefte und Conner wischte mir die Tränen von den Wangen.

»Es war nie ein Deal gewesen, nicht für mich. Nur der Versuch, dich dazu zu bringen, mir ein wenig Vertrauen entgegen zu bringen und mich selbst zu belügen, damit ich mir einreden konnte, dass zwischen uns nichts Ernstes läuft.« Conner zog mich noch näher an seinen Körper, erdrückte mich fast, so fest hielt er mich. »Ich liebe dich. Und wenn es nötig ist, dass ich bis an mein Lebensende in den USA bleibe, damit du bei mir bleibst, dann werde ich das tun.«

Ich sah zu ihm auf, Schauer rollten durch meinen Körper. In seinen Augen erkannte ich, dass er meinte, was er sagte. Erleichtert atmete ich aus. »Ich liebe dich auch und deswegen werde ich dich nicht zwingen, hier zu bleiben. Ich werde dir überallhin folgen.«

Conner stieß auch die Luft aus und grinste. »Heißt das, du nimmst den Job an?«

Ich trat ihm gegen das Schienbein. »Das war echt gemein. Und alle haben mitgespielt.«

»Du bist ja immer weggelaufen und da du so viele fiese Tricks draufhast, dachte ich, verwende ich auch mal einen.« Conner legte seine Hände an meine Wange und küsste mich zärtlich.

* * *

Gastrollen

Wir bedanken uns für ihre Gastauftritte bei:

Jeffrey (Jeff) Blackwood bekannt aus der »Agent Lovers«-Reihe von Sky Landis (»Der Versuchung ergeben«, »Der Liebe erlegen«, »Catching Love« und »Lost in Love«)

Devlin Jonas und Jillian (Jill) Jackson bekannt aus »Loveline« von Sky Landis

Ryan, Lucy und Anne bekannt aus »Pretty Lies« und »Pretty Lies: Holly und Tyler« von Elena MacKenzie

Adam und Linda bekannt aus »Highland Secrets 1 & 2« von Elena MacKenzie

Ian, Emma und Summer bekannt aus »Highland Secrets 2« von Elena MacKenzie

Jamie bekannt aus »Rock Heart« von Paige Brown

Kiki La Coquette und Layla bekannt aus »New York City Days« von Gillian Hunter

Danksagung

An dieser Stelle möchte ich vor allem Sky Landis danken, die mir ihre Charaktere für diese Story ausgeliehen hat.

Für die Kostprobe vom *Highland Park Valhalla Thor* danke ich Michael Pelzer. Er war so lieb, ein Fläschchen schottisches Gold quer durch Deutschland zu schicken.

Meinen Lesern danke ich für die Geduld. Sie mussten lange auf Band 3 warten. Ich hoffe, das Warten hat sich für euch auch gelohnt.

Seltsame Wege des Schicksals

von Jessica Bien

Zwei Wochen vor Weihnachten

Fae

Ich stehe an meiner Balkontür und drücke mir die Nase platt. Mein Atem beschlägt das Glas und bringt die kleinen Schneekristalle auf der anderen Seite zum Schmelzen. Zumindest sieht es so für mich aus.

Der Schnee fällt weiter, schön und beruhigend. Er lässt sich nicht von mir und meinen Sorgen hier drinnen stören. Hier drinnen ist übrigens ein kleines Häuschen, das mir meine Mutter vor 6 Monaten vererbt hat. Das Häuschen, in dem ich aufgewachsen bin.

Es ist gemütlich und irgendwie urig. Drei Zimmer plus Küche, Diele und Bad.

Mir rollt eine Träne über die Wange, während ich über meinen dicken Leib streiche.

„Ach Mama! Ich könnte deine Hilfe gebrauchen."

Aber wenn meine Mum kein unerwarteter Tod ereilt hätte, wäre ich jetzt nicht schwanger.

Wieso ich deswegen schwanger bin? Ohne den verfrühten Tod meiner geliebten Mum hätte ich mich nicht in eine Kneipe gesetzt und getrunken was das Zeug hergibt. Alkohol war noch nie meins, daher vertrage ich auch nicht viel.

Das Resultat war: Ich konnte meine Sorgen und den Kummer zeitweise vergessen und hab gefeiert. Um mit einem Typen im Bett zu landen und einen Filmriss zu erleiden.

Bis ich dann ziemlich verkatert in einem fremden Bett aufgewacht war, umschlungen von einem ebenso fremden Mann.

Ich habe gar nicht lange überlegt, ich bin einfach nur so schnell wie es geht verschwunden. Okay, vorher habe ich mir meinen One-Night-Stand schon ein bisschen genauer angeschaut. Schwarzes verwuscheltes Haar und soweit ich erkennen konnte, ein guter, schlanker Körperbau. Und so wie meine königliche Mitte sich angefühlt hat, auch nicht schlecht gebaut weiter unten. Oder war er doch einfach gröber zu mir? Den Mut nachzuschauen hatte ich nicht.

Das Kind war nun mal schon in den Brunnen gefallen. Tja, wie wahr das am Ende sein wird, konnte ich nicht ahnen.

Zwei Monate später fiel mir auf, dass meine Erdbeerwoche nicht kam und zwischendurch war mir nach dem Aufwachen schlecht.

Zur Vorsorge kaufte ich mir dreizehn Schwangerschaftstests. An ein Baby hatte ich gar nicht denken wollen! Die Angst davor war einfach zu groß.

Aber jeder Schwangerschaftstest zeigte mir das Gleiche: schwanger. Mein Frauenarzt bestätigte es mir und meinte, mir noch eine weitere „Glücksbotschaft“ überbringen zu können: „Sie erwarten Zwillinge.“

Mein jetziger Zustand zeugt davon, wie ich mich entschieden habe. Die beiden neuen Untermieter durften bleiben. Ein Abbruch kam für mich nicht infrage. Das hätte ich zwei unschuldigen Wesen nicht antun können. So bin ich nun mal.

Was für komische Einfälle das Schicksal doch hat. Ich werde an dem Tag schwanger als meine Mum von mir geht. Ein Stern erlischt und zwei neue erstrahlen am Himmel.

Und zum Glück läuft mein kleiner Secondhand Buchladen gut. Er wirft genug Gewinn ab, dass ich nicht sofort nach der Geburt der beiden Kleinen wieder arbeiten muss und ich auch sonst nicht am Hungertuch nagen muss.

Was mit dem Vater der Kinder ist? Ich war erst versucht, in die Kneipe zu gehen und mal zu fragen, ob der Wirt weiß, wer mich da abgeschleppt hat. Aber meine Mutter ist auch ohne meinen Vater klargekommen, dann werde ich das auch schaffen.

Dazu habe ich auch noch meine Freunde und meinen Stiefvater. Der am liebsten jetzt wieder hierher ziehen würde, wegen meiner vorangeschrittenen Schwangerschaft. Was mir unverhofft ein Lächeln aufs Gesicht zaubert. Harry freut sich, Opa zu werden.

Nach dem Tod meiner Mutter ist Harry sofort hier ausgezogen, was ich ihm nicht verübeln kann. Daher zolle ich ihm für seinen immer wieder hervorgebrachten Vorschlag, dass er hierher zurückkehren will, sobald ich seine Hilfe brauche, Dank. Die ich auch in Anspruch nehmen werde. Nicht jetzt, aber in ein oder zwei Monaten, auf jeden Fall kurz vor der Geburt.

Und jetzt haben wir Dezember. Den Monat, den ich bisher am meisten geliebt habe. Das Schmücken und Backen. Das Lachen mit meiner Mum.

Es wird das erste Weihnachten ohne sie sein, aber ich weiß, dass sie trotz allem bei mir ist und sich sehr über ihre zwei ungeborenen Enkel freut.

Das Schlagen der Uhr, die hässliche Kuckucksuhr meiner Mum, die immer schon über der Wohnzimmertür hängt, lässt mich aufsehen. Mitternacht.

In diesem Moment beginnt wieder ein neuer Tag für mich. Noch 7 Stunden, bis ich schon wieder aufstehen muss, damit ich mich gemütlich fertigmachen kann, bevor es für mich in mein Geschäft geht.

Ich strecke meine Glieder und drücke meinen Rücken durch. Und watschel ins Schlafzimmer.

Adrian

„Komm schon! Der Laden ist richtig toll und du hast doch noch kein Geschenk für mich“, redet Allie auf Adrian, ihren älteren Bruder, ein.

„Du wünschst dir Bücher. Daher dachte ich, ich schenke dir einen Büchergutschein.“ Adrian hat sich von seiner kleinen Schwester breitschlagen lassen, heute ausnahmsweise nicht in das Familienhotel zu gehen, um mit ihr mal wieder Zeit zu verbringen.

„Ach, das ist total unpersönlich und diese Gutscheine kann ich auch nicht in meinem Lieblingsbuchladen verprassen.“ Beharrlich zieht Allie Adrian weiter in Richtung eines kleinen Hauses, das fast vollständig zwischen den zwei großen Geschäften daneben untergeht. Nur das festlich geschmückte Schaufenster, in dem Bücher mit Weihnachtsmützen stehen, springt einem ins Auge und zwingt zum Stehenbleiben.

Secondhand Bücherladen Fae steht in großen Buchstaben über dem Fenster auf der Hausfassade.

„Du hast es doch nicht nötig, Bücher aus zweiter Hand zu lesen."

„Nein, aber für den Preis eines neuen Buches kriege ich hier zwei oder manchmal sogar mehrere. Aber mir gefällt auch der Gedanke, dass ich eine weitere Station eines Buches bin, bevor es seine Reise weiter antritt. Wer das Buch vor und nach mir in der Hand haben wird, ist doch ein interessanter Gedanke." Allie bleibt stehen, stellt sich vor ihrem Bruder auf und piekt ihn in die Brust.

„Und außerdem ist Fae auf jeden Kunden angewiesen. Jetzt komm und lass uns den Laden um einige Bücher erleichtern."

„Fae?", fragt Adrian. Er glaubt nicht wirklich, dass die Ladenbesitzerin so heißt.

„Ja. Also so hat sie sich mir vorgestellt." Allie bleibt direkt vor dem Laden stehen. „Obwohl sie nicht so aussieht. Wie eine Fee, also von der Größe könnte es hinkommen. Aber eine zierliche Feenfigur hat sie nicht."

„Allie!" Adrian ist wirklich schockiert, dass seine Schwester so über jemanden spricht, den sie doch sehr zu mögen scheint.

„Sieh selbst. Ich hab sie doch nicht beleidigt!" Damit rauscht Allie durch die geöffnete Tür.

Adrian folgt ihr gemächlich und der Duft von frisch gebackenen Plätzchen weht ihm entgegen, als er den Laden betritt.

Als er über die Schwelle tritt, erblickt Adrian einen weihnachtlich geschmückten großen Raum, in dem sich eine handvoll Menschen befinden, die sich durch die vielen Regale mit gebrauchten Büchern arbeiten. Auf einer Theke, die vorne ebenfalls mit Büchern gefüllt ist, stehen Kekse, Becher und mehrere Thermoskannen.

Seine Schwester beugt sich gerade über diese Theke und tippt der gebeugten Gestalt dahinter auf die Schulter. Das Haar ist von einer Weihnachtsmütze verdeckt.

„Allie!", stößt die Frau hervor, als sie sich zu seiner Schwester umdreht, die leider ihr Gesicht verdeckt. Ob das diese ominöse Fae ist?

Die Wangen der Frau scheinen rund und voll zu sein. Zumindest ist es das, was er sehen kann aus seiner Position hinter Allie. Es ist ein schönes Profil. Irgendwie kommt es ihm bekannt vor.

„Allie! Wie geht's dir?" Die Frau legt seiner Schwester die Hände ans Gesicht.

„Sehr gut, Fae! Aber viel wichtiger ist, wie geht es dir denn? Oder eher, wie geht es euch?" Allie strahlt, das weiß Adrian auch ohne, dass er ihr Gesicht sieht.

Aber sein Augenmerk liegt auf der Frau, die seine Schwester so liebevoll begrüßt. Sein Körper signalisiert ihm, dass er sie kennt. Sie wiedererkennt. Etwas an dem, was er sehen kann, kommt ihm bekannt vor. Der Schnitt ihrer kleinen Nase, das Lächeln und den Schwung dieser Augenbraue. Wenn er sie nur ganz sehen könnte. Dabei ist Adrian sich sicher, noch nie eine Frau namens Fae getroffen zu haben.

Wenn er von dieser rosaroten runden Wange ausgeht, die er sehen darf, dürfte der Körper dieser Frau, der noch immer hinter der Theke versteckt ist, fraulich rund sein. Adrians Frauentyp war seit jeher mollig. Und diese zieht ihn in seinen Bann und er kann sich nicht erklären, warum er sich so zu ihr hingezogen fühlt. Zu einer fremden Frau. Die er noch dazu kaum sehen kann, weil seine eigene Schwester ihm noch immer die Sicht auf sie versperrt.

Ob sie vergeben ist? *Euch* klingt doch sehr nach einem Partner. Seine Schwester hat eindeutig *euch* gesagt. Er seufzt innerlich.

„Willst du mal fühlen? Alles gedeiht prächtig", sagt Fae eben zu seiner Schwester, bevor sie sich direkt erhebt und um die Theke herum kommt. Und da sieht Adrian das erste Mal ihr Gesicht und ihren Körper.

Es ist die Frau, mit der er vor Monaten einen One-Night-Stand hatte. Die Frau, die ohne ein Wort, ohne eine Nachricht, einfach am Morgen danach verschwunden ist. Die letzte Frau mit der Adrian geschlafen hatte.

„Scheiße." Entschlüpft es ihm leise.

Fae kommt um die Theke gewatschelt, eine Hand streicht sachte über ihren enormen Babybauch. Allie geht begeistert quietschend vor ihr in die Hocke und legt ebenfalls ihre schlanken Finger auf den Bauch.

Fae

Ich freue mich immer wieder, wenn Allie zu mir in den Buchladen kommt. Seit zwei Jahren ist sie eine regelmäßige Kundin und junge Freundin geworden.

Und seitdem ich sichtbar schwanger bin, kommt sie fast jeden Tag und unterstützt mich, sortiert mit mir Bücher ein. Mittlerweile habe ich aufgehört, mich dagegen zu sträuben. Dafür werde ich Allie ein schönes Dankeschön vorbereiten.

„Hast du eigentlich nie Schule?" Seit einigen Momenten kribbelt meine Haut, als würde jemand direkt über meinen nackten Körper streicheln. Kaum, dass Allie den Laden betreten hat, gefolgt von einem Mann. Ich habe von meiner Theke einen perfekten Rundumblick durch meinen Laden. Da bekomme ich auch mit, wer meinem kleinen Buchladen einen Besuch abstattet.

„Doch, aber diese Woche fällt die Schule aus. Die Heizung ist im Ar.... Ich meine, die Heizung ist kaputt", korrigiert sie sich noch schnell. Dann redet sie mit meinen zwei Babys.

Ich lasse sie und meine Augen schweifen umher, ob vielleicht jemand meine Hilfe braucht oder einfach ein freundliches Lächeln.

Aber weit komme ich nicht. Ein Mann, mit schwarzem Haar und locker an die 1,85 m groß, versperrt mir die Sicht. Und er beobachtet mich. Der Herr, der hinter Allie hereinkam.

Seine Augen sind ebenfalls schwarz. Oder wirken gerade einfach so, denn seine Augen sind schockiert auf meine Babykugel gerichtet.

Ich folge seinem Blick, sehe da aber nichts Merkwürdiges. Außer, dass mein Bauch wirklich enorm ist und eine Jugendliche mit ihm spricht. Keine Flecken von meinem Frühstück, genauso wenig ist mein bequemer Pullover verrutscht.

„Ich bin schwanger. Also sehen Sie mich nicht so an als wäre ich eine Mondkuh", rüge ich den Fremden zornig. Normalerweise bin ich zurückhaltend und schüchtern, aber meine Hormone fahren ständig Achterbahn und da brauche ich keinen Kerl, der mich ansieht wie ein Alien. Ich fühle mich mit diesem Bauch ohnehin schon unförmig. Dass ein attraktiver Mann mich da noch anstarrt als wäre ich fett, macht es nicht besser.

Sofort schwenken diese dunklen Augen hoch zu meinem Gesicht und mir stockt der Atem in der Lunge. Er hat die Augen zu engen Schlitzen zusammengekniffen und das lässt ein ganz bestimmtes Gesicht in meinem Kopf wieder Gestalt annehmen.

Ich mache einen Schritt nach hinten, was Allie dazu veranlasst aufzusehen. Das kann doch nicht sein?

„Was ist denn?" Besorgt legt Allie ihren schlanken Arm um meine Schultern, ihr Blick ruht auf meinem Gesicht. Ich schüttle nur stumm den Kopf. Sie hat gehört, was ich zu dem Kunden gesagt habe, ihre Augen schweifen von mir weg. Sie reißt weit ihre schönen braunen Augen auf. „Hast du sie etwa so angestarrt, als hättest du noch nie eine Schwangere gesehen? Okay. Vielleicht ist dir noch nie eine Frau mit einem Zwillingsbabybauch begegnet, aber so schockiert zu schauen, ist so was von respektlos!", tadelt Allie den Fremden doch sehr vertraulich zu meinem Erstaunen.

„Allie geh und such dir deine Bücher für heute heraus. Ich kümmere mich um deine Freundin.“ Oh. Mein. Gott! Diese Stimme jagt mir einen Schauer durch den Leib, mein Bauch zieht sich zusammen. Tief und sehr, sehr männlich klingt die Stimme. Und so, als würde sie keinen Widerspruch dulden.

„Du kennst sie doch gar nicht! Geh nach Hause, Adrian.“ Allie reckt ihr Kinn hoch, ich löse nur widerwillig meine Augen von dem Mann, Adrian, um doch zu Allie zu blicken. Sofort fällt mir die Ähnlichkeit auf. Das gleiche schwarze Haar, die gleiche Augenfarbe und Augenpartie. Geschwister? Mit Sicherheit.

Aber eins ist sicher, meine Kinder können bei dieser DNA nur hübsch werden. Also wenn die 50% sich von Adrian durchsetzen.

Hier vor mir starrt mich der Vater meiner zwei kleinen Babys an. Und so wie er schaut, hat er mich auch wiedererkannt. Ich kann nicht sagen, ob er wütend ist. Schockiert auf alle Fälle. Wer wäre es nicht? Ich wäre es, wenn ich nichts ahnend in einen Laden gehen und dort mein deutlich schwangerer One-Night-Stand von vor sechs Monaten stehen würde.

Was ist das nur für ein scheiß Dezember? Ach allgemein ist das letzte halbe Jahr nicht das Beste.

„Es geht schon. Ich muss mich nur mal kurz hinsetzen. Geh dich umschauen, meine Liebe.“ Ich schenke Allie ein zittriges Lächeln, klinge ansonsten gefasster als ich mich fühle.

Sanft, aber bestimmt löse ich mich von Allie, schiebe sie in die Richtung eines neu gefüllten Regals.

„Was ist hier los?“ Allie denkt gar nicht daran, sich einfach so wegschicken zulassen. Stures Biest.

„Nichts.“ Versuche ich sie zu beschwichtigen.

Während ihr Bruder, dieser Arsch, meint: „Lass uns alleine. Ich kenne Fae besser als du denkst. Geh jetzt!“

„Ich denk nicht mal dran. Ich bin mit Fae befreundet und du scheinst nicht besonders freundlich gestimmt zu sein.“

Als in Adrian Bewegung kommt, hebe ich beschwichtigend meine Hände. „Allie, wenn du dich schon nicht umsehen willst, kannst du dich dann um die wenigen Kunden kümmern, während ich mit deinem Bruder rede und kläre, was zu klären ist?“ Ich schaue an dem Vater meiner Kinder vorbei. Angst kommt in mir hoch. Wovor, kann ich nicht genau benennen, aber sie ist da.

Langsam nickt sie. Misstrauen verdunkelt ihre Augen, beschattet ihr hübsches Gesicht.

„Gut. Aber ich krieg schon raus, was zwischen euch läuft.“

Adrian

Adrian weiß nicht, was er fühlen oder denken soll. Schock betäubt alle anderen Emotionen.

Und das Theater, das seine Schwester gerade unnötigerweise veranstaltet, bringt ihn auch nicht schneller wieder dazu, entspannter zu sein. Oder gar vernünftiger zu denken.

Vor ihm steht die Frau, mit der er vor sechs Monaten einen One-Night-Stand hatte. Einen hervorragenden One-Night-Stand.

„Wohin?"

„Folg mir bitte in die Küche. Wenn wir die Tür auflassen, haben wir hier drin trotzdem alles im Blick."

Adrian folgt Fae und mustert ihre Rückansicht. Viel ist durch die Schlabberklamotten nicht auszumachen. Aber anziehend findet er die schwangere Frau vor ihm trotzdem. Er weiß, wie sich ihr Körper unter ihm anfühlt, wie sie sich anhört, wenn er sie streichelt, sich in ihrer weichen, glatten Weiblichkeit bewegt.

Adrian schalt sich einen Dummkopf. Solche Gedanken sind gerade mehr als unangebracht. Gerade noch so kann er ein Stöhnen unterdrücken und verdrängt alle unzüchtigen Gedanken. Vorerst.

„Möchtest du einen Kaffee?" Kaum ist Fae über die Schwelle zu der kleinen Küche getreten, fasst Adrian nach ihr.

Er legt seine Hände um ihre Oberarme und hält sie auf. „Du bist schwanger."

„Ehrlich? Und ich hab mich heute Morgen beim aufstehen schon gewundert, woher diese Rumbakugel auf einmal kommt. Ohne deinen geistreichen Hinweis wäre ich nie darauf gekommen." Gespielt schockiert reißt Fae ihre blauen Augen weit auf.

„Bin ich der Vater?" Adrian lässt Fae los und fährt sich durch das Haar. Einerseits hat er es untrüglich im Gefühl, dass die Frau vor ihm von ihm schwanger ist, aber andererseits hatte er es nie geplant, dass eine Fremde sein erstes Kind bekommt. Besonders kein One-Night-Stand, der durch zu viel Alkohol zustande kam. Wieso sollte ihn das Schicksal hierher führen, wenn diese Frau nicht mit seinem Kind schwanger wäre? Nein, mit seinen Kindern!

Er kann sich nicht vorstellen, dass Fae eine Frau ist, die ständig durch die Bars tingelt, um sich betrunken in ein fremdes Bett zu irgendeinem Typen zu legen. An dem Abend kam sie ihm schüchtern vor, unsicher und so, als hätte sie etwas dazu getrieben, den Tag ausschalten zu wollen. Und seit wann glaubte er bitteschön ans Schicksal? Purer Zufall, dass seine Schwester eine Büchernärrin ist und ihr Lieblingsbücherladen seiner letzten Liebschaft gehört.

„Berechtigte Frage, wo wir uns doch gar nicht kennen. Und ich bin übrigens Alexandria Fae. Kaffee?“

„Ja, bitte.“ Adrian steht immer noch im Türrahmen und starrt die letzte Frau an, mit der er Sex hatte. Und er hat immer wieder an die geheimnisvolle Frau denken müssen. Kurze Gedanken, die immer wieder auftraten. Er war sogar versucht gewesen, in seiner Stammkneipe, die Kneipe wo Adrian auf Alexandria traf, nachzufragen, ob Niklas weiß, wer die Frau war, mit der er nach Hause verschwunden war. Niklas ist dort Wirt und hat eigentlich alles in seiner Kneipe im Blick und kennt seine Kundschaft.

Während Adrian seinen Gedanken hinterher hängt, bereitet Alexandria Fae Kaffee zu und holt Zucker und Kaffeemilch aus den Schränken. Die Tasse steht schon unter dem Automaten.

„Zucker? Milch?"

Fae

Sollte ich den Typen nicht einfach rausschmeißen? Es ist immerhin mein Laden und er macht mich tierisch nervös. Ganz anders als ich normalerweise bin.

„Zwei Löffel Zucker und zwei Schluck Milch." Ein tiefes Einatmen hinter mir lässt mich fast den Zuckerpott umstoßen. Jetzt, hier in meiner kleinen engen Küche, umspielt mich das frische Aftershave von Adrian. Aber was noch viel verstörender ist, ist, wie mein Körper und meine Sinne auf Adrian anspringen. Alles kribbelt und reagiert höchst sensibel. Mit aller Macht muss ich den Impuls unterdrücken, mich an diesen Mann zu klammern. All das in meiner Erinnerung aufzufrischen, was mich in diesen Zustand gebracht hat.

Alles nur die überschäumenden Hormone, beruhige ich mich.

Mit einem Lächeln dreh ich mich um, die heiße Tasse zwischen den Händen. Und stoße mit Adrian zusammen.

„Langsam." Er nimmt mir seinen Kaffee aus der Hand und deutet zu der kleinen Ecke, in der ein Tisch mit zwei Stühlen steht.

Wenn ich mich darauf setze, komme ich nie wieder hoch. Aber zu lange stehen hat der Arzt mir aus Sicherheitsgründen verboten. Zur Vorsorge. Also lasse ich mich langsam nieder.

„Bin ich der Vater? Wie weit bist du?“ Kaum hat Adrian auf dem anderen Stuhl mir gegenüber Platz genommen, beginnt das Verhör.

„Sechster Monat. Und da du der einzige Mann bist, mit dem ich dem Zeitraum etwas hatte, kannst nur du der Vater sein.“ Ich könnte Lügen und ihm erzählen, ich hab noch mit zig anderen Kerlen was gehabt, aber so will ich mich nicht darstellen. So bin ich auch nicht! Und warum soll ich ihn überhaupt belügen?

Mir ist nicht wohl dabei, meine privaten Probleme hier auf der Arbeit zu besprechen, setze daher hinterher: „Ich möchte hier jetzt kein Theater. Mir wäre es viel lieber, wenn du dich einfach heraushältst. Tu einfach so, als würde es mich nicht geben und geh. Bis jetzt kam ich auch ohne dich klar. Ich hatte nie die Absicht, dich in irgendeiner Form zu belangen.“

Wie komisch klingt das denn? Aber gesagt ist gesagt. Und es stimmt ja auch, ich hatte einen Vater zu meinen Kindern abgeschrieben und bis jetzt hat alles geklappt.

„Das läuft mal so was von gar nicht so. Ich stehe zu meinen Fehlern.“ Autsch, das tut weh. Auch wenn selbst ich es zuweilen als Fehler sehe, mit ihm etwas gehabt zu haben, aber es laut gesagt zu bekommen, ist nicht das Schönste.

Adrian klingt sauer, wobei ich spüre, dass er seine Wut unterdrückt. „Du hättest mich ausfindig machen müssen, als du wusstest, dass du schwanger bist. Du wusstest, wo ich wohne. Du bist aus meinem Bett gekrochen an dem Morgen. Aber eins steht fest: Ich werde ab heute ein Teil deines Lebens sein. Es sind auch meine Kinder."

Ich zucke zusammen. Ich steh zu meinen Fehlern? Das klingt sehr hart, aber ich hab es nicht anders verdient. Und er glaubt mir dann auch noch einfach so. Kein *Ich will einen Vaterschaftstest oder mit deinem Arzt reden.*

Dabei schaue ich die ganze Zeit schon auf meine ineinander verschränkten Hände, traue mich nicht, dem Mann vor mir ins Gesicht zu sehen. Ich schniefe, bekämpfe aber hartnäckig die aufsteigenden Tränen. Ich werde *nicht* vor Adrian heulen.

Plötzlich werde ich an eine warme, gut duftende Brust gezogen und tröstend umarmt.

„Nicht weinen. Sieh es als unser Schicksal an. Wer kriegt schon in der Weihnachtszeit einfach so eine schwangere Frau vor die Nase gesetzt und in deinem Fall den Vater deiner Kinder? Wir müssen doch nicht heiraten und ich will auch nicht, dass du bei mir einziehst, aber lass es uns als Chance auf etwas Wundervolles betrachten", redet Adrian mir beruhigend zu. Er zieht mich auf seinen Schoß und wiegt mich sanft hin und her. Während ich seine Brust, die immer noch in einer schwarzen Jacke steckt, vollschluchze.

Er hat seine Hand auf meinem Bauch und wir beide erstarren. Nicht wegen der Berührung, nein,

ein Füßchen tritt genau an der Stelle, wo seine Hand ruht.

„Was?", haucht Adrian, sein Atem weht warm über mein Gesicht. Das unterschwellige Kribbeln, das schon die ganze Zeit meinen Körper beherrscht, kehrt mit aller Wucht zurück und jagt einen wilden Funken der Lust durch meine Nervenbahnen.

„Eins der Babys." Noch mehr Gefühle und Eindrücke rasen durch mich hindurch. Lust, Widerwillen, Freude, Angst und Erleichterung.

„Wieso sitzt Fae auf deinem Schoß?", erklingt Allies Stimme plötzlich. Adrian und ich zucken beide zusammen, immer noch in dieser intimen, vertrauten Pose. „Und wieso hat sie geweint?" Allie stürmt zu uns, baut sich vor uns auf und funkelt uns an.

Gerade mache ich den Mund auf, um irgendwas zu erzählen. Hormone einer Schwangeren oder so in der Art, da erklärt Adrian seelenruhig: „Darf ich dir meine Freundin vorstellen? Alexandria Fae, die Mutter meiner Kinder." Er drückt mir einen sanften Kuss auf den Mund, als ich mich ihm abrupt zuwende. Was soll das denn?

„Ihr kennt euch? Wieso hast du sie dann vorhin wie eine Mondkuh angestarrt oder noch nicht Mama und Papa vorgestellt?"

Allie ist kein dummes Mädchen und hinterfragt die Aussage ihres Bruder zurecht.

„Ja, wieso eigentlich? Wieso kenne ich deine Eltern noch nicht?" Ich gedenke jetzt einfach mal mitzuspielen, mal schauen, wie Adrian sich da herauswinden will.

„Die Schwangerschaft war ungeplant und ich wollte Alex Heiligabend mitbringen. Zum Familienessen. Hätte ich gewusst, dass du Alex schon kennst, hätte ich euch natürlich schon früher reinen Wein eingeschenkt."

Zum Glück klingeln von Allie und Adrian beide Handys. Glück für Adrian. Am liebsten würde ich ihn schütteln und ohrfeigen! So ein Schwachsinn! Wut gewinnt jetzt eindeutig die Oberhand in mir.

„Mama?" Allie.

„Papa?" Adrian.

Ich löse mich aus Adrians Umarmung und stehe von seinem Schoß auf und watschle in den Verkaufsraum zurück.

„Adrian bringt seine Freundin mit zum Weihnachtsessen! Ja wirklich! Eine feste Freundin. Was für eine Überraschung! Und die beiden haben auch noch eine extra Überraschung für dich und Papa!"

Mit hocherhobenem Kinn und durchgestrecktem Rücken gehe ich stur weiter. Sollen die beiden sich doch eine andere Blöde suchen!

Ich verschaffe mir einen Überblick, indem ich hinter jedes Bücherregal schaue. Gut, keine Kunden.

Zurück an der Theke schreibe ich einen Zettel und verlasse meinen Laden dick eingemummelt und mache mich auf den Weg zu meinem liebsten Bäcker.

Eine Woche später

Adrian

Adrian steht vor dem kleinen einstöckigen Haus. Jeden Tag der vergangenen Woche hat Adrian seine freien Stunden mit Alexandria zusammen in ihrem Laden verbracht. Hat sie sogar dazu überreden können, ihn mit zu ihrem letzten Termin bei ihrem Frauenarzt in diesem Jahr zu nehmen.

Sie war die meiste Zeit höflich aber abweisend zu ihm. Trotzdem konnte Adrian sie zum Lachen bringen. Sogar mehr als einmal hat er sich einen Kuss genehmigt. Keusche unschuldige Küsse, auch wenn er mehr will.

Kann es sein, dass man sich in einer Woche verlieben kann? Oder bildet er es sich nur ein? Er fühlt sich zu Alexandria hingezogen. Körperlich und auch zu ihrem Wesen.

Er empfindet etwas für diese Frau, die ihn nicht in seinem Leben haben will. Oder zumindest so tut als ob. Sie fühlt sich in seiner Nähe wohl. Das weiß er einfach.

Alexandria Fae war die letzte Frau, mit der Adrian geschlafen hat. Nicht weil er keine anderen Frauen in dieser Zeit kennengelernt oder getroffen hätte, nein, keine hat ihn genug interessiert seither. Die kurzen Momente der Erinnerung an ihre gemeinsame Nacht haben ihn davon abgehalten, sich nach anderen Frauen umzusehen. Es hat sich angefühlt, als wäre da etwas in diesen Erinnerungen, das ihm Wärme und Zufriedenheit gegeben hat.

An dem Morgen nach der Nacht mit Alexandria hat Adrian sich ein wenig enttäuscht gefühlt. Einfach so zu verschwinden, ist auch nicht die nette englische Art. Er war noch nie enttäuscht, wenn ein One-Night-Stand ihn verlassen hat. Dieses Mal war es anders gewesen.

Das ständige Fragen was wäre wenn? Fragen, was die namenlose Frau gerade trieb? Ob sie auch immer wieder an Adrian dachte? Ob sie die Leere auch fühlen konnte, die nach dieser Nacht zurückgeblieben war?

Es sind bestimmt schon seltsamere Dinge geschehen. Wieso nicht dann auch verliebt sein?

Die letzte Woche war für Adrian die beste seit langer Zeit. Trotz der Überraschung Vater zu werden. Oder gerade deswegen? Er hat sich bis zu diesem Augenblick in der Buchhandlung nie Gedanken über Kinder gemacht. Er hat sich nicht alt genug gefühlt. Aber dann der Moment, als er ihren Bauch gesehen hatte und ihm klar wurde, das könnten seine Kinder sein, da hatte sich alles verändert.

Adrian strafft seine Schultern und geht die letzten Meter zum Haus, hebt die Hand und klingelt.

Er weiß, dass Alexandria zu Hause und wach ist. In der ersten Etage ist ein Fenster sanft erleuchtet.

Fae

Ich schrecke hoch, als es an der Haustür klingelt. Das Buch zur Seite legend stehe ich auf und kraule Fussel über den Kopf. Meine Katze.

Wer das wohl sein wird? Erwarten tue ich niemanden. Hauspuschen an und dann mache ich mich langsam auf den Weg zur Treppe im Flur.

Kaum bin ich halb unten, fängt das mir mittlerweile vertraute Prickeln und Kribbeln in meinem Körper an. Dieses Gefühl ist in der letzten Woche mein ständiger Begleiter geworden, sobald Adrian sich im gleichen Raum aufhielt.

Aber sicher ist sicher. „Wer ist da?" Neben der Tür habe ich einen Baseballschläger stehen.

Es ist hier zwar eine ruhige, anständige Gegend, aber selbst hier kann mal was Unschönes passieren.

„Adrian. Es ist kalt und schneit ziemlich stark. Mach bitte die Tür auf."

Woher weiß er, wo ich wohne? Gesagt habe ich es ihm nicht. Aber Adrian ist jetzt nun mal hier.

Unten angekommen schließe ich die Tür auf und schiebe die zwei Riegel zurück. Und da steht er: ganz in Schwarz. Mit Schnee in den Haaren und auf den breiten Schultern.

„Komm rein." Ich trete zur Seite und Adrian schiebt sich an mir vorbei rein. Liebevoll fahren seine Hände über meinen Bauch, das macht er bei jeder sich bietenden Gelegenheit. Ich erschauere, nicht nur wegen seiner eiskalten Hände. Ich muss mir wirklich eingestehen, dass ich mich von ihm angezogen fühle, was ich aber derzeit echt nicht gebrauchen kann. Dazu kommt die böse Annahme, dass ich mich ernstlich in Adrian verlieben könnte. Er trägt mich ja förmlich auf Händen, bringt mich zum Lachen und akzeptiert alles an mir. Meine kleinen Macken und Eigenheiten.

„Ich frage mal nicht, woher du meine Adresse hast." Ich will ihm seine Jacke aus der Hand nehmen, aber Adrian zieht nur eine Augenbraue hoch und verstärkt seinen Griff.

Wortlos zeige ich zu der unter der Treppe eingelassenen Tür. Meine Garderobe.

„Allie", erwidert Adrian nur und schiebt mich wieder die Treppe hinauf.

Mit den Händen an meinen Hüften geleitet er mich nach oben. „Ich kann das ohne deine Hilfe." Und versuche demonstrativ seine Hände wegzuschieben. Ohne Erfolg.

„Gibt es einen besonderen Anlass, weswegen du hier bist?" Adrian macht oben angekommen keine Anstalten mich loszulassen, eher zieht er mich näher zu sich heran, so dass mein Po sich an ihm reibt. Was wird das?

„Ich wollte dir deinen Mutterpass vorbeibringen. Du hast den gestern bei mir im Wagen liegenlassen." Bei jedem meiner Schritte drängt er sich aufreizend an mich.

Ich hole bebend Luft, versuche ihn so gut es geht nicht als Mann zu sehen, der gewisse Absichten bei mir hegt. Absichten, die mich in meinen jetzigen Zustand gebracht haben.

Und mein Körper, dieser elende Verräter, ist ganz begeistert von meinen Gedanken und den Avancen von Adrian, dass er sich bereit für alle möglichen Schandtaten macht.

„Und den hättest du mir nicht morgen in den Laden bringen können? Möchtest du was zu trinken?“ Zielstrebig führt Adrian mich zu meiner Couch im Wohnzimmer. Als wäre er hier zu Hause.

„Ich war einfach gerade in der Nähe und hab mir gedacht, ein bisschen Gesellschaft an einem so lauschigen Abend täte uns beiden doch gut. Können wir uns auch privat annähern.“ Hört es sich nur für mich so an oder klang das „Privat“ anzüglicher als es sollte? Ich schließe die Augen, atme tief durch und ermahne mich wegen meiner zweideutigen Gedanken.

„Und ich trinke das Gleiche wie du in deiner Tasse hier hast. Ich hole es mir aber selbst. Sag mir nur, wo deine Küche ist.“

Und schon sitze ich wieder auf dem Platz, den ich eben verlassen habe, und schau zu Adrian hinauf. Seine braunen Augen, die habe ich nun des Öfteren in ihrem normalen Gemütszustand gesehen, sind jetzt tiefbraun.

„Unten das einzige andere Zimmer außer dem Flur dort. Nicht zu verfehlen“, erkläre ich perplex. Und schon ist Adrian weg.

Verwirrt und nicht ahnend was ich jetzt machen soll, geschweige denn fühlen, harre ich der Dinge.

Nein, ich stehe auf, mühsam aber ich stehe wieder auf. Gehe zum Fernseher und schalte ihn ein, zappe zum Kinderprogramm und siehe da: *Weihnachtsmann und Co. KG* fängt gerade an.

Wenig später sitzt Adrian neben mir und hat seinen Arm um mich gelegt. Natürlich bleibt mir nichts anderes übrig, als dass ich mich an ihn kuscheln muss und meinen Kopf an seine Schulter lehne. Natürlich.

Es fühlt sich gut an, auf eine angenehme Art vertraut und tröstend. Adrian hat auch meine Kekse gefunden, die ich vor zwei Tagen gebacken habe. Sie liegen jetzt neben ihm auf einem Teller.

Wir schauen fern und er seufzt leise neben mir.

„Als wären wir ein Paar", sagt Adrian in der Werbung und spricht meine Gedanken laut aus. Gedanken, vor denen ich Angst habe. Und die eine tiefe Sehnsucht in mir auslösen. Und langsam frage ich mich, wovor ich überhaupt die ganze Zeit Angst habe. Warum laufe ich vor ihm weg, wenn sich das hier doch so perfekt anfühlt?

„Sind wir aber nicht." Widerstrebend winde ich mich aus seinen Armen und ziehe mich zurück. Körperlich und emotional. Wie zum Protest strampeln meine zwei kleinen Kumpel in meinem Bauch. Ich verziehe das Gesicht.

„Was ist?" Sofort ist Adrian wieder an meiner Seite und ohne zu fragen, hebt er mein Schlafshirt hoch und betrachtet erstaunt und mit sichtbarer Faszination, wie kleine Wellen sich unter meiner Bauchdecke bewegen.

Es ist das erste Mal, dass Adrian meinen nackten Bauch sieht. Seine Augen suchen meine und fragend sieht er mich an. Ich nicke und fast augenblicklich spüre ich seine warmen Finger sanft über meinen Bauch gleiten. Den Bewegungen der Babys nachspürend.

„Was nicht ist, kann noch werden", informiert er mich sanft, aber nachdrücklich. Er klingt sehr überzeugt. Und mein Gott, ich will es! Ich will mehr!

„Ich habe Angst." So schlicht und einfach und doch so wahr.

„Wovor?" Adrian sieht mich an, studiert geradezu mein Gesicht, berührt weiterhin meinen Bauch, als würde er die beiden kleinen Kerle darin wieder beruhigen wollen. Was zu klappen scheint.

„Verlassen zu werden. Mein Herz endgültig zu verlieren und dann verloren zu sein." Den Schmerz eines wunden Herzens ertrage ich nicht noch einmal. Meine Mutter zu verlieren, den wichtigsten Menschen in meinem Leben, das war zu viel für mich. Ich weiß genau, dass ich das nicht noch einmal durchmachen möchte. Nicht, wenn ich mich wirklich so stark verlieben sollte, wie es gerade der Fall zu sein scheint. Ja, ich hab mich in diesen Mann verliebt.

Adrian bewegt sich so schnell, dass ich gar nicht mitbekomme, wie ich auf einmal ausgestreckt auf meiner Couch liege, Adrian über mich gebeugt, diese blöde Hand immer noch streichelnd auf meinem entblößten Bauch!

„Ich versteh dich. Du und ich, wir kennen uns genau acht Tage. Oder sieben Tage und eine Nacht? Ist ja auch egal, auf jeden Fall werden wir eine Familie. Du bist schwanger mit meinen zwei Jungs, wir verstehen uns. Und wir fühlen uns körperlich angezogen." Eindringlich sucht er meinen Blick, hält ihn gefangen, offenbart mir seine Gefühle.

Ich hole stockend Luft, meine Brust fühlt sich so eng an. „Das reicht nicht. Sex hat uns nur in diese Lage gebracht."

„Und eine Menge Alkohol.“ Adrian schweigt kurz. „Ich glaube, es war Schicksal. Das erste Mal ein scheiß Schicksalsgriff, aber der vor einer Woche hat meiner Meinung alles wieder gut gemacht.“

„Das war mehr als scheiße!“ Ich kämpfe mit den Tränen. Immer noch denke ich ungern an den Tag, der mich in die Kneipe geführt hat. Wegen der Vorkommnisse an dem Tag.

„Deine Mutter ist gestorben, aber sie ist bei dir. Du schenkst ihr zwei Enkel. Auch wenn du sie immer wieder vermissen wirst, du kannst deinen Kindern ihre Liebe weitervermitteln.“ Er tippt mir aufs Herz, beugt sich weiter zu mir und küsst mich, zart und so vielversprechend.

„Sie ist dort drin. Auch wenn ich deine Mum nicht kenne, sie hat mich zu dir geführt in Form meiner Schwester.“

„Ich kenn deine Schwester schon seit zwei Jahren“, korrigiere ich ihn. Ein schwacher letzter Versuch ihn und meine Gefühle und Wünsche zu verleugnen.

„Das tut nichts zur Sache. Deine Mutter musste mich erst finden und zu dir bringen. Vertrau mir und lass dich auf uns ein.“ Sein Gesicht verändert sich. Alles an Adrian fängt an, irgendwie vor Sinnlichkeit zu vibrieren. Ein schmeichelndes, verführerisches Lächeln erscheint auf seinem Gesicht, ich muss schlucken. Ohne meine Erlaubnis wandern meine Augen zu seinem Mund. Und wollen ihn überall auf mir spüren.

„Sex ist nicht alles.“ Meine Stimme klingt anders. Kehliger. Sinnlicher? Aber Sex wäre jetzt so gut. An meinen letzten Sex erinnere ich mich leider nur verschwommen.

„Aber Sex ist ein guter Anfang.“ Damit scheint mein Schicksal besiegelt zu sein. Adrian bemächtigt sich meiner mit einer verzehrenden Leidenschaft, dass ich keinen einzigen klaren Gedanken fassen kann.

Er beansprucht mich und meinen Körper als Seins. Verbrennt mich und geht doch so sanft mit mir um, dass er das zarte Pflänzchen der Hoffnung und aufkeimenden Liebe damit nährt. Mich noch mehr an sich bindet als die beiden Kinder in mir es sowieso schon machen.

Irgendwann mitten in der Nacht, viel später, liegen wir zusammen in meinem Bett. Nackt und verschwitzt, köstlich ausgelaugt und befriedigt küsst Adrian mich auf die Stirn, zieht mich noch fester an sich und flüstert mir meinen Untergang ins Ohr. „Ich bin verliebt. Ich werde dich umgarnen und am Ende gehörst du mir.“

Heiligabend

Nervös nestele ich an meinen Jackenknöpfen herum. Adrian parkt gerade seinen Wagen in der Garage seiner Eltern und ich warte vor der Tür. Die Eltern scheinen Geld zu haben. Vor mir tut sich ein großes Haus auf. Eins, das man nur mit Bediensteten sauber halten kann.

Ich fühle mich dadurch nicht besser. Wie werden die Eltern nur darauf reagieren, dass Adrian mit seiner hochschwangeren Freundin auftaucht?

Ja, ich sehe mich mittlerweile selbst als Adrians feste Freundin. Mehr als das, ich bin die Mutter seiner Kinder!

Und ich liebe ihn. Die Zukunft ist ungewiss, aber wer nicht wagt, der nicht gewinnt. Woher die plötzliche Einsicht? Ich bekam von meiner Mum noch ein Weihnachtsgeschenk heute per Boten.

Ein Buch, das sie mir bestellt hat, und eine Nachricht. Ein Einfaches: „Ich liebe dich."

Ich habe geweint und so hat Adrian mich gefunden. Weinend und ein altes überteuertes Buch im Arm. Er hat nichts gesagt, mich nur auf seinen Schoß gezogen und gehalten. Mir mit seiner Anwesenheit und Liebe beigestanden.

Warme Finger schieben sich in meine Hand, ein Arm legt sich um meine Taille und gibt mir Halt.

Ich hebe das Gesicht und versinke in Adrians braunen Augen. „Ich liebe dich."

Ein Leuchten erglüht in diesen braunen Tiefen. Adrian beugt sich zu mir, der Schnee fängt wieder an zu rieseln. Seine Lippen an meinen sagt er: „Das wurde aber auch Zeit! Ich liebe dich auch."

Als wären wir schon endlose Jahre zusammen und nicht erst knapp zwei Wochen!

Und dann küsst er mich, meine Nervosität fällt von mir ab, wir schaffen das.

Zwei Monate später

Adrian wird mich und unsere zwei kleinen Jungs heute aus dem Krankenhaus abholen und wir fahren dann nach Hause. Zu ihm nach Hause. Er brauchte zwar etwas, um mich zu überreden bei ihm einzuziehen, aber letztendlich habe ich es doch getan.

Mein kleines Haus steht zwar derzeit noch leer, aber Harry, mein Stiefvater, will nach einer Rundumerneuerung dort einziehen und mir etwas Miete zahlen.

So wohnt er näher bei mir und seinen zwei Enkeln, wie er breit grinsend immer wieder betont. Und meine Schwiegereltern in spe, ja Adrian hat mir tatsächlich schon einen Antrag gemacht, sind einfach nur wunderbar und freuen sich auch auf den ersten Nachwuchs ihres Sohnes.

Allie arbeitet stundenweise bei mir im Buchladen und hat bereits einiges umgekrempelt, ich konnte mich auch nicht wirklich wehren. Nicht mit meinem Leibesumfang, der zum Glück jetzt nicht mehr so frappierend ist. Aber mit Arbeiten ist jetzt erst einmal Schluss. Nach dem Kaiserschnitt muss ich mich etwas schonen und ich will mich um meine Zwillinge kümmern.

Aber meinen Bücherladen muss ich nicht schließen. Adrian hat für eine Aushilfe gesorgt und Allie und mein Stiefvater werden regelmäßig nach dem Rechten dort sehen.

Ich bin glücklich. Und sehr froh, dass Adrian hartnäckig blieb und sich in mein Herz geschlichen hat.

Ein tragischer Vorfall hat mich damals in eine Kneipe geführt, aber dafür habe ich jetzt einen Verlobten und Zwillinge. Und der Gedanke an meine Mum, die jetzt dort oben auf einer Wolke sitzt und zu mir runter blickt, stolz und voller Liebe, lässt mich den Schmerz ihres Verlustes besser ertragen.

* * *

Highland Secrets 1
ISBN: 978-3-943308-49-5

Highland Secrets 1
von Elena MacKenzie

Linda hat gerade ihr Studium beendet, doch leider bekommt sie die erhoffte Anstellung in einem Londoner Museum nicht. Da erreicht sie ein Brief ihres ehemaligen Professors, der sie bittet, einige Gemälde auf seinem Anwesen auf der Isle of Skye zu restaurieren. Da Linda dringend Geld braucht, nimmt sie die Reise auf sich. Auf dem Anwesen trifft sie auf Adam, dem Sohn des Professors, der gar nicht begeistert von Lindas Aufenthalt auf Glenoak Hall ist. Denn sein Vater hat Linda nicht kommen lassen, um die Gemälde in der Galerie zu restaurieren, sondern damit sein Sohn sich in sie verliebt. Adam nämlich kann mit festen Beziehungen überhaupt nichts anfangen, dafür aber mit den vielen Touristinnen, die er regelmäßig abschleppt. Linda wiederum hat für Männer wie Adam nichts übrig, wenn er nur nicht so verdammt anziehend wäre. Und da sind ja auch noch die bestialischen Morde an Frauen, die frisch aus dem Bett des Highlanders gehüpft sind.

Ein spannender Liebesroman, der seine Leser von London auf die Isle of Skye und nach Edinburgh führt.

Highland Secrets 2

ISBN: 978-3-943308-50-1

Highland Secrets 2
von Elena MacKenzie

Um ihre kürzlich erkrankte Mutter, Theresa Finnley, zu unterstützen, reist Emma auf die Isle of Skye. Damit Theresa ihre Anstellung nicht verliert, springt die junge Buchhändlerin kurzerhand als Haushälterin auf Glenoak Hall ein. Erstaunt stellt sie fest, dass auf dem herrschaftlichen Anwesen jetzt eine Rockband lebt. Und nicht nur das, Ian MacLeod, dem sie die schlimmste Schmach ihrer Schulzeit zu verdanken hat, ist Leadsänger dieser Band. Doch nicht nur ihre Schulzeit holt sie in Dunvegan ein, sondern auch die Vergangenheit des Ripperhauses. Denn kaum angekommen, wird Emma zum Spielball eines Erpressers, der beschlossen hat, die Pläne des ersten Rippers zu beenden. Und ausgerechnet Ian MacLeods unerwartetes Interesse an Emma macht sie zur Nummer 1 auf der Liste des Mörders.